Irmãos de Farda: Max

Irmãos de Farda
Livro 1

Jeanne St. James

Tradução:
L.A. Book Services

Irmãos de Farda Série

Irmãos de Farda: Max - Livro 1
Irmãos de Farda: Marc - Livro 2
Irmãos de Farda: Matt - Livro 3; inclui a história curta de
Teddy - Livro 3.5
Irmãos de Farda: O Natal da família Bryson - Livro 4

Sobre o livro

Estes são os homens de Manning Grove: três irmãos policiais que moram em uma cidadezinha onde encontrarão as mulheres que vão transformar a vida de cada um deles. Esta é a história de Max...

Amanda Barber, uma baladeira de cidade grande, foi mimada a vida toda. Mas tudo vira um grande desafio quando ela tem que se adaptar à vida de cidade pequena, lidar com o irmão com necessidades especiais e constantemente bater de frente com um homem frustrante, que por acaso era policial na cidade.

Sendo policial e ex-fuzileiro, "responsabilidade" é o nome do meio de Max Bryson. Ele nunca teve um relacionamento sério, e não tem quaisquer planos de ter um no futuro. Gosta de ser independente. E mesmo se estivesse interessado em um relacionamento sério, com certeza não escolheria uma mulher tão imatura e irresponsável quanto Amanda. Mas não importa o quanto tente, não consegue tirar a garota sexy de sua cabeça nem do coração. Vê-la amadurecer diante de seus olhos apenas fortaleceu sua vontade de protegê-la.

Mandão e possessivo não são as únicas palavras que Amanda usa para descrever o policial frustrante. Ela não pode negar que, só de olhar para ele, as pernas ficam bambas. Mas está cansada de gente querendo controlá-la, e com esse homem não vai ser diferente. Ou vai?

Dedicação

Ao meu próprio homem pessoal de uniforme,
obrigado por ser a calma da minha tempestade.

Capítulo Um

Por quarenta e cinco minutos, o pequeno carro vermelho alugado continuou parado no estacionamento. Amanda Barber continuou congelada no assento do motorista, encarando pelo para-brisa a construção de tijolinhos logo em frente. O motor estava desligado, mas as chaves pendiam da ignição. Não seria complicado Amanda estender a mão, girar as chaves e voltar pelo caminho por onde tinha vindo.

Voltou a ler a placa no prédio, como se repetir o gesto fosse adiar o inevitável. Casa de Repouso Howell's.

Estava escurecendo; não poderia mais ficar sentada ali. Havia prometido ao advogado da madrasta que ficaria na cidade por algumas semanas. Apenas duas. Catorze dias. Metade de um mês.

Era melhor parar de ser covarde.

Tudo bem, chega de hesitação. Agarrou as chaves e as jogou na bolsa. Tinha que acabar logo com aquilo. Saiu do carro e entrou no prédio antes que mudasse de ideia.

Quando a porta fechou com um estalido que soou ensurdecedor a seus ouvidos, Amanda olhou ao redor. Algumas pessoas idosas estavam sentadas tricotando, lendo e conversando em grupos pequenos. Uma televisão zumbia ao fundo. Um cavalheiro de idade bem avançada estava sentado em uma cadeira de rodas de frente para uma janela panorâmica, a cabeça tombando enquanto adormecia.

Uma mulher, apenas alguns anos mais velha, olhou para cima e viu Amanda. Com uma carranca vincando sua testa, a mulher se endireitou da postura em que estava ao ajudar um rapaz sentado à mesa de jogos. Amanda não tinha muita certeza de com o que o jovem precisava de ajuda. Ele parecia estar separando as cartas. A mulher mais velha se inclinou e disse algo no ouvido dele antes de se aproximar dela.

— Posso ajudar?

— Acho que sim.

Um olhar confuso atravessou o rosto da mulher quando Amanda não disse nada.

Ela insistiu:

— Precisa de alguma informação? Ou de um passeio guiado por aqui?

— Não.

A mulher semicerrou os olhos, confusa, e inclinou a cabeça em uma pergunta tácita. Assim que ela abriu a boca, Amanda a interrompeu:

— Estou aqui por causa do Gregory Barber.

Deveria ter falado alto o bastante, pois o rapaz na mesa tirou os olhos do que estava fazendo e os focou nas duas. Riu alto, e afastou o cabelo dos olhos com as costas do pulso dobrado.

A letra O se formou nos lábios da mulher.

— Você deve ser a Amanda.

Amanda franziu a testa. É claro que a mulher sabia quem

ela era. Apostava que Manning Grove toda estava esperando por ela.

— Sim, eu vim buscar o Greg.

Amanda mordeu o lábio enquanto o jovem se levantava da mesa com um sorriso torto. Quando deu por si, o rapaz estava correndo para ela, agitando os braços no ar. Automaticamente, Amanda deu um passo para trás. Na verdade, quis se virar e sair correndo, mas os braços dele a envolveram, espremendo-a até ela não conseguir respirar.

A mulher o agarrou pelos braços, tentando separá-los.

— Greg! Greg! Solte a sua irmã!

Greg balançou Amanda para frente e para trás, pressionando a cabeça no peito dela, espremendo-a ainda mais. Ela resmungou de dor.

— Greg!

— Donna, é a Manda? É a Manda? — A voz estrondosa vibrou contra o peito dela.

— Greg, você vai matar a sua irmã se a continuar espremendo.

Com relutância, Greg a soltou e deu um passo para trás, o sorriso torto no rosto ainda maior. Um pouquinho de baba saiu voando da boca quando gritou:

— Minha irmã Manda!

— Sim, Greg, a sua irmã veio te buscar. — Donna se virou para Amanda. — Como você pode imaginar, sou a Donna. Eu coordeno a casa de repouso. — Preocupação atravessou o seu rosto. — Você está meio pálida. Quer se sentar?

Amanda balançou a cabeça.

— Não. — Respirou fundo, massageando as costelas em busca de danos. Alisou a saia e ajeitou o suéter que estava torto sob o casaco. — Não, estou bem.

— Você vai levar o Greg para a casa da mãe dele?

— Sim.

— Você já lidou com alguém que tem necessidades especiais?

Amanda olhou para Greg, que a encarou de volta com o maior sorriso do mundo no rosto.

— Não.

Greg não conseguia ficar parado; o rapaz não parava de se mexer e de resmungar consigo mesmo.

Donna franziu a testa.

— Ah, caramba.

Amanda não queria ter ouvido aquilo. *Ah, caramba.* O que aquilo significava? Sabia que seria uma responsabilidade e tanto. Mas "ah, caramba"?

Merda.

— Hum, ele está pronto para ir?

Donna olhou para Greg.

— Sim. Está muito animado por ter conhecido a irmã, como você pode ver. — Ela voltou sua atenção para Amanda e ergueu as sobrancelhas. — É porque é a primeira vez, viu?

Amanda assentiu. Não sabia se deveria estar com vergonha ou com medo; a vergonha sobrepujou o medo bem rapidinho. Não havia dúvida de que Donna sabia a resposta para aquela pergunta antes mesmo de a ter feito. Amanda tinha certeza de que toda a cidade sabia a verdade.

Mil vezes droga.

Donna agarrou o braço dela, com os olhos cheios de pena.

— Olha. Vou te dar o meu cartão. Se tiver qualquer problema ou pergunta, me ligue. O Greg é um bom menino; é fácil lidar com ele, é fácil deixá-lo feliz.

Amanda olhou para o rapaz em questão. Ele não era um menino. O meio-irmão tinha vinte e dois anos. Vinte e dois.

Velho o suficiente para beber, votar e se alistar.

Um adulto, mas que agia como criança.

— Obrigada. Talvez eu te ligue.

Donna sorriu pela primeira vez.

— Tenho certeza de que vai. Aqui está uma brochura da casa de repouso e o meu cartão. O Greg vem para cá três vezes por semana. Um ônibus busca o seu irmão um pouco antes das oito da manhã nas segundas, quartas e sextas-feiras, exceto feriados. E outro ônibus o leva de volta depois das seis da tarde.

A cabeça de Amanda estava doendo.

— Certo.

— Greg, está pronto para ir?

— Sim. Sim. Sim. Estou pronto para ir. — Greg pulou com um pé e, depois, com o outro, todo animado. — A gente vai agora! — Ele correu até Amanda outra vez e esticou a mão retorcida.

Amanda se aproximou e a segurou. O sorriso enorme dele era irresistível. Ela lhe deu um sorrisinho fraco em resposta.

— Pronto, amigão?

— Quem é "amigão"?

Amanda olhou para o irmão. Ele poderia ser apenas um meio-irmão, mas ainda era parente de sangue. Era da família. Então ela relaxou um pouco os músculos tensos e deu uma apertadinha na mão dele.

— Você. Você vai ser o meu mais novo amigão.

— Ah! Ah! Donna, eu sou o amigão! Eu sou um amigão! — Greg começou a puxá-la em direção à porta.

— Ah, espere, srta. Barber! — A cabeça de Amanda girou para Donna enquanto ela era puxada pela porta da frente. — Não se esqueça do Caos.

— O quê? — Ela agarrou a maçaneta para impedir que Greg a arrastasse porta afora e pulasse em cima dela no asfalto por conta de todo aquele entusiasmo.

— Caos — repetiu a mulher, como se aquilo esclarecesse tudo.

Donna foi até às portas do fundo e a abriu. Um border collie branco e preto irrompeu pela porta e os circulou, latindo, tão fora de controle quanto Greg.

Caos.

Que apropriado.

CHAVES TILINTARAM e dobradiças rangeram quando Amanda abriu a porta do novo lar.

Na verdade, da nova casa temporária, lembrou a si mesma.

Por causa do voo longo seguido da longa e entediante viagem até a cidade no-meio-do-nada, estava exausta. Precisava de uma boa noite de sono para voltar a pensar com clareza pela manhã.

Olhou para o relógio. Sete horas.

Nem ela nem Greg tinham jantado, e ali estava Amanda, pensando em ir para cama. Como uma senhorinha de idade. Em Miami, a vida noturna ainda nem tinha começado.

Caos passou por ela. O cachorro, provavelmente, também precisava de comida.

— Greg, você sabe o que o Caos come?

Quando não houve resposta, Amanda se virou e olhou para o irmão. Greg ainda estava parado perto do carro. Ele tinha ficado suspeitosamente calmo e quieto no caminho de casa. O "garoto" animado havia desaparecido.

— Greg?

— A mamãe está aí?

Mesmo no escuro e tão longe de Amanda, foi fácil notar a tristeza e a confusão no rosto do rapaz. Mas a pergunta dele fez os pelinhos na nuca da meia-irmã se eriçarem.

— Não, Greg, a sua mãe se foi. Venha. Vou preparar a janta para você.

— A mamãe faz comida gostosa.

Amanda suspirou. Não queria lidar com aquilo. Não era responsabilidade dela. Ela nunca tinha visto o irmão na vida. Sabia que ele existia, mas viviam em mundos diferentes. O mundo dela nunca incluiu o pai, a madrasta ou o meio-irmão. A mãe de Amanda, Anne, se certificou disso.

— Ei, amigão, posso não ser a melhor cozinheira do mundo. Na verdade, devo ser uma das piores. Mas sei fazer sopa e um queijo-quente delicioso.

O novo apelido pareceu animá-lo um pouco. Ele a seguiu relutantemente para dentro da casa.

Amanda passou a mão pela parede, já que a casa estava escura como breu, procurando um interruptor. Os dedos o encontraram, e ela acendeu as luzes. A casa era bonitinha. E pequena. Bem-organizada, e tudo parecia ter seu lugar. Apesar do fato de a madrasta Dolores ter falecido há mais de uma semana, a casa parecia relativamente limpa.

A sala de estar à direita parecia confortável, com um sofá grande e macio e algumas mesas entalhadas velhas e pequenas, mas pesadas, de madeira. Antiguidades, provavelmente. A maior parte da decoração nas paredes eram fotos emolduradas. Daria uma olhada com mais atenção mais tarde. Depois que tivesse dormido um pouco.

Uma coisa que Amanda percebeu rapidinho foi que não havia nada delicado. Nenhuma cerâmica, vidro nem quinquilharias pequenas. Imaginou o porquê quando ouviu algo caindo. Correu até a parte de trás da casa.

A cozinha grande era moderna, com eletrodomésticos novos de aço inox e lindas bancadas de granito. Uma prateleira com panelas de cobre pendia sobre o balcão central rodeado por banquinhos de madeira escura.

E, no centro daquela linda cozinha, estava Greg, com uma expressão acanhada no rosto.

— Desculpa.

Havia derrubado a tigela de metal de Caos, mas o cachorro parecia não se importar. Tão rápido quanto conseguiu, limpou o chão, comendo todos os grãos de ração, não importava para onde tinham rolado.

— Não tem problema, amigão. Agora, vamos achar algo para você comer.

Depois de alguns minutos procurando nos armários, Amanda fez um jantar simples para Greg. E, enquanto ele comia, a irmã explorou a casa mais um pouco. Apesar de o imóvel ser pequeno, como imaginou em um primeiro momento, era confortável. Tinha dois andares com três quartos e dois banheiros.

A cozinha era, com certeza, um dos maiores cômodos da casa. O jardim era comprido e estreito, devidamente cercado por causa do cachorro. A parte que Amanda mais amou foi o jardim de inverno que parecia ter sido adicionado há pouco tempo à marquise nos fundos.

Voltou à cozinha para dar uma olhada em Greg. Talvez não devesse ter deixado o rapaz sozinho por tanto tempo. Ou, pelo menos, deveria ter dado a ele um guardanapo. Ao ajudá-lo a limpar a sopa de tomate da roupa, fez um monte de perguntas, tentando descobrir o que ele conseguia fazer.

Por volta das dez da noite, depois de Greg ter assistido, de acordo com ele, a um dos seus programas "favoritos", ela levou o meio-irmão até o quarto.

— Estou vendo que você gosta da NASCAR, Greg.

— Amo a NASCAR. Amo correr! Vou ser piloto de corrida.

— Deixe-me adivinhar... Tony Stewart é o seu piloto favorito.

Greg deu um gritinho todo animado.

— Como você sabia?

Amanda olhou ao redor do quarto que estava cheio de pôsteres, carrinhos e souvenirs do número catorze. Ela puxou a colcha com o rosto de Stewart. *Hum, como será que ela sabia?*

— Você sabe se virar sozinho agora? Consegue se ajeitar para dormir?

— Sim.

— Tudo bem. Boa noite, Greg.

— Manda?

— Sim?

— Pode me dar um abraço?

— É claro, amigão. — O abraço dele não esmagou tanto os ossos dela dessa vez. — Boa noite, amigão. Te velo pela manhã.

— Boa noite, Manda.

Ela voltou ao andar de baixo. Foi direto ao envelope branco que o advogado lhe tinha dado. Amanda o deixou no balcão da cozinha mais cedo, então o pegou e foi até o jardim de inverno. Afundou com um resmungo exausto na namoradeira acolchoada e rasgou o envelope. Caos veio correndo e saltou para lá, enrolando-se ao lado dela. Ela passou a mão pelas costas peluda dele.

Desdobrou a carta e começou a ler:

Querida Amanda,

 Sei que nunca nos conhecemos, e me arrependo disso. Nada pode mudar isso agora. A primeira coisa que quero que você saiba é que o seu pai te amava, não importa o que você pense. Ele nos deu uma vida boa e, por isso, eu sou grata. Eu o amei muito.

 Sei que conhecer o seu irmão deve ter sido um choque.

Gregory é um bom menino. Espero que você veja isso por si mesma.

Foi difícil para o Greg depois que o pai morreu infartado há dois anos. Para mim também. Sei que vai ser ainda mais difícil para ele quando eu me for. O Greg não faz ideia de que fui diagnosticada com câncer de mama. De qualquer forma, acho que ele não entenderia.

Se você está lendo isso, então o Greg perdeu os dois pais. Espero que você encontre uma forma de ajudá-lo e de amá-lo. Sei que ele é apenas um meio-irmão, mas, ainda assim, é seu irmão. Você é tudo o que ele tem.

Por favor, escute o seu coração e se abra para receber o Greg. Não é um trabalho fácil. Gregory consegue tomar conta de si mesmo de certa forma, mas precisa de muita ajuda. Eu estava tentando fazê-lo ser mais independente, mas ele nunca vai conseguir viver sozinho. Ele precisa muito de você. Não quero que ele acabe em uma instituição, sozinho.

A casa é sua agora, assim como a poupança que o seu pai e eu criamos. Nela, você vai receber, todo mês, uma quantia para te ajudar a cuidar do Gregory. Deve ser o suficiente se você for ficar em Manning Grove – você precisará não trabalhar e estar presente para o Gregory quando ele precisar. Se o levar para Miami (espero que você não faça isso), o dinheiro provavelmente não vai durar muito tempo.

A nossa cidade é ótima, as pessoas são amigáveis e conhecem o Gregory. Sei que isso pode não te convencer, mas acho que ele não seria feliz em uma cidade grande.

Agora eu comecei a divagar...

Amanda leu toda uma lista de coisas que Greg conseguia fazer sozinho e de coisas com que ele precisava de ajuda. Amassou a carta e a arremessou ao outro lado do jardim de inverno. O papel bateu em um abajur e pousou no meio do espaço.

Caos saltou da cadeira e recolheu a "bolinha" antes de, cerimoniosamente, derrubá-la outra vez no colo de Amanda. Ela encarou o cachorro e a carta amassada e úmida, tentando não gritar. Lutando para não chorar.

Não queria fazer aquilo. Não conseguiria. Aquela mulher não tinha nenhum direito de pedir algo assim a ela. Amanda nunca pediu por um irmão. Nunca se importou em ter sido filha única. A mãe a havia mimado. Não porque amava Amanda, mas porque queria controlá-la e, quando necessário, fazer com que a filha não a atrapalhasse.

Caos empurrou a sua mão, esperando que Amanda jogasse a "bolinha" de novo.

Encarando o cachorro branco e preto, percebeu que esperavam que ela fosse responsável. *Ela*; Amanda Barber! Ela que nunca tinha tido um bichinho de estimação. Nem mesmo um hamster. Agora, era responsável por outro ser humano. Era demais.

Decepcionaria Greg.

A cabeça caiu nas mãos, e ela perdeu o controle. Soluços chacoalharam seu corpo até o estômago doer. O nariz entupiu e inchou, e os olhos ficaram vermelhos. Ela fungou alto. Caos se sentou aos seus pés, com as orelhas levantadas, e inclinou a cabeça para cima em uma pergunta silenciosa.

Ela estava com medo.

E sozinha.

Nem mesmo a mãe poderia, nem iria, ajudar.

Essa ideia a fortaleceu. Não precisava da mãe. A mãe estava brava com ela. Tinha dito que Amanda nunca conseguiria fazer aquilo. Que a filha era incapaz.

Amanda mostraria a ela. Seria ainda melhor do que a

própria mãe. Greg era um parente de sangue. Era família. Ela seria atenciosa, carinhosa e amorosa.

Pelo menos, poderia tentar.

Caos, cansado de esperar, pulou para o lado dela outra vez. Amanda lhe acariciou a cabeça. Estava decidida a provar que a mãe estava errada.

Capítulo Dois

O LATIDO ANIMADO do cachorro acordou Amanda. As costas estavam duras enquanto, lenta e dolorosamente, ela se desdobrava na namoradeira. Não lembrava de ter adormecido ali tarde da noite no dia anterior. As roupas estavam amassadas e tortas, e os sapatos tinham sumido.

Através das janelas vastas do jardim de inverno, Amanda entendeu o porquê. Caos estava ocupado, jogando um dos sapatos no ar e o apanhando. O outro tinha sido quase todo enterrado em um buraco no meio do jardim.

Droga! Tinham custado trezentos dólares. Quase uma semana inteira de gorjetas trabalhando como bartender.

O guincho de pernas de cadeira arrastando no linóleo chamou sua atenção, e ela decidiu ignorar o cachorro. Por ora. Tinha certeza de que Caos faria um enterro digno para os seus sapatos mais tarde. Correu até a cozinha e encontrou sua nova responsabilidade sentada à mesa.

O cabelo de Greg estava espetado em um dos lados da cabeça, e ele estava vestindo uma camiseta do Bob Esponja e uma cueca branca de algodão. O meio-irmão lhe abriu um sorriso largo, com um pedacinho de cereal preso no canto da boca.

— Eu fiz o meu café da manhã, Manda!

Amanda resmungou.

— Estou vendo.

O que ela viu foi uma caixa de cereal de mel espalhada sobre toda a mesa, e uma tigela trasbordando cereal. Por sorte, o litro de leite ainda estava em pé, mas gotas brancas salpicavam o chão e a mesa. E o próprio Greg. A pior parte era que o rapaz usava uma colher gigante de servir para comer.

A cada colherada na tigela abarrotada, a combinação de leite e cereal escorria pela borda.

Sem perder tempo, ela procurou a gaveta de talheres. Assim que a encontrou, entregou ao irmão uma colher de tamanho normal.

— Aqui, use essa, amigão.

Greg encarou a colher normal e balançou a cabeça.

— Não. Eu gosto dessa. — Tentou enfiar a colher grande demais na boca, e leite pingou pelo queixo. Rapidamente, Amanda pegou um guardanapo para limpar o rosto do irmão.

Enfermeira e empregada... era o que ela tinha virado. Uma babá.

Mas, naquela manhã, a raiva simplesmente não quis aparecer. Não conseguiu se impedir de estender a mão e tentar alisar o cabelo desobediente dele.

— O que o Caos está fazendo?

— Ele achou alguns brinquedinhos novos. Fique aqui e termine o café. Vou dar uma volta pela casa, tudo bem?

Greg nem ligou. Estava absorto nos quebra-cabeças na parte de trás da caixa de cereais.

Amanda queria ver a casa de novo sob a luz do sol. Subiu para dar uma olhada no quarto principal e usou o único banheiro do andar de cima. Então voltou ao térreo, seguiu para a garagem e passou por Greg, que estava no meio de uma conversa profunda consigo mesmo, enquanto ainda comia.

Acendeu a luz da garagem. Ali, onde cabia apenas um carro, havia um Buick antigo. Pressionou o botão para abrir o portão e ter uma vista melhor. Quando os raios do sol inundaram o lugar, ela caminhou ao redor do lugar abarrotado, inspecionando o carro. Era cinza. Quatro portas. Perfeito para um avô.

Entediante.

Que nem seria viver naquela cidade.

Ao passar pela parte de trás do carro, parou, horrorizada. A placa era MAEDOGREG. Resmungou. De jeito nenhum Amanda dirigiria pela cidade com aquela placa.

Olhou para cima quando Greg entrou na garagem. Ainda de cueca e camisa suja de leite.

— Vamos dar uma volta? — As mãos dele giraram em direções que ela jamais tinha imaginado serem possíveis, e os braços se sacudiram com animação.

— Com essa roupa aí, não. — Ela ergueu uma sobrancelha em direção ao rapaz e não soube se ele havia entendido ou não.

Mas Greg entendeu. Seu sorriso ficou ainda maior quando ele deu pulinhos na ponta dos pés.

— Ah... ah... ah! Vou me vestir! — Ele pisou com força nos dois degraus que levavam para dentro de casa, e Amanda ouviu um gritinho de alegria junto ao som de uma horda de elefantes caminhando pelo segundo andar.

Agora, ela só precisava se arrumar. Fechou a porta da garagem. Poderiam sair com o carro alugado. A locadora só viria pegar o carro às quatro.

CONFORME FEZ no dia anterior quando encontrou o advogado da madrasta, Amanda estacionou o pequeno cupê vermelho no estacionamento público da cidade. Ela e Greg passaram algumas horas caminhando, dando uma olhada nas diversas lojinhas de família ao longo da Main Street. Por ser sábado, o lugar pareceu mais agitado do que Amanda imaginou que seria. Em todas as lojas que entravam, alguém gritava uma saudação a Greg e o jovem gritava em resposta, na maioria das vezes, direto no ouvido de Amanda.

Ficou impressionada com o fato de Greg conhecer todos pelo nome. Ela era terrível com nomes. Era um dom e tanto para o rapaz, ainda mais considerando que, naquela manhã, ele não conseguiu se lembrar nem de vestir a calça. Todos pareciam conhecê-lo na cidade e o tratavam com carinho.

Depois de comprar um sorvete de casquinha de chocolate com menta para Greg e um café com leite grande para si na cafeteria da esquina, os dois voltaram pela praça e foram direto para a loja de 1,99. Ali, ela comprou um punhado de novos brinquedos de morder para Caos. Foi Greg quem escolheu tudo para o cachorro, sem nunca parar de repetir que "tudo custa só um e noventa e nove!". Por fim, Amanda o arrastou para fora antes que a cabeça explodisse. Nem mesmo o café abarrotado de cafeína conseguiu sumir com a dor de cabeça terrível que ela sentia.

Ao saírem da loja, Greg de repente agarrou a mão da irmã, quase derrubando a sacola de compras. Começou a puxar Amanda pela calçada, como um garotinho em uma missão.

Hoje, ela calçava botas de cento e cinquenta dólares, aquelas que tinham um salto baixinho e que combinavam com a calça jeans skinny e a jaqueta de couro roxo-escuro que vestia. Mas, mesmo com saltos baixos, o rapaz a arrastava rápido demais.

— Calma, Greg! Eu não consigo andar tão rápido assim.

— Tem alguéns... alguéns que eu quero que você conheça! — A voz dele estava mais aguda.

— Como assim?

— Vamos, Manda! Vamos! — Ele a puxou, mas Amanda firmou os pés no chão quando viu um salão.

Um salão de beleza de verdade. Viva aos pequenos milagres!

Ela parou, lendo a vitrine do outro lado da rua. *Manes on Main. Manicure. Pedicure. Coloração. Permanentes.*

Suspirou aliviada.

A porta da frente abriu com um tilintar de sinos. Um homem alto, esguio, em seus trinta e poucos anos saiu para acender um cigarro. Ele tinha um cabelo loiro, lindo e sedoso, e maçãs do rosto salientes. Era bonito demais para um homem. Deu a ela um sorriso branco e ofuscante quando notou que os dois o encaravam como uma dupla de idiotas.

Greg, de repente, soltou a mão dela e começou a torcer a dele em um movimento constante. Amanda estava aprendendo rapidinho que o irmão fazia aquilo sempre que estava estressado ou animado.

— Esse é o Teddy, é apelido de Theo. A mamãe diz que ele é gay. Eu não sei o que isso quer dizer. — Amanda sentiu o rubor subir pela garganta. Greg continuou: — Ele corta cabelo. Mas a mamãe não deixa o Teddy cortar o meu. Por que as pessoas o chamam de Teddy se o nome dele é Theo?

Amanda deu um sorriso torto para Teddy-Theo. Ela queria muito se esconder, mas só havia uma lata de lixo ali perto. Então fez algo que não pareceria *tão* óbvio. Jogou o copo vazio de café no lixo e ajeitou a sacola nas mãos, para caso Greg a saísse arrastando pelo meio da Main Street sem qualquer aviso.

— Então, Greg, é igual quando as pessoas me chamam de

Mandy às vezes, ou como você gosta de me chamar de Manda. É um apelido.

— O que é um ape... Apelido?

— É igual quando eu te chamo de Greg em vez de Gregory, o seu nome completo.

— Como quando você me chama de amigão?

— Exatamente. Muito bom, Greg.

Ele estufou o peito.

— Meu nome é Gregory Martin Barber.

— Eu sei. Vamos dizer oi para o Teddy. — Ela o segurou pelo cotovelo, dando-lhe um empurrãozinho para frente.

Greg se afastou, com os olhos se arregalados.

— Não! A mamãe diz que eu não posso falar com estranhos.

— Greg, ele não é um estranho; você sabe quem ele é.

— Mas... Mas a mamãe diz que ele é estranho.

— Greg... — Amanda fez uma pausa, então suspirou frustrada. — Deixa para lá.

Ela segurou o braço de Greg e o puxou, atravessando a rua até a entrada do salão.

— Oi.

Teddy abriu a boca e soprou uma torrente de fumaça para cima, para longe de todos.

— Oi.

— Desculpa.

— Não se desculpe. A cidade é pequena; eu estou acostumado. E sei que não é culpa do Greg. — Teddy sorriu para o garoto. — Oi, Greg.

Greg continuou olhando para baixo, encarado os pés enquanto enterrava a ponta do tênis no concreto.

— Diga oi, Greg — Amanda incentivou. Ela o cutucou nas costas. Quando o rapaz continuou sem responder, ela o cutucou com mais força.

— Oi — murmurou ele, por fim, sem erguer a cabeça.

Teddy voltou a sua atenção para Amanda.

— Você é a Amanda Barber.

— Sim, como você sabia?

Teddy riu.

— É assim que as coisas funcionam nas cidades pequenas.

Sem se deixar iludir, Amanda perguntou:

— Então você é o Theo, o Teddy, o Theodore ou... o quê?

— Meus amigos me chamam de Teddy, outros me chamam de... — Ele olhou de soslaio para Greg. — Bem, você pode imaginar.

Quando Amanda terminou de conversar com Teddy, Greg tinha se esquecido por completo quem era que ele queria que a irmã conhecesse. Ele estava cansado, assim como ela, então concordaram em voltar para casa.

Ao virarem em uma esquina a caminho do estacionamento, Amanda notou um homem de farda azul parado ao lado do carro. Parecia um policial. Ela estancou. Era *mesmo* um policial! Um que estava muito concentrado ao escrever em uma prancheta de metal prateado. E ao colocar uma cópia de seja lá o que fosse sob o limpador de para-brisas *dela. Merda!*

Amanda saiu correndo, deixando Greg para trás gritando:

— Tem alguéns que eu quero que você conheça!

Sem fôlego, ela derrapou antes de parar bem em frente ao policial fardado e tirar o cabelo do rosto.

O cabelo escuro tinha o corte curtinho que era típico dos policiais. Os olhos azuis como cristal se cravaram nela com uma expressão de *cuidado: ela pode ser louca.* A mandíbula quadrada do homem ficou tensa, como se esperasse um confronto. E Amanda não quis desapontá-lo.

— Ei, você não pode fazer isso! — Ela derrubou a sacola com brinquedos de cachorro para puxar o jeans de cintura baixa para cima, já que tinham escorregado até uma altura perigosamente baixa durante a corrida. A última coisa de que precisava era ser enquadrada de novo por conduta indevida.

— Deixe-me adivinhar, o carro é seu? — O sarcasmo nada sutil dele a irritou. Antes que Amanda pudesse dizer o que realmente pensava, Greg a alcançou.

— Max... Max... olha o que a gente comprou para o Caos!

Os olhos do policial amoleceram, e a mandíbula relaxou quando ele notou Greg.

— Oi, Greg. O que você está fazendo sozinho aqui?

Amanda se eriçou.

— Ele não está sozinho. Ele está comigo.

— Max! Max! Essa é a minha irmã, Manda. — Greg recolheu a sacola de brinquedos do chão e a abriu com tudo para que o policial pudesse olhar lá dentro. — Viu o que a gente comprou para o Caos?

Para a felicidade de Greg, Max deu uma boa olhada na sacola, dizendo a Greg que os brinquedos deviam ser muito divertidos. Enquanto o policial estava ocupado com o irmão, Amanda avançou e arrancou o papel amarelo da multa de sob o limpador. Ela o leu.

— O quê? Por que eu ganhei uma multa por estacionamento irregular? O estacionamento aqui é gratuito!

Ele ergueu os olhos sem pressa, arqueando uma sobrancelha.

— Leia a placa.

— Olha, policial... — Ela se inclinou, lendo o nome dele na placa de identificação brilhosa. — Bryson. Eu li a placa. Está escrito *estacionamento gratuito*. — Ela cravou as mãos nos quadris para dar ênfase.

Não deveria ter feito aquilo. O movimento chamou a atenção dos olhos azuis glaciais para a pele exposta entre a cintura baixa e o *cropped* que ela usava. Puxou as bordas da jaqueta para fechá-la.

— Está escrito *duas horas* de estacionamento gratuito.

Amanda abriu a boca para argumentar, mas ao ler a placa outra vez, fez um O. Os lábios se fecharam e franziram. Com um floreio, ergueu o braço e arregaçou a manga da jaqueta de couro, encarando o delicado relógio Bulova de ouro ao redor do pulso.

Aquele tinha sido um dos muitos presentes que a mãe havia lhe dado para encobrir a culpa materna. Uma e dez. Havia estacionado o carro ali um pouco antes das onze.

— Você está de brincadeira, né? — Ela olhou para o policial, boquiaberta. Despreocupado, ele ergueu o ombro em resposta. — Quinze minutos a mais, e eu estou ganhando uma... — ela olhou para a multa que agora estava toda amassada na mão — ...multa de vinte e cinco dólares? Ah, me poupe!

Ao que parecia, ele estava acostumado a lidar com habitantes revoltados, pois Amanda não o deixou perturbado. Ela desenterrou as chaves do carro e apertou o botão para destrancar as portas. Em seguida, abriu o porta-malas, jogou a sacola de brinquedos ali dentro e o fechou com um estrondo satisfatório.

— Acho que, já que não tem nenhum crime rolando nessa cidadezinha de fim de mundo, você não tem nada melhor para fazer do que atormentar cidadãos de bem. O que você faz? Fica sentado com um cronômetro, esperando alguém ultrapassar o limite de tempo? Essas multas pagam o seu salário? Você recebe uma comissão? Hein?

O policial Bryson a observou em silêncio, com os pés plantados e afastados. Manteve-se calmo, o que foi totalmente desconcertante. A recusa do homem em argumentar enfureceu Amanda ainda mais.

— Greg, entre no carro. E não se esqueça do cinto de segurança. Não preciso que o Policial Espertinho aqui me dê outra multa.

Ficou aliviada quando Greg não resistiu. Quando o irmão se acomodou no assento do passageiro, Amanda fechou a porta com força. E lançou uma última careta para o policial.

— Quantos anos você tem? — A voz do homem soou baixa e calma, e a pergunta foi tão inesperada que ela respondeu sem nem pensar:

— Vinte e oito. — E se xingou mentalmente por ter respondido.

Com um cuidado calculado, ele guardou a caneta no bolso da camisa.

— É mesmo? — Seu olhar examinou todo o corpo dela; então, inclinou a cabeça, ponderando alguma coisa. — Porque, pelo jeito que você estava agindo, pensei que tivesse doze.

Doze? Que idiota!

— E, pelo que eu ouvi, Amanda, você é a responsável pelo seu irmão agora. Parece que vai ter que amadurecer bem rapidinho.

Amanda deu a volta até o assento do motorista antes que fizesse alguma burrice e acabasse algemada, enfiada no banco traseiro da viatura e, isso sem mencionar, acusada por agredir um policial.

Ela ergueu o polegar.

— Primeiro, é srta. Barber para você. — Então, ergueu o indicador. — Segundo, ninguém te perguntou. — Amanda semicerrou os olhos, então, ergueu apenas o dedo do meio. — E, terceiro, nada disso é da sua conta.

Que ela fosse acusada de tentativa de lesão corporal qualificada. Com uma pitada de má conduta.

Ele deixou a cabeça cair, e o corpo todo chacoalhou. O

policial estava rindo dela? Depois de um segundo, ele voltou a encará-la.

— Não vamos falar mais nisso. Não se meta em problemas, *srta. Barber*. E não arraste o Greg para nenhuma confusão. Ou uma multa de vinte e cinco dólares será a menor das suas preocupações.

Amanda entrou no carro e trancou as portas. Não gostou do aviso dele... Ou melhor, da ameaça. E não gostou dele.

Policial Max Bryson... um nome de que nunca se esqueceria.

MAX BALANÇOU a cabeça e soltou um breve suspiro ao observar o pequeno carro vermelho se afastar com os pneus cantando. O sangue circulava com tanta fúria que pensou que as veias fossem estourar. Apostava que a da têmpora latejava visivelmente. Se esforçou para manter a fachada despreocupada, mesmo não se sentindo tão calmo por dentro. Em geral, não deixava cidadãos descontentes o irritarem, ainda mais porque conhecia a maioria deles. Estava acostumado a lidar com as pessoas se chateando com alguma situação, não importando se fosse culpa delas ou não.

O que o pegou desprevenido foi a reação do próprio corpo diante da mulher. Fazia um bom tempo que não sentia uma atração tão inesperada por alguém. Ainda mais forte daquele jeito. E nunca de maneira tão instantânea. Passou a mão pela testa molhada. Ela era esquentadinha. Quando Max ouviu que a irmã mais velha de Greg estava vindo para a cidade para cuidar do rapaz, não pensou demais naquilo. Na verdade, achou que ela não fosse aparecer. Achou mesmo que Greg acabaria em uma unidade de acolhimento.

Tudo o que ele tinha ouvido sobre ela ao redor da cidade era que a *srta.* Amanda Barber não havia comparecido ao funeral do pai há alguns anos. É claro, sendo uma comunidade pequena e unida, aquilo não tinha passado despercebido e foi assunto por, pelo menos, um mês. Bem, até a próxima grande "notícia" da cidade chegar, que, no caso, foi o batalhão de reserva do irmão de Max ser despachado para o Oriente Médio.

Mas a garota tinha chegado; realmente apareceu para assumir a responsabilidade pelo irmão. Ou meio-irmão.

De qualquer forma, ela com certeza não parecia ser capaz de lidar com uma pessoa como Greg. Não que pudesse julgar o livro pela capa, por mais bonita que a capa fosse. Max esperava que Amanda provasse que ele estava errado.

Tinha a sensação de que a encontraria de novo.

Max sorriu e voltou para a viatura. Sim, tinha certeza de que a veria novamente. Em breve.

De preferência, sob outras circunstâncias.

Capítulo Três

Ele estava usando aquela porcaria de farda azul-escura de novo. Mas, desta vez, a camisa estava desabotoada, pendendo aberta e exibindo a camiseta branca por baixo.

Abriu o cinto de couro preto e, sem pressa, tirou-o dos passadores. Como se estivesse se despindo. Ele a estava provocando! Deixou a coisa cair no chão. Tirou a camisa da farda e a arremessou pelo quarto. A camiseta abaixo abraçava a pele dele, dando a ela um gostinho do que estava por baixo.

Ele tirava as roupas devagar demais.

Com um puxão, a camiseta também se foi. Ela o esperou agarrar a frente da calça e puxar, como um dançarino exótico vestindo uma calça de velcro. Um puxão e *vuuush!* Nada, exceto uma tanga de oncinha.

Mas ela não ficou decepcionada quando aquilo não aconteceu; ele simplesmente se sentou na beira da cama e tirou as botas pretas. Como uma pessoa normal. Max se virou e olhou para Amanda.

Ela estava nua, esperando na cama. Os mamilos endureceram sob o olhar do homem, e ela passou os dedos sobre eles, circulando. Estavam sensíveis, implorando pelo toque de Max. Por sua boca. Por sua língua.

Apostava que ele sabia direitinho o que fazer com aquela língua.

Max se levantou, o colchão recuperando o formato com a falta de peso. Ele a encarou, o olhar faminto. Era como se quisesse comê-la.

Bem, se fizesse aquilo, Amanda não reclamaria. Na verdade, seria bastante complacente.

Ela dobrou os joelhos e deixou que caíssem abertos, dando a ele uma vista da qual esperava que Max jamais se esqueceria.

Ela chupou o próprio dedo apenas o suficiente para deixá-lo molhado, então se acariciou. Abriu os lábios, mostrando a ele o quanto o desejava. Estava pronta.

— Policial, eu tenho sido uma garota muito má. — Ela fez beicinho.

— É mesmo? E o que você fez?

Max abriu a calça e a deslizou para baixo, chutando-a para longe do caminho, sem nunca tirar os olhos do rosto de Amanda.

Caramba. Ele estava muito a fim daquilo.

O coração dela bateu um pouco mais rápido.

— Coisas que eu não posso te contar...

— Vou precisar te punir?

Ela assentiu. O latejar interior fazendo os dedos do pé se curvarem.

Max voltou a se sentar na beira da cama, mas se inclinou para pegar algo no chão.

Reapareceu com algemas de metal pendendo na mão direita.

Um "sim" ofegante escapou de Amanda.

Ele subiu em cima da mulher para prendê-la com suas pernas longas.

— Vai cooperar?

A voz dela sumiu, e tudo o que Amanda conseguiu fazer foi assentir.

— Então você se arrepende de ter sido uma garota má?

Ela assentiu outra vez, o coração batendo na garganta.

— Coloque as mãos em cima da cabeça.

Ela sacudiu o corpo ao se arrastar um pouquinho mais para baixo, e esticou as mãos para trás até roçarem a cabeceira.

— Você não vai me machucar, vai, policial?

— Eu nunca te machucaria, sua safadinha. Estou aqui para proteger e servir.

As algemas estavam frias quando as apertou ao redor dos pulsos de Amanda, que foram presos em uma das barras da cabeceira para que ela não pudesse escapar.

Não que ela fosse uma fugitiva em potencial. Não planejava ir a lugar algum.

— Como... — Ela engoliu a saliva. — Como você vai me servir?

— Não posso contar. Preciso mostrar.

O dedo do homem acariciou de leve o pescoço dela. Amanda ficou arrepiada; os mamilos, tão animados que doeram. O que não passou despercebido. Max era um policial dos bons, muito observador. Não deixava nada escapar. Ela sorriu.

Mãos grandes, ligeiramente cobertas com pelo escuro, se moveram dos ombros aos seios. Amanda arqueou as costas em expectativa. Não estava decepcionada. Os dedos fortes do homem a exploraram. Puxando, torcendo. Do jeito que ela queria. Do jeito que ela gostava.

Amanda gemeu e mexeu as pernas, fazendo as algemas baterem na cabeceira.

Deslizando a mão pela barriga de Amanda, Max a manteve parada. Ele se moveu até se acomodar entre as pernas dela.

Ele afagou a pele macia e sensível da vulva com os dedos, depois com a boca.

— Você é tão macia e suave — sussurrou ele, mergulhando um dedo dentro de Amanda. Depois, outro. — E está tão molhada.

Beijou o clitóris inchado dela, e o chupou com força, fazendo-a gritar e se debater.

Ficando de joelhos, segurou a comprimento ereto. Ela o queria dentro de si. Agora!

— Está pronta para mim? — Ele se acariciou sem pressa. Então passou o polegar entre os lábios de Amanda, coletando parte da umidade dela e esfregando sobre a cabeça do membro. — Eu estou pronto para você. Está vendo como estou duro?

Amanda mal assentiu. Não conseguia mais falar.

Max se posicionou bem na sua entrada, e moveu o peso sobre ela.

Bem quando estava começando a deslizar para dentro, preenchendo-a, os olhos de Amanda se abriram.

Ofegava, uma gota de suor escorria por sua testa. O suor era real. O sonho, não.

O sexo latejava, mas estava vazio. *Droga.*

Algo a acordou antes de o sonho molhado acabar. Tentou desacelerar a respiração para ouvir o quê.

Tinha alguém na porta da casa? E por que não paravam de bater tão alto daquele jeito?

Espiou o alarme. Seis e meia da manhã.

Resmungando, jogou as cobertas sobre a cabeça. Quem,

em sã consciência, estava acordado àquela hora? Ainda mais em um domingo. Aquele não era o "dia do descanso"?

Se ignorasse seja lá quem fosse, a pessoa poderia acabar indo embora e Amanda voltaria ao sonho. Terminaria o que havia começado.

A batida se transformou no toque da campainha. Então, alternou. Batida, campainha. Batida, campainha.

Era o suficiente para acordar qualquer defunto. Soltando um grunhido, saiu de debaixo das cobertas e se levantou. O ar frio atingindo a pele quente a fez arfar.

Olhou para trás, para o termômetro preso ao lado da janela do quarto: 16 graus. *Argh.*

Enfiou uma meia grossa no pé e pegou um roupão, jogando-o sobre o pijama ao se arrastar pelo corredor. Deu uma olhada no quarto de Greg ao passar.

Ainda dormia. Como o irmão conseguia dormir com aquela barulheira?

Por que essa criatura simplesmente não ia embora?

Quando chegou à porta, Caos estava sentado diante dela, encarando-a e prestando atenção, o rabo peludo varrendo o chão devagar, de um lado ao outro. Que baita cão de guarda; ele não tinha nem sequer latido.

Bem, seja lá quem fosse, Amanda mandaria a pessoa para o inferno.

Empurrou Caos para o lado com o pé e abriu a porta com tudo.

— O que foi? — Ela parou e franziu a testa. — Ah... oi.

— Já estava na hora de você se levantar.

Uma mulher grisalha e corpulenta, com seus sessenta e poucos anos, estava parada na frente de Amanda. Usava um vestido multicolorido de ficar em casa, do tipo que tinha um zíper na parte da frente, meias pretas que iam até os joelhos e sapatos ortopédicos bege-escuros. Amanda estremeceu com a gafe horrenda de moda.

A papada da mulher sacudiu quando empurrou um prato amontoado de cookies para ela.

— Aqui, são de manteiga de amendoim. O Greg ama. — Ela lançou um olhar feio para Caos. — Não sei por que Dolores comprou esse cachorro barulhento para ele.

Como se zombando dela, Caos, sem fazer *um barulho sequer*, bateu a cauda no chão em resposta. Cachorro cara de pau.

— Sou a Amanda.

— Eu sei. Moro aqui do lado. A Dolores me contou tudo sobre você.

Ótimo.

— E você é?

— A sra. Myers. — A mulher mais velha olhou Amanda de cima a baixo. — *Humpf.* Eu disse para a Dolores que uma garotinha que não se importa o suficiente nem para comparecer ao enterro do pai não teria bom senso suficiente para cuidar daquele pobre garoto. — Ela fez uma carranca. — Tenho certeza de que você vai provar que tenho razão.

Amanda apertou o prato de cookies com ainda mais força ao encarar aquela pobre e velha megera diante dela.

Respirou fundo antes de dizer, com delicadeza:

— Bem, obrigada por me dar as boas-vindas ao bairro, sra. Myers. Ainda mais tão cedo em uma linda manhã de domingo. Tenho certeza de que seremos ótimas amigas.

A sra. Myers ergueu um dedo e o sacudiu no rosto de Amanda, obrigando-a a dar um passinho para trás.

— Vou ficar de olho em você, jovenzinha. É melhor cuidar muito bem daquele garoto. E certifique-se de me devolver esse prato.

Com outro *humpf*, se virou e saiu, andando igual a um pato, de volta para casa.

— Foi um prazer conhecê-la — gritou Amanda, e fechou a porta com força. Em seguida, olhou para o cachorro. — Eu te dou permissão para mordê-la se, algum dia, ela pisar nessa casa de novo.

Estudou os cookies que tinha em mãos. Tirou o plástico filme e colocou o prato no chão.

— Prontinho, Caos. Divirta-se.

Sorriu quando o cachorro devorou alguns cookies, a cauda balançando com entusiasmo. Então, enquanto ele lambia mais alguns, Amanda o impediu. Não queria que Caos ficasse doente. Pois, com certeza, não queria limpar vômito de cachorro. Talvez os daria a ele um de cada vez, como se fossem petiscos caseiros.

Tirou o prato de debaixo do cão e recolocou o plástico sobre os cookies que haviam sobrevivido. Teria que escondê-los para que Greg não comece as guloseimas de manteiga de amendoim com cobertura de baba de cachorro.

———

AMANDA OUVIU o brado da sirene atrás de si. Bateu a mão no volante; quase tinha conseguido chegar em casa.

Tudo o que queria era ter ido ao Walmart gigante no limite da cidade, comprado alguns mantimentos e itens necessários e, depois, voltado para casa. Deveria ter sido simples assim. *Poderia* ter sido simples assim.

Mais três quarteirões, e teria conseguido. Tinha até mesmo esperado escurecer para sair de casa.

Ligou a seta e, bufando, parou ao lado da calçada. A luz de uma lanterna brilhante vinda do carro de trás a atingiu.

Ela desceu a janela, tamborilando as unhas em um ritmo impaciente na moldura.

— Mas que porcaria! — A cabeça do policial Bryson preencheu a janela do carro, e uma lanterna foi apontada diretamente para Amanda, ofuscando-a. — Eu não te falei para não se meter em problemas?

— O quê? — perguntou ela, fingindo inocência. Sem paciência, empurrou a lanterna para longe do rosto.

— Você está dirigindo pela cidade com um carro sem placa.

— Ah, está sem placa? — Ela tinha arrancado do sedan a placa que dizia MAEDOGREG. Tentou mudar de assunto. — Você é o único policial nessa cidade?

— Para a sua felicidade, não. Também tem os meus irmãos, Matt e Marc, além de alguns outros. Mas parece que sou o infeliz que continua tendo que lidar com você. Do jeito que as coisas estão indo, vai acabar conhecendo todos eles em breve.

— Então o departamento de polícia todo é composto pela sua família? — Pelo menos, poderiam ter mandado um dos irmãos até ali. Não era possível todos serem tão bárbaros quanto Max. — Acho que vou ter que arranjar uma placa nova para o carro.

— O que aconteceu com a antiga?

A que ela tinha jogado no lixo? Perguntou a si mesma se tinha cometido um crime.

— Hum... ela foi... roubada?

— Bem, então vamos ter que registrar um boletim de ocorrência. E você vai ter que notificar o Departamento de Trânsito da Pensilvânia.

— Talvez ela tenha caído.

O policial a olhou, cheio de suspeita. O tique na mandíbula dele ficando pior a cada segundo.

— O que foi que aconteceu, Amanda? — ele pressionou. — A placa foi roubada ou você a perdeu?

Por que Max não deixava aquilo para lá? Por que não podia simplesmente dar outra multa e mandá-la embora para casa? Toda vez que olhava para o homem, Amanda se lembrava do sonho. Por que raios tinha escolhido alguém tão controlador para estar em um sonho erótico?

— Eu não sei.

— Oi?

Ela ergueu a voz e respondeu:

— Eu não sei!

— Bem, então vou registrar uma queixa de roubo. Tenho certeza de que, se alguém da região a roubou — ele ergueu a sobrancelha —, vamos encontrar o carro com a placa MAEDOGREG rapidinho.

Amanda engoliu um grunhido.

— Sim, não vai ser difícil encontrar esse carro.

— Bem, quando você chegar em casa, Amanda... *srta. Barber*, certifique-se de dar uma *boa olhada* em tudo para verificar se a placa não caiu. Sugiro vasculhar a garagem. Se encontrá-la, nos avise.

Amanda sentiu a quentura rastejar pescoço acima.

— Vou fazer isso.

— Vou deixar você se safar desta vez. Mas, se eu te pegar dirigindo sem placa de novo, vou rebocar o seu carro.

Muito gentil da parte dele.

— Vou te acompanhar até em casa.

Que constrangedor, pensou ela, enquanto a viatura branca e preta a acompanhava pela rua.

Que constrangedor o fato de a sra. Myers, a vizinha enxerida, estar casualmente parada na varanda dela. À noite. Com apenas uma lâmpada amarela iluminando sua figura corpulenta, as mãos nos quadris em clara desaprovação.

Assim que entrou na garagem, a viatura seguiu pela rua. Amanda estacionou o carro e voltou a encarar a sra. Myers. A mulher não gostava dela. O sentimento era mútuo.

Ótimo. Então teria que lidar com um policial enxerido *e* com uma vizinha enxerida. O que viria depois?

Nunca deveria ter feito aquela pergunta. Parecia estar presa na Lei de Murphy.

Na manhã seguinte, foi acordar Greg e prepará-lo para a casa de repouso, mas a cama estava vazia.

Tentou não entrar em pânico. Verificou o banheiro. Vazio. Assobiou para Caos. Nenhuma resposta.

Correu escada abaixo e saiu no quintal. Vazio.

Verificou o carro na garagem. Estava estacionado. Vazio.

Naquela hora, entrou em pânico.

Agarrou a jaqueta e o tênis, vestindo-os no caminho. Então saiu correndo pela porta da frente.

Apenas para parar quase na mesma hora.

Uma viatura se aproximou da calçada. Relaxou um pouco ao avistar Caos e Greg no banco traseiro.

Fez uma careta quando ouviu o *tsc-tsc* vindo da direção da casa ao lado. Ignorou a vizinha.

Pelo menos, não era o policial Bryson que dirigia a viatura. Amanda não precisava de mais outra bronca daquele homem. De qualquer forma, não *pensava* que fosse ele. Quando o carro finalmente estacionou, ela correu e abriu a porta traseira.

Por sorte, o irmão estava inteiro.

— Greg! Onde você estava? Você me assustou!

Ela deu um abraço apertado nele e tirou um cacho de cima dos olhos do meio-irmão.

O policial de aparência assustadoramente familiar se desdobrou ao sair do assento do motorista.

— Senhora, eu sou o policial Bryson. Quer dizer, Marc Bryson. — Ele abriu um sorrisinho e disse: — Fiquei sabendo que você conheceu o meu irmão Max.

Eram assustadoramente parecidos. O mesmo cabelo escuro curto, os mesmos olhos azuis e frios, o maxilar quadrado e acentuado, e um bronzeado profundo, como se os dois passassem muito tempo ao ar livre. Mas o homem na frente de Amanda tinha um pouco menos de rugas ao redor dos olhos. E não parecia tão crítico. Nem tão bárbaro.

— O que aconteceu?

Marc inclinou a cabeça na direção da vizinha enxerida e abaixou a voz.

— A sra. Myers ligou e disse que viu Greg fugindo de casa.

— O quê?!

Greg se intrometeu:

— Eu não estava fugindo! Eu não fiz isso, Manda.

— Achamos o garoto na Fifth Street.

— Fifth Street! Puta merda. — Amanda fez uma careta, percebendo que tinha acabado de xingar na frente de um policial em serviço. Se virou para Greg e segurou os ombros do rapaz, dando-lhe uma breve sacudida. — O que você estava fazendo na Fifth Street?

— Procurando a mamãe.

A resposta amuada dele partiu o coração da irmã. Amanda não soube o que dizer, como responder.

— Senhora...

— Amanda — corrigiu-o. Ainda não estava pronta para ser tratada como uma idosa. Exceto pela sra. Enxerida.

— Amanda... — Com uma mão nas costas da mulher, ele a afastou de Greg para que pudessem conversar em privado.

O policial manteve a voz baixa quando continuou: — A igreja da mãe dele fica na Fifth Street.

Amanda balançou a cabeça. Ela não entendeu.

Marc pigarreou.

— O funeral dela foi lá.

O funeral... ah! Como ela era tonta. As pessoas naquela cidade deveriam achar que Amanda não tinha coração. Não era nenhuma surpresa a sra. Enxerida não gostar dela. Amanda nunca tinha feito nenhuma visita. Nem sequer voltou para o enterro do pai. Ou da madrasta.

Não era de se admirar o policial Max Bryson a ter achado imatura e egoísta. Olhou para o irmão de Max; havia apenas piedade em seus olhos azuis. Naquele momento, se sentiu tão péssima que preferiria ter o olhar desaprovador de Max sobre ela. Punindo-a.

Era o que merecia.

Como se em câmera lenta, ela se virou e se sentou no meio-fio. Olhou para o irmão, que estava indefeso naquele mundo. Ela era tudo o que o rapaz tinha.

Greg continuou parado ao lado do carro branco e preto, em uma calma anormal, bem diferente de seu eu todo animado. Caos estava sentado aos seus pés, atencioso, mas estranhamente inerte.

Ela estudou o cachorro. Caos não sabia que seu dono era diferente. Caos não se importava.

Tudo aquilo era demais para Amanda. Mas estava determinada a não morrer afogada.

Ela olhou para Greg, que pintava com giz de cera... mas não tinha nenhum livro de colorir consigo. O garoto estava focado em decorar a mesa da cozinha. A irmã fechou os olhos e suspirou.

Havia insistido para que Greg ficasse em casa, em vez de ir para a casa de repouso, e passou metade da manhã tentando explicar a ele que a mãe não o estava esperando na igreja da Fifth Street. Greg tinha ouvido tudo o que ela disse, mas não *escutou* de verdade.

E Amanda estava cansada de tentar explicar. Os dois acabaram ficando extremamente abalados na maior parte do dia. Até Caos tinha saído pela portinhola para escapar da tensão.

Talvez ela só precisasse levar Greg para longe dali.

— Amigão, o que acha de nos mudarmos para a cidade grande?

Sem nem olhar para cima, ele murmurou:

— Não.

Amanda contornou a mesa e se posicionou ao lado do assento dele. Passou os dedos pelo cabelo do meio-irmão.

— Talvez você possa conhecer amigos novos.

— Não.

— Por quê? Greg, você não quer ter um monte de amigos e um monte de coisas para fazer?

— Não quero ir embora.

— Por quê?

— A mamãe pode voltar.

— Greg... — Amanda estendeu o braço e segurou as mãos de Greg, cessando a movimentação inconsciente. — Greg, a sua mãe não vai voltar.

— Vai. Talvez ela volte.

— O papai voltou?

As mãos de Greg ficaram tensas nas da irmã, os dedos cerraram.

— Não... não... o papai se foi de verdade. É o que a mamãe diz.

— Sim, e a sua mamãe está com o nosso papai.

— Não. Ela vai voltar.

— Não, Greg...

— Sim, ela disse que nunca me deixaria.

— É claro que ela disse isso.

— Foi o que ela disse! — Ele se afastou com tudo e encarou os gizes quebrados nas mãos. — Ah, meus gizes quebraram. A mamãe vai ficar triste!

Amanda afundou em uma cadeira à mesa.

— Não, ela não vai.

— Manda, para! Para! A mamãe disse...

— Greg, sua mãe disse um montão de coisas, mas...

De repente, o rapaz empurrou a mesa, o que fez a cadeira virar para trás em um baque. Ele se elevou sobre Amanda, o rosto corado, um pouco de cuspe no canto da boca.

— CALA A BOCA!

Amanda teve que cobrir os ouvidos para protegê-los do berro agudo. Os punhos de Greg estavam fechados, e os olhos, descontrolados. Pela primeira vez, ela sentiu uma fagulha de medo. Talvez o tivesse pressionado demais.

Max Bryson entrou na cozinha. Uma pergunta irrelevante sobre como ele havia conseguido entrar na casa atravessou a mente dela. O homem se aproximou de Greg, colocou as mãos nos ombros do jovem e lhe deu uma apertadinha.

— Ei, amigo, o que está acontecendo?

A tensão diminuiu notavelmente no corpo de Greg. Por isso, Amanda ficou grata. Por que Max estava ali era outro problema. Percebeu que tinha estado segurando a respiração, e a soltou depressa.

— Max! A Manda quer me levar embora!

Calor subiu pelo pescoço dela, chegando nas bochechas quando Max lhe lançou uma olhadela. Ele franziu a testa.

— É mesmo?

— Sim, ela quer que eu... que eu me mude para a cidade grande e... e... conheça novas pessoas e tenha coisas novas.

— É mesmo? E você não quer ir? Bem, vamos ter que convencer a sua irmã de que você quer ficar.

Amanda sibilou.

— Como se fosse da sua conta. — Ela se levantou, pegou o lustra-móveis embaixo da pia e começou a esfregar, com um trapo, as marcas de giz na mesa da cozinha.

Quanto mais pensava em Max enfiando o nariz no que não dizia respeito a ele, com mais força esfregava. Desligou a conversa dos rapazes e se concentrou em remover a cera colorida da madeira. Quando terminou, ergueu os olhos e percebeu que tudo estava em silêncio.

Greg tinha deixado o cômodo, e Max estava apoiado na ilha central, braços e pernas cruzados. Ele a observava com atenção.

— Você não tem nada melhor para fazer? Tipo, lutar contra o crime? Ou dar uma multa para uma senhorinha que atravessou fora da faixa? Você perdeu o seu cronômetro de estacionamento?

O canto da boca dele se curvou para cima.

— Você deveria ser multada por ter uma bunda tão bonita. Te observar rebolando, de um lado para o outro, enquanto você esfrega a mesa, me deixou...

Ele parou de repente, como se tivesse acabado de perceber que estava enunciando os pensamentos em voz alta. A surpresa no rosto do policial logo se transformou em uma expressão neutra.

Assim que completou o pensamento dele em sua mente, Amanda olhou para baixo.

Virou-se para recolher os gizes quebrados de Greg, e os jogou em uma lata velha de café, fechando a tampa com um estalido. Finalmente, conseguiu erguer os olhos e encarar Max sem corar.

— De novo... por que você está aqui? E, mais importante do que isso, como você entrou?

— Bem, entrei pela porta. Não estava trancada.

— Você costuma sair invadindo a casa das pessoas?

— Não, apenas em casos de emergência. Ouvi a gritaria e pensei que fosse um.

Amanda bufou, então, congelou no lugar, e semicerrou os olhos.

— Aquela enxerida te ligou?

— Quem?

— Deixa quieto. O que você quer?

— Fiquei sabendo do que aconteceu hoje cedo e quis dar uma olhadinha em você e no Greg.

Ah.

— Meu irmão disse que você parecia bem aflita.

— É claro. Acha que eu não me importo com o meu irmão?

— Eu não disse isso.

— Não foi preciso.

— Olha, a cidade é pequena. Todo mundo sabe tudo. Ou, pelo menos, acha que sabe tudo. É assim que as coisas funcionam. Talvez lá em... em Miami, né? Talvez lá não seja grande coisa uma filha não ir ao enterro do pai, mas aqui... bem, as pessoas fofocam.

— É porque não têm mais nada para fazer além de falar de coisas de que não sabem.

— Talvez.

— Nada de "talvez". Ah, e dão multas injustas. Você não pode se esquecer disso!

— Você tem sorte de eu não ter te dado uma multa naquele dia, quando você *perdeu* a placa.

Do nada, Amanda percebeu que aquele homem, *bem ali*, era o Max Bryson. Não o policial Max Bryson. Não estava fardado. Então, de repente, foi tomada pela surpresa do quanto ele era atraente. Sem o uniforme, Max parecia menos... bárbaro? Combativo. Menos altivo.

O jeans lhe caia muito bem, enquanto a camisa de flanela gasta, com as mangas enroladas, parecia macia contra o bronzeado escuro nos antebraços. Uma camiseta azul-escura espreitava pelo V da flanela presa na calça. Não conseguia imaginar Max com um cabelo mais longo do que aquele. O corte severo combinava com ele. Seu coração acelerou.

Ele era um homem *de verdade*. Masculino. Maduro.

Imaginou se ele pareceria tão nu na realidade quanto nos sonhos. Ela umedeceu os lábios.

— Não. — A voz dele soou baixa e rouca, um aviso óbvio.

Amanda fechou os olhos e tentou voltar a falar.

Pigarreou e tentou de novo.

— Agradeço a preocupação, mas acho que é melhor você ir embora. — Seus olhos abriram, e encontraram os dele, o azul gélido e ardente a deixou sem fôlego. — Estou vendo que você não está trabalhando, então tenho certeza de que tem coisas melhores para fazer com o seu tempo.

Ele endireitou a postura, descruzando os braços e as pernas.

— Você tem razão. — Max se aproximou e demorou-se apenas um segundo. Tempo o suficiente para que Amanda sentisse o calor abrasador do corpo dele. Arrepios se espalharam pelo dela. O homem passou por ela com algumas palavras de despedida. — Não se meta em problemas.

Amanda o observou sair da cozinha a passos largos, e se apoiou no balcão antes que os joelhos cedessem.

. . .

Depois de se despedir de Greg ao sair, Max saiu da casa e respirou fundo, inalando o ar fresco do outono. Precisava clarear a mente. Marc havia tentado convencê-lo a não visitar Amanda, mas Max discordou. Pensou que era a oportunidade perfeita para ver a mulher em uma situação não policial. Com sorte, em termos mais amigáveis.

Infelizmente, não foi o caso. Assim que chegou, ele ouviu a gritaria descontrolada de Greg e entrou correndo para encontrar uma Amanda que não tinha ideia do que fazer. Conforme havia temido. Suspirou.

O que esperava ser uma breve visita amistosa deu errado. Franziu a testa e voltou para a caminhonete. Ficou lá no banco, encarando a casinha.

Max havia notado a mudança no olhar expressivo de Amanda. Um segundo, a mulher estava sendo uma baita de uma chata, no seguinte, o comia com aqueles olhos ardentes. *Cacete.* Mais uma vez, ficou surpreso com a resposta ligeira do corpo. Estava perdendo o controle.

Prendeu o cinto de segurança.

Precisava encontrá-la de novo. Da próxima vez, seria melhor que nenhum conflito estivesse em andamento. Talvez devesse convidá-la para tomar um café.

Ele a convidaria para tomar uma cerveja. A mulher precisava relaxar.

Max bateu na porta de Amanda. Ninguém atendeu. Bateu de novo. Testou a maçaneta. Estava trancada, diferente da última vez que esteve ali.

Ouviu um "quem está aí?" baixinho.

— Senhora? É o policial Bryson, senhora. Por favor, abra a porta.

— Por quê? O que está acontecendo?

— É um assunto da polícia, senhora.

A porta se abriu, dando-lhe uma vista desimpedida de Amanda na camisola mais sexy que ele já tinha visto.

— Poderia parar de me chamar de "senhora"? Não sou tão velha assim. E, ande logo, entre; está frio aqui fora.

Com certeza estava. Os mamilos da mulher estavam eretos sob o tecido sedoso que mal cobria os seios fartos. Max jurou ter visto a cor rosada das aréolas.

Ela fechou a porta quando o homem entrou, e se virou para encará-lo.

— Vai ser rápido, policial?

— Ah, eu posso fazer com que não demore. — E franziu a testa ao perceber o que tinha dito. *Merda.*

— O que é tão importante para você ter que me tirar da cama?

— Senhora... Amanda, você não pagou a sua multa de estacionamento irregular. Tenho um mandado de prisão.

— O quê? Um mandado? Quero ver.

Max vasculhou os bolsos e não conseguiu encontrar o papel. Pigarreou.

— Bem, não vou conseguir te mostrar agora. Mas é uma ordem de prisão.

— E se eu te pagar agora? — Ela deu um passo para mais perto dele.

Por que ela usava aquela roupa tão sexy? Aquilo era para ser um assunto policial. Mas não conseguia se concentrar no assunto em questão. Aquilo não era do seu feitio.

— Tudo bem, eu posso aceitar o pagamento.

— Dinheiro, cartão ou...?

— Ou?

Ela deu mais um passo para frente e, então, estava a centímetros dele. Os mamilos claramente visíveis sob a renda.

— Ou... que tal isso? — Ela acabou com a distância entre eles, se ergueu na ponta dos pés e roçou os lábios nos de Max.

A mulher se inclinou para trás apenas o bastante para ouvi-lo dizer:

— Isso não basta.

Beijou-o de novo, dessa vez, agarrando a cintura de Max para se equilibrar, mantendo os lábios nos dele por mais um tempinho. Quando se afastou, ele simplesmente balançou a cabeça.

— Ainda não? Bem, e que tal isso? — Amanda esmagou os lábios nos dele e saqueou sua boca com a língua, explorando cada canto até o homem grunhir.

Ela abaixou a mão e a deslizou para dentro da cintura do jeans de Max, apenas o bastante para agarrar a bainha da camisa e, em seguida, arrancá-la pela cabeça dele e arremessá-la ao chão. Amanda se inclinou para frente, esfregando os seios no peito dele. A sensação do tecido sedoso e dos mamilos eretos quase o fez pegá-la no colo e jogá-la no sofá.

Em vez disso, Amanda voltou a segurar o cós do jeans, e o puxou até o sofá.

Cacete, ela queria ter todo o controle.

— Tire a calça.

Depois de chutar as botas para longe, foi exatamente o que ele fez. O membro estava duro e pronto, e as bolas, firmes. O sangue corria pelo corpo, o coração batia acelerado.

Amanda lhe deu um empurrãozinho, e ele aterrissou no sofá, o que lhe deu uma visão panorâmica da mulher naquela camisola preta. Além da renda que mal escondia os seios, um tecido preto e encorpado descia até os quadris. A peça tinha o exato comprimento para que Max não fosse capaz de dizer se ela estava de calcinha.

Seu olhar percorreu as pernas de Amanda, do topo das coxas até os dedos do pé, apreciando cada curva. A parte interna das coxas, os joelhos, as panturrilhas.

— Venha aqui — ele mandou, a voz tão rouca que quase não soou como ele mesmo. Esticou uma das mãos, e ela a aceitou. Puxou-a para si, e Amanda, de repente, estava montada nele. O membro encurralado entre o sexo exposto – bem, ali estava a resposta – e o colo de Max. Ele estava ali. Bem ali! Não seria preciso nada além de uma leve ajeitada.

Ela se inclinou sobre ele e capturou os seus lábios outra vez, gemendo enquanto as línguas se enrolavam e exploravam. Os dedos de Amanda brincaram com os mamilos de Max, fazendo-o se contorcer um tantinho, mas não o suficiente para perderem o toque do beijo.

Ele se afastou para poder puxar as alças finas da camisola, libertando os seios dela. Eram perfeitos e lindos. Max enterrou o rosto entre eles, beijando a pele corada. Chupou um dos mamilos ao passo que provocava o outro com os dedos, girando-o apenas o suficiente para fazê-la choramingar, afundando-se ainda mais em seu colo e se esfregando nele.

A ereção latejou ao sentir o calor de Amanda, a umidade dela. Passou os dentes pelo outro mamilo, descendo o polegar entre eles, deslizando pela barriga dela antes de encontrar o clitóris. Amanda pinoteou em cima de Max como um cavalo selvagem. E, com uma ligeira erguida e inclinada dos quadris, capturou o comprimento dele. Um gemido longo e baixo escapou quando ela se abaixou bem devagar, sem pressa nenhuma, e o envolveu por completo. Os músculos internos dela o espremeram ao cavalgá-lo, com calma no começo, mas, então, com um ritmo acelerado. A cabeça dele caiu para o sofá enquanto ela controlava o movimento. Para cima, para baixo, rebolando. Quase o soltando, mas logo voltando a engoli-lo.

Os quadris de Amanda se moveram e se inclinaram quando ela estendeu as mãos para acariciar os testículos de Max e, então, apertá-los. Ele quase perdeu todo o controle bem naquele momento. Tentou desacelerar a respiração, mas a mulher estava acabando com ele.

E, quando ela gritou: "Vou gozar!", Max perdeu mesmo o controle.

O membro latejou ao se derramar dentro dela, o orgasmo se misturando com a de Amanda...

Ele virou para o lado e acordou.

Passou uma das mãos pela barriga. Grudenta. Tinha sido apenas um sonho. A porcaria de um sonho erótico que um adolescente teria.

Aquela maldita mulher o estava tirando do prumo.

Capítulo Quatro

AMANDA DEVERIA TER TIDO aquela ideia antes. Avaliando seu reflexo na porta de vidro, se certificou de que o cabelo estava arrumado e as roupas, ajeitadas, antes de empurrar a porta com uma das mãos. A outra estava ocupada, equilibrando o prato da sra. Enxerida com os cookies de manteiga de amendoim.

Quis fazer algo gentil para o policial Marc Bryson. E teve a ideia quando encontrou o prato de biscoitos fundo do armário. Ele jamais saberia que não tinha sido Amanda quem os preparou. Ou que o cachorro os havia lambido...

As botas de salto bateram no piso frio quando ela entrou na delegacia. Uma bandeira americana ocupava um dos cantos com a bandeira do Estado da Pensilvânia à direita. Nas paredes, havia fotos emolduradas de homens fardados. Ela não sabia dizer se eram de policiais atuais ou aposentados, mas, claro, não havia nenhuma mulher. Era de se esperar. Uma cidade pequena como aquela não devia ter igualdade de direitos. Igual na Idade Média.

Pensou ter visto uma foto dos Bryson ali na parede, mas

não teve certeza e, antes que pudesse se aproximar para ler a plaqueta, foi interrompida:

— Posso ajudar?

Ela se aproximou do balcão e sorriu para o policial ruivo. Sardas salpicavam o nariz e as bochechas dele. Não era muito mais velho que ela. Amanda leu a plaquinha dele: Dunn.

— Oi, eu vim deixar alguns cookies para o policial Bryson.

— Ah, espere aí. Acho que ele está na sala de patrulha. — Dunn se virou e gritou lá para trás: — Max, tem alguém aqui para te ver.

Max! Amanda entrou em pânico.

— Não! Não. Não era isso... Desculpa, eu queria falar com o Marc Bryson.

— Ah. — Ele deu de ombros, como se aquilo não tivesse importância.

Tarde demais.

Max saiu de uma sala lateral, olhando para baixo, ocupado ao fechar as presilhas de couro que fixavam o cinto de serviço ao cinto mais estreito da calça. Amanda olhou para o apetrecho abarrotado e se perguntou para o que serviam todas aquelas coisas penduradas ali. A arma, é claro, ela sabia.

O homem olhou para cima ao se aproximar do balcão da recepção e congelou. Um rubor inundou o rosto dele. As sobrancelhas de Amanda franziram. Ela nunca o viu envergonhado. Que motivo ele tinha para ficar envergonhado?

— *Srta. Barber.*

— *Policial Bryson.* — Ela franziu a testa. — Na verdade, vim falar com o seu irmão.

A cor abandonou o rosto dele tão rápido quanto havia aparecido. Uma sobrancelha escura se ergueu.

— Trouxe alguns cookies para agradecer a ele por ter levado o Greg de volta para casa naquele dia.

Ela colocou o prato no balcão. Os dois homens encararam os biscoitos, famintos.

Típico de homens, pensou Amanda. *Dê a eles comida ou sexo, e ficam felizes. Vaginas ou biscoitos, tanto faz, bastava servir em um prato.*

Max se virou para Dunn.

— Vá fazer um intervalo.

O outro policial deu um soquinho no braço de Max e disse:

— Guarde alguns para mim. — E desapareceu por um corredor bem iluminado.

Max tirou o plástico filme e pegou um cookie, inspecionando-o. De repente, Amanda ficou horrorizada. Não deveria ter levado o prato ali. Caos havia babado na comida. Talvez o policial pudesse notar?

Argh. Por que ela não sabia fazer algo tão simples quanto biscoitos? Queria agradecer ao Marc, não o deixar doente. Seria suspeito se ela, de repente, derrubasse o biscoito da mão de Max e jogasse tudo no lixo?

— Estão envenenados?

Sem esperar por uma resposta, os dentes brancos e retos dele morderam o biscoito macio. Amanda segurou a língua até ele parar de mastigar e engolir.

— Sim — ela confirmou. E sorriu.

Max hesitou apenas um segundo antes de terminar de comer.

— Bem, estão gostosos. Eu te devolvo o prato mais tarde.

Ela assentiu e acenou em direção ao cinto de serviço dele.

— O que é toda essa tralha?

A surpresa ficou estampada no rosto do homem. Imaginou que Max não tivesse acreditado que ela poderia estar interessada de verdade.

E não estava, mas, por alguma razão boba, queria puxar

conversa. Não conseguia imaginar o porquê, já que ele era tão irritante.

Endireitando a postura e estufando o peito com um orgulho inconfundível, Max encarou o quadril direito, passando a mão por cada item ao redor do cinto.

— Minha arma. Uma pistola Glock 45. Empunhadura personalizável. Dois cartuchos extra. E suporte para a lanterna.

— Pensei mesmo ter reconhecido a lanterna — disse ela, com um pouquinho de sarcasmo. Só uma pitadinha.

— Suporte para o rádio. Spray de pimenta. E isso aqui... — Ele abriu um estojo de couro e tirou uma algema brilhante e prateada, balançando-a em um de seus dedos longos. — Isso aqui serve para prender garotinhas malcomportadas. Quer experimentar para ver se serve?

Caramba, eram iguaizinhas às do sonho. Amanda fechou os olhos, revivendo a lembrança apenas por um segundo. Os olhos se abriram quando o homem pigarreou.

— Eu tenho uma lá em casa, mas obrigada. — Ela deu a ele um sorriso travesso. — É rosa e peluda. — A mulher girou e disse, por cima dos ombros: — Aproveite os biscoitos. E fique longe dos meus sonhos.

Enquanto se afastava, deixou Max boquiaberto. E foi naquele momento que a culpa decidiu voltar. Deixou o pensamento de lado. Max merecia tudo aquilo.

Ouviu-o gritar um "o quê?" assim que empurrou a porta. Amanda abriu um sorriso e saiu para a luz do dia.

Um pouquinho de baba de cachorro não machucaria ninguém.

Os cookies tinham acabado, e o prato, sido devolvido na varanda da sra. Enxerida, no meio da noite, conforme o fim de outubro soprava para o começo de novembro. E por mais que Amanda odiasse... Não, era uma palavra muito forte. Por mais que ela *desgostasse* de Manning Grove, tinha que admitir que a folhagem do outono era linda.

Mas passaria muito bem sem o clima mais frio.

Amanda tinha conseguido não se meter em problemas, como Max havia sugerido em diversas ocasiões. Melhor ainda, tinha conseguido ficar longe dele. De vez em quando, avistava uma viatura branca e preta na cidade e se perguntava quem estava dirigindo. Marc ou Max ou o outro irmão, quem quer que ele fosse. Ainda não teve o prazer de conhecê-lo. Preferia não ser o centro das atenções da delegacia. Apesar de um dos policiais continuar invadindo seus sonhos. Mas, pelo menos, os sonhos a mantinham quentinha durante a noite.

Havia redecorado o quarto principal a seu gosto, o que a fez se sentir um pouco mais confortável na casa.

Na verdade, saía apenas quando precisava comprar mantimentos ou alguma outra coisa essencial. Tentava ficar longe dos olhares curiosos. Principalmente do da sra. Enxerida.

Não tinha saído de casa para encontrar o advogado. Em vez disso, havia ligado para o sr. Wells para avisar que ficaria na cidade por mais um tempo. E se algo mudasse, ele seria o primeiro a saber. O advogado pareceu ficar satisfeito com aquilo.

De qualquer forma, não era como se ela pudesse se enturmar com facilidade; o próprio estilo das roupas de Amanda já a fazia de destacar. Mas ela se recusou a abrir mão do armário elegante em prol do jeans de dona de casa e dos moletons largos com estampas fofinhas na frente, que pareciam ser moda por ali.

Tinha se aproximado de Teddy. Passavam horas conversando como duas boas amigas, ao celular ou enfurnados no salão dele. Ele a lembrava de casa e de alguns dos amigos que havia deixado. Miami era o paraíso das pessoas interessantes. Sentia falta daquilo.

A melhor parte era que Amanda finalmente havia configurado o computador e arranjado TV a cabo. *Quem, em sã consciência, vivia sem TV a cabo?* Então, agora, ela tinha Wi-Fi. Enfim alguma conexão com o mundo real.

Enquanto verificava o perfil negligenciado no Facebook, o toque familiar de uma nova mensagem chamou a sua atenção. A janelinha de conversa surgiu na tela.

Olhou para ver quem a havia chamado. *Carlos.*

Oi, bb, o que vc tá fazendo? piscou diante dela.

Infelizmente, não tinha bloqueado o status para que os outros não vissem que ela estava online. A bolinha verde a entregou.

Nada, digitou Amanda, então apertou o Enter com um pouco mais de força que o necessário.

Um segundo depois: *Tô com saudade.*

Aposto que sim, respondeu ela.

Vc me perdoa?

Não. Sem perder tempo, bloqueou o perfil dele e fechou a conversa. Pronto.

Até o celular tocar trinta segundos depois. Amanda olhou para a tela. Reconheceu o número; o autoproclamado "tamale delicioso" estava ligando.

Ela deslizou a tela.

— O que foi?

O sotaque pesado do outro lado deixou Amanda fervilhando de raiva.

— Não tem motivo para você estar brava comigo.

— Não?

Carlos sabia que ela tinha todo e qualquer direito de estar brava com ele. O que ficou evidente com a longa pausa.

— Estou com saudade, *pocita*.

— Se você diz...

— Eu poderia ir te visitar.

Amanda riu. *Carlos em Manning Grove. Até parece.*

Era quase tão ridículo quanto a própria Amanda estar em Manning Grove. Fez uma careta.

— Eu poderia levar *tu madre*.

— Não!

— Ela está com saudade. Diz que foi um erro você ter ido embora.

— Só *ela* acha isso. O único erro que eu cometi foi te aceitar de volta pela segunda vez depois de você ter ido para a cama com a Rena. — Aquele *perro* mentiroso e traidor.

— Não vai acontecer de novo. — Ele soou como um garotinho, e Amanda se perguntou o que viu naquele cara. Carlos a tinha deixado caidinha com todo aquele fogo latino, mas foi apenas isso. Nada mais. Ele era imaturo, um *criança*. De vez em quando, agia como se fosse mais novo do que Greg.

— Não, você tem razão. Não vai. Cansei de você.

— Você encontrou outro homem.

— Não. — Bem, talvez. Mais ou menos. Tinha encontrado um homem que não conseguir tirar da cabeça. Nem dos seus sonhos molhados. Um homem de farda azul-escura. Um homem orgulhoso, incrivelmente irritante. Mas um homem de verdade.

Não um garotinho. Estava farta de garotinhos de trinta e poucos anos. Estava farta de cachorros falsos.

— *No me llama outra vez.* — Ela ouviu um som magoado do outro lado antes de desligar.

O celular voltou a tocar. Não tinha acabado de dizer a ele para não ligar de novo?

Deixou a ligação cair na caixa-postal e voltou a colocar a infinidade de e-mails em dia.

Dentro de dois minutos, o celular tocou de novo. Era a mãe.

Amanda pressionou o botão de liga/desliga, desligando o celular. Era coincidência demais. A mãe devia ter convencido Carlos a ligar. Pensava que Amanda voltaria correndo para os braços dele.

Bem, a mãe estava errada.

Por mais que quisesse voltar para Miami... E mesmo se conseguisse convencer Greg, agora ela teria que esperar. De jeito nenhum queria que a mãe pensasse que estava voltando por causa dela. Ou de Carlos.

Se conseguisse sobreviver àquela tundra ártica, voltaria na primavera. Isso lhe daria um bom tempo para preparar o Greg.

Uma Ação de Graças tranquila chegou e passou. A mesma abóbora solitária que Amanda tinha comprado para o Halloween serviu como a única decoração para o dia do peru.

Enquanto as folhas coloridas caíam, árvores estéreis foram deixadas em seu rastro. Os ventos ganharam força, obrigando Amanda a finalmente ceder e desenterrar alguns moletons gigantes e feiosos da madrasta para usar. Resistiu por um tempo, mas, mesmo com o aquecedor ligado, tremia dentro de casa.

Passando por um espelho no corredor do andar de cima, parou e olhou para si com repulsa. Ao que parecia, a madrasta tinha sido uma mulher muito maior do que Amanda, pois o moletom que vestiu acabava nos joelhos e a engolia por inteiro. Parecia uma massa disforme gigantesca.

Havia dinheiro se acumulando na conta, uma vez que ela mal tocou na poupança, exceto para pagar pelos dias que Greg passava na casa de repouso, pela comida e pelos serviços essenciais. Decidiu que era uma boa hora para gastar um pouco.

Descartou o moletom. De jeito nenhum sairia em público daquele jeito, preferia congelar até a morte. Certificou-se de que Greg estivesse bem agasalhado antes de colocá-lo no Buick cinza, agora, com uma placa decente, e foram fazer algumas comprinhas... em uma loja de departamento. Além do Walmart, a Kohl's era a única outra loja decente na região.

Uma camada fina de neve cobria as estradas, e ela acabou dirigindo como o dobro de cuidado. Não estava acostumada a dirigir naquelas condições. Quando enfim chegaram à loja, ela estava com as juntas dos dedos brancas, e as desdobrou bem devagar. E não só os dedos estavam rígidos, mas pareceu ter tensionado o maxilar o percurso todo, então se forçou a relaxar, esfregando a rigidez para longe.

Greg debochou dela o caminho todo, dizendo que a irmã parecia engraçada. Amanda estava nervosa demais para tirar uma das mãos do volante e aumentar o volume do rádio. Queria abafar o som ensurdecedor da risada do garoto.

Quando entrou no estacionamento, a traseira do carro deslizou um pouco, e ela berrou de medo. Greg simplesmente entrou na onda e gritou um "Uhuuuul".

Olhou para o irmão, irritada. Seria muito merecido se ela o fizesse dirigir na volta.

Mas, aos poucos, relaxou ao caminharem pelos diferentes departamentos. Greg estava se divertindo escolhendo as roupas, todo animado, cuspe voando em todas as direções. Achou o visual perfeito para Amanda: meias rosas, um macacão de lycra verde-limão e uma gola alta cor de rosa. Ah, e ela não poderia se esquecer do gorrinho amarelo. Amanda entregou tudo ao atendente, se desculpando. Sentiu-se mal pela jovem que teria de guardar tudo de novo.

Em vez disso, foi ao departamento jovem, onde as roupas eram um pouco mais descoladas, e experimentou algumas camisetas fofas e alguns jeans com o corte bem justo. Em sua enésima ida ao provador, vestiu um moletom aconchegante, com gola V, de um dourado outonal, e uma minissaia de veludo verde-escuro, tom de floresta. Puxou as botas de couro preto até os joelhos e saiu marchando em direção ao espaço de vendas em meio à selva de araras de roupa.

— O que você acha, Greg?

Greg não estava sentado no banco de vinil onde ela o havia deixado, bem ao lado do provador. Em vez disso, o irmão conversava animado com ninguém menos que o policial Bryson. Ela respirou fundo. O homem estava fardado, com uma jaqueta de aviador azul-escura cobrindo os ombros largos, e segurava um bloquinho.

Ele a estava fuzilando com o olhar. Os dedos de Amanda se curvaram nas botas apertadas.

Ela se aproximou, caminhando com cuidado sobre as solas duras. Não precisava tropeçar e fazer papel de boba.

— Algum problema, policial?

Apesar de estar totalmente vestida, ele a fez se sentir completamente nua enquanto varria seu corpo com os olhos. Calor se espalhou, vindo de suas coxas.

A mão dele ficou tensa no bloco de anotações, e Amanda notou um cerrar e descerrar do maxilar antes de ele falar, um pouco rouco:

— Nenhum. — Max pigarreou para clarear a voz. — Vim par reunir mais informações sobre um antigo incidente.

— Ah. Parece divertido.

— Não é. O Greg estava me contando que vocês dois passaram o Dia de Ação de Graças sozinhos.

Amanda lançou um olhar ao irmão. Como sempre, aquilo passou despercebido. Greg pulava de um pé para o outro, mexendo a cabeça em concordância.

— Não passamos sozinhos — disse ela, com cuidado. — Tivemos a companhia um do outro.

— Você não tem nenhum outro parente com quem passar os feriados?

Amanda franziu a testa e murmurou:

— Nenhum de quem eu queira a companhia.

— O quê?

— Nenhum mora por perto. Não quero arrastar o Greg até Miami só por alguns dias. — E adicionou: — Se eu for arrastá-lo para lá, quero que seja de modo permanente.

Amanda não deixou de notar a carranca que Max fez em resposta. Mas acontece que aquilo não dizia respeito ao policial.

Ele se virou para Greg.

— Quer passar o Natal com a minha família? Teremos uma árvore e presentes, e vamos cantar canções natalinas.

Greg gritou de felicidade, sacudindo os braços sem controle nenhum. Foi um golpe baixo não ter conversado em privado a Amanda primeiro antes de dar esperanças ao Greg.

— E azevinho... — Ele encarou os lábios da mulher, que os umedeceu institivamente.

Max deu um passo para frente. Ela deu um para trás. Os olhos se encontram.

Por fim, Amanda desviou o olhar e encarou o irmão. Não poderia decepcioná-lo. Não queria que ele perdesse um encontro divertido no fim do ano. Mesmo que fosse com aquele homem irritante e a família dele. *A família dele.*

— Sua esposa não vai se importar?

Um riso começou na barriga de Max e percorreu todo o caminho até a garganta.

— Não. A minha esposa não vai se importar.

Ele deu uma piscadela para Greg. E o garoto tentou piscar de volta, mas acabou fechando os dois olhos ao mesmo tempo.

— Bem... — murmurou ela, imaginando o motivo de a pergunta ter sido tão engraçado.

Max abriu o bloquinho e anotou um endereço antes de arrancar a página.

— Aqui. Cheguem cedo para abrirem os presentes. — Quando ela esticou a mão para pegar o papel, ele o puxou de volta para rabiscar mais alguma coisa. — Este é o meu celular. Caso você se perca... ou se atrase. — Então fechou o bloco e o guardou no bolso traseiro. — Mas não se atrase.

E lá estava ele lhe dando ordens.

O olhar do policial a percorreu de cima a baixo.

— E vá com essa roupa. — Com isso, ele se virou e saiu.

Max tinha dito a ela o que vestir? Ah, vá!

Capítulo Cinco

Dane-se ele! Dizendo a *ela* o que vestir.

Amanda se estudou no espelho de corpo inteiro, dando uma puxadinha ligeira na saia nova de veludo. Tirou um pelo do suéter dourado e chacoalhou os pés para dentro das botas de cano alto. Estava vestindo exatamente o que Max queria. Com a adição da meia-calça preta e translúcida. E uma joia de esmeralda que havia achado na caixinha de joias da madrasta, para destacar os olhos.

Certificou-se de que Greg tinha se arrumado direitinho antes de colocar o irmão e os presentes que havia embrulhado, de forma um pouco descuidada, mas o que importava era que estavam embrulhados, naquele carro horrendo e sem-graça.

O estômago deu uma revirada no trajeto pela cidade.

Queria pensar que só estava nervosa por estar levando o Greg até a casa de outra pessoa. Esperava que o irmão não perdesse o controle. Mas não era nada disso, pois, na verdade, estava até aprendendo a lidar com o humor instável dele.

O problema era conhecer a família de Max. Assumiu que

Marc estaria lá. E, possivelmente, o terceiro irmão misterioso; pelo que parecia, outro policial. Podia apenas supor quem era o resto da família. Até onde sabia, Max poderia ter uma esposa e uma penca de filhos. Mas, se esse fosse o caso, o cara era um canalha por olhar para ela do jeito que olhava.

Talvez Max tivesse se compadecido de Greg, e por isso os havia convidado. Não por causa dela, mas por preocupação com o irmão de Amanda. Como se ela fosse incapaz de prover uma boa festa de fim de ano para ele.

Bem, não tinha problema. Ela queria deixar o irmão feliz. E se estar perto de uma família grande era bom para Greg, que assim fosse.

Mas, apesar de suas melhores intenções, Amanda tinha certeza de que se sentiria deslocada.

Deixou aquilo de lado, pois se lembrou de que o mundo não girava mais apenas ao seu redor.

Seguindo as instruções de Max, saiu da cidade e entrou em uma estrada rural. Verificando de novo o número na caixinha de correio, virou à direita em um longo caminho de pedra. Era difícil não notar a placa de madeira: Fazenda de Árvores de Natal dos Bryson.

E era mesmo. Lindas árvores verde-escuras e muito bem cuidadas ladeavam a trilha. Uma pequena floresta de pinheiros bloqueava a vista de qualquer construção até se abrirem em uma clareira.

Uma casa de campo antiga, mas bem preservada, apareceu, flanqueada por diversos outros anexos. Alguns eram pequenos, velhos e de madeira; outros, grandes e de metal. Dois tratores estavam parados perto do curral. Ao lado da garagem, um punhado de caminhonetes e SUVs foi estacionado ao acaso. Amanda se sentiu desencaixada com o sedan solitário. Ao que parecia, ali era o lugar das caminhonetes.

Mal tinha parado o carro quando Greg soltou o cinto,

deixando-o voar. Ela fez uma careta quando a fivela acertou a janela do lado do passageiro. Pelo menos, não estilhaçou. O rapaz abriu a porta com força e saiu correndo até a varanda, gritando de emoção.

Antes que ela pudesse desligar o motor, o irmão já estava batendo na porta. Greg desapareceu dentro da casa assim que teve a chance. Amanda desceu do carro e ficou parada, encarando, com as mãos nos quadris.

Quem a ajudaria a carregar todos os pacotes?

A resposta veio na forma de um homem alto e esguio que saiu da casa. Ele reduziu a distância bem rápido com suas passadas largas.

A respiração dele condessou quando disse:

— Você deve ser a Amanda.

Ela piscou para a figura diante dela. Era exatamente daquele jeito que Max ficaria dali a uns vinte e cinco anos. Só poderia ser o pai dele.

O homem robusto esticou os braços para lhe dar um abraço apertado. Amanda ganiu ao sentir as costelas serem espremidas.

— Pai! Pai! Solte a garota. — Com a mesma exata passada, Max saiu da varanda, seguindo o pai até o carro.

Quando o pai dos Bryson a colocou no chão, Amanda agarrou o braço de Max para se equilibrar. Marc desceu correndo os degraus para se juntar a eles.

— Pai, você está molestando a nossa convidada?

Por fim, Amanda recuperou o fôlego e abriu o porta-malas.

— Tudo bem. Vocês podem me ajudar a levar os presentes para dentro?

Os três espiaram a traseira do carro. Estava lotada de caixas embrulhadas com papel brilhante.

O pai exclamou:

— Você não precisava ter trazido presentes, garota!

Amanda corou.

— Não trouxe. São para o Greg. Eu queria que ele tivesse presentes para abrir enquanto todo mundo abre os seus.

— Não se preocupe com isso, menina. Ele vai ter um montão de presentes. Agora, entre e se aqueça. Deixe o peso com os homens.

E foi o que ela fez com prazer, apesar de nenhuma das embalagens ser pesada.

Os sentidos de Amanda foram inundados quando ela entrou na casa. O aroma fresco de pinho vindo da árvore recém-cortada posicionada na sala de estar se misturava com o cheiro inconfundível do peru assando no forno. O brilho suave das velas iluminava o cômodo. Amanda olhou para aquilo com preocupação. Teria que se certificar de que Greg não as derrubasse, nem se queimasse com a cera quente, nem ateasse fogo na casa. Ficou chocada ao perceber que estava pensando como uma mãe que tinha um filho pequeno; um filho muitíssimo curioso e que estava sempre aprontando.

O som de risadas flutuou pela sala, interrompendo seus pensamentos. Amanda ouviu os gritos agudos de Greg misturados ao barulho. Seguiu as risadas em direção à cozinha quente. Ficou aliava ao ver uma mulher linda de cinquenta e poucos anos, e não uma esposa jovem e deslumbrante para Max, parada ao lado de Greg. A mulher o ensinava a temperar o peru. Segurava, com paciência e firmeza, a mão contorcida do garoto, para que ele não derramasse molho quente em todos os lugares, menos onde deveria.

— Tudo bem, agora se faste e me deixe colocar Peter, o Peru, no forno de novo. Ele ainda tem mais um tempinho ali dentro.

— Peter — imitou Greg. — Gostoso! — Ele girou e viu Amanda. — Manda! A gente vai comer o Peter.

— Estou vendo. O Peter parece delicioso.

— Gostoso! Gostosinho no meu buchinho. — Ele esfregou a barriga enquanto dançava, então riu da patetice.

A mulher mais velha deu um passo adiante. E depois de secar as mãos em um pano de prato, estendeu uma delas.

— Sou a Mary Ann. — Ela lançou um sorriso caloroso para Amanda. — E tenho certeza de que você conheceu o Ron.

Amanda esfregou as costelas.

— Sim. Ele, o Marc e o Max foram me receber. Todos se parecem muito.

Mary Ann suspirou.

— Filho de peixe, peixinho é. Ou eu deveria dizer um cardume? Peixes venenosos... Opa, quero dizer, peixes abençoados. Fui abençoada com três lindos garotos. Todos se parecem com o Ron. Sorte deles que o pai é um homem bonito. — Ela acenou para Amanda se sentar em uma das cadeiras à velha mesa de tábuas, e a senhora se acomodou em frente a ela. — Não apenas se parecem com ele, também agem. Teimosos. Possessivos. Leais até a alma. Sabia que o Ron é um policial aposentado? Trabalhou na mesma força policial em que os meninos estão. Por trinta anos! Caramba, o pai do Ron foi morto cumprindo o dever policial. Está no sangue.

Amanda se lembrou da foto que tinha visto pendurada na delegacia. Fazia sentido agora. Aquele era o pai de Max.

— Você ainda não conheceu o Matt. Ele está em casa; pelo menos, por enquanto. Ele é do CFN. Na verdade, todos eles eram. Você sabe o que é CFN?

Amanda não tentou responder. Em vez disso, apenas balançou a cabeça.

— Corpo de fuzileiros navais. Ele está na reserva, mas, no começo, foi enviado para lutar no Oriente Médio. Está em casa para as festas de fim de ano, mas vão despachá-lo para o estrangeiro de novo daqui a algumas semanas para fazer sabe-se lá o quê. Espero que essa missão acabe logo e que ele volte para casa de uma vez por todas. É impossível para uma mãe não se preocupar.

— Mãe! — Uma versão ainda mais nova de Max, Ron e Marc entrou na cozinha. Seus olhos muito familiares prenderam Amanda ao assento. Parecia ter a idade dela.

— Bem, mas você não pode me culpar, não é, Matt? Fiquei preocupada quando cada um dos seus irmãos serviu. Por que eu não ficaria com você? Ainda mais com você lá em um daqueles países abandonados por Deus.

— Fala sério, mãe — ladrou Matt. — Vou ficar pouco tempo em casa, não vamos estragar tudo.

— Bem, espero que vocês, garotos, sosseguem, se casem e me deem alguns netinhos.

Um resmungo coletivo foi ouvido do cômodo ao lado. Amanda segurou o riso. Mary Ann bufou e jogou o pano de prato na mesa. E logo pegou Greg pela mão.

— Venha, meu garoto. Vamos abrir os presentes.

— Sim, presentes. Muitos presentes! — cantarolou ele.

— O melhor presente que uma mãe poderia receber são alguns casamentos e...

— Mãe! — O rugido dos rapazes ensurdeceu a sala outra vez.

MAX OBSERVOU Greg rasgar o embrulho colorido de mais outro presente com entusiasmo. A capacidade de concentração do garoto era pequena. Assim que começava a abrir um presente novo, se esquecia do outro que tinha acabado de abrir. Mas Greg voltaria para casa com um belo acervo.

Lembrou-se de quando era menino, desejando certos

presentes em especial. Os pais geralmente lhe davam exatamente o que ele queria, dentro do razoável, é claro. Agora, sabia para onde todas aquelas cartas para o Papai Noel iam: direto para o bolso do pai quando Ron saía para fazer as compras de Natal. Os pais sempre davam um jeito de nunca decepcionar os filhos, mesmo nunca tendo sido ricos.

O amor sempre foi mais importante na casa dos Bryson do que o dinheiro. Ainda era.

O pai descansava na poltrona reclinável favorita, tentando manter os dois olhos abertos, mas, de vez em quando, perdia a luta. A mãe pairava sobre Amanda e Greg, com olhos brilhando de felicidade enquanto se animava com os presentes sem fim do rapaz, deixando Greg ainda mais emocionado. Max sabia que a mãe estava gostando de ter, outra vez, uma criança na casa, mesmo a "criança" tendo vinte e poucos anos.

Quando disse para a mãe que havia convidado tanto Amanda quanto Greg para o Natal, Mary Ann ficou em êxtase. Saiu correndo na mesma hora para comprar mais presentes. A mãe não escondeu a animação com o fato de ter outra mulher na casa. Havia mencionado, de novo e de novo, que estava cansada de ser a única presença feminina em uma rodinha de homens cabeça-dura.

Max riu ao pensar naquilo. E acabou se tornando o foco da atenção de todos.

— Algo engraçado, mano? — perguntou Matt. Matt ficou sério demais desde que foi para o exterior. Max esperava que o irmão saísse daquela logo. Matt estava mal-humorado e quieto desde que havia voltado para casa.

— Não. Nada. — Max estava grato por algo ter finalmente tirado o olhar atento dos dois irmãos da mulher atraente que conversava com a mãe deles.

Mas não durou muito. Quando Amanda se levantou para

recolher a montanha de lixo que Greg havia criado com seu massacre dos embrulhos, todos os olhos masculinos, incluindo o do pai, voltaram a apreciar a bunda durinha naquela saia curta. E quando ela se curvou para frente...

Max tossiu do nada, chamando a atenção dos irmãos outra vez, e olhou feio para todos. Nunca deveria ter pedido a ela para usar aquela saia. O erro tinha sido dele.

A mãe franziu a testa em resposta ao barulho.

— Tudo bem aí, Max? Está ficando doente? — Ela correu até o filho para encostar as costas da mão na testa dele.

Se ele estava bem? Bom, se a mãe quisesse mesmo saber...

— Estou ótimo.

— Você está terrivelmente quente.

— Acho que o Max não está doente, mãe — intrometeu-se Marc, sorrindo. — Tem uma outra razão para ele estar um pouco quente.

— É mesmo? Qual?

— Mãe, é o fogo que está um pouco quente demais — acalmou-a Max.

Amanda endireitou a postura e parou de jogar o papel dos embrulhos na lareira.

— Desculpa, pensei que você tivesse dito para jogar o papel no fogo.

Ron voltou a poltrona para a posição vertical, um som imponente que fez a espinha dos irmãos ficar ereta por força do hábito.

— Está tudo certo, garota. Continue fazendo o que estava fazendo e ignore esses... *moleques*.

Max saltou de pé antes de Amanda ter a oportunidade de se curvar outra vez. O seu "deixa comigo" sufocado soou um pouco alto demais. Insistiu para que ela voltasse ao sofá.

— Sente-se e relaxe. Você é a nossa convidada.

Ignorando o riso masculino no cômodo, Max terminou de

juntar o papel amassado e jogou tudo nas chamas. Por um segundo, ficou hipnotizado pelas cores do fogo enquanto o papel queimava..

— Isso que é vida — arrulhou Mary Ann, acomodando-se no sofá ao lado de Amanda, dando um tapinha no joelho dela. — Que Natal maravilhoso. Meus garotos estão todos aqui, juntos e saudáveis, graças a Deus. E um deles até trouxe uma garota.

Max resmungou.

Matt fez uma careta.

— Mãe, não temos mais quinze anos.

— Eu sei. E é disso que estou falando. Está na hora de vocês sossegarem e começarem a pensar em ter alguns fi...

— Mary, acho que estou sentindo o cheiro de algo queimando — interrompeu Ron, sem perder tempo.

Com a expressão preocupada, Mary Ann se levantou e correu para a cozinha.

Ao mesmo tempo, todos os três irmãos soltaram um suspiro aliviado. Amanda riu do desconforto claro que eles sentiam com aquele assunto.

Ron sorriu.

— Sabe, garotos, tem vezes que eu entendo a dor de vocês. Enfim, venha aqui, menina. — Ele deu um tapinha no braço da poltrona.

Amanda se levantou obedientemente do sofá e, quando se aproximou, Ron passou o braço ao redor de sua cintura, dando-lhe um aperto de leve. Com a outra mão, cavou na lateral do assento da poltrona. Tirou dali uma longa caixa preta de veludo.

— O que você acha? Acha que ela vai gostar? — Ele abriu a caixa e revelou um colar de ouro simples, mas elegante, com três gemas de cores diferentes pendendo de lá.

— É lindo — sussurrou Amanda.

— Cada joia representa o mês do aniversário desses três garotos cabeça de bagre.

— Bem, então ela vai amar.

Max se aproximou e se inclinou sobre o ombro de Amanda para espiar a caixa.

— Muito bom, pai. Quando vai dar para ela?

— Mais tarde, quando toda a confusão tiver acabado. — Ron pigarreou alto. — Quando estivermos sozinhos.

— Bem, é muito romântico da sua parte — respondeu Amanda.

Um rubor se arrastou pelas bochechas já coradas do pai. Max ficou atordoado. Era a primeira vez que o via ficar vermelho. Encontrou os olhos de Amanda por sobre a cabeça do pai.

— Eu tenho uma coisinha para você. — Max agarrou o pulso dela e a puxou para fora do abraço de Ron, guiando-a de volta ao sofá confortável e gasto.

— Max, eu não comprei nada para você.

— Não tem problema. Eu não estava esperando nada.

— Mas...

— Você quer um pouco de privacidade, Max? — intromenteu-se Matt.

Ele franziu a testa para os irmãos enxeridos. Max quis arrancar o sorrisinho caricato do rosto de Marc.

— Olha, não é nada demais. — Ele foi até a árvore e tirou um embrulho retangular de debaixo dos galhos fragrantes. Entregou a Amanda o presente embrulhado em papel brilhante.

Greg gritou de alegria ao ver outro presente ainda fechado e se apressou para se sentar ao lado da irmã.

— Me deixa abrir...

— Greg — disse Max, paciente. — Esse daqui é para a sua irmã. Por que você não a deixa abrir?

Greg respondeu fazendo biquinho.

Marc interveio:

— Greg, venha aqui, perto da lareira, e me mostre os novos quadrinhos que você ganhou.

Greg sorriu e correu até Marc, esquecendo-se rapidamente de Amanda.

Max teria que lembrar de agradecer ao irmão mais tarde, apesar de aquilo ter sido o mínimo que Marc poderia ter feito, por ter sido tão engraçadinho. Max afundou no sofá ao lado dela.

— Abra.

Com hesitação, Amanda puxou o papel e revelou um livro grosso de capa dura. Era um livro de referência sobre como lidar com adultos com deficiência intelectual.

Ela olhou para cima e encontrou o olhar de Max. Ele se xingou. Foi idiota ter comprado aquele presente para ela. Deveria ter lhe dado algo melhor. Algo mais pessoal. Mais...

— Muito romântico, Max. Belo trabalho — opinou Matt, ácido.

— Não, eu gostei. Obrigada. — Amanda se inclinou, apoiando uma das mãos na coxa dele, e o beijou na bochecha. A mão se demorou ali um segundo a mais do que o necessário.

Max sentiu a virilha ficar tensa e calor surgir de onde a mão dela tinha pousado. Queria mais do que um beijinho na bochecha ou o roçar da mão de Amanda na coxa. Se a família não estivesse presente, teria esmagado a mulher em um abraço para mostrar o que realmente queria que ela lhe desse. *Caramba.* Aquilo passava longe do espírito natalino.

A voz de Mary Ann invadiu seus pensamentos lascivos.

— O jantar está pronto!

Marc levou Greg embora, e Matt se aproximou, oferecendo o braço para acompanhar Amanda à sala de jantar.

Max continuou sentado; não conseguiria se mover até recuperar o controle da mente e do corpo.

Amanda o excitava pra caramba.

Ron se aproximou e lhe deu um tapinha nas costas.

— Não tem problema, filho. Você tem todo o tempo do mundo para impressionar aquela garota. Hoje não foi o seu dia.

O pai riu e saiu caminhando.

ESTAVA TARDE. E a barriga de Amanda, dolorosamente cheia. Greg dormia perto da lareira em seu moletom da NASCAR e seu boné de beisebol novos. Amanda imaginou se, algum dia, conseguiria fazê-lo trocar aquelas roupas.

Os homens carregaram o monte de presentes que Greg tinha ganhado para o carro, então, de forma suspeita, todos desapareceram.

Max bateu a neve recém caída dos pés ao voltar para dentro. Ela o encontrou na porta.

— Dei uma limpada por fora do carro e liguei o motor para aquecê-lo.

— Obrigada — murmurou ela, enquanto ele a ajudava a vestir o casaco de pele falsa.

— Eu posso te acompanhar até em casa.

— Não, não precisa. Não quero te incomodar.

— Não vai me incomodar. Estou indo para casa de qualquer jeito.

— Ah, você não mora aqui?

Max riu e inclinou a cabeça de Amanda para si.

— Eu não moro com os meus pais desde que eu tinha dezoito anos. Tenho uma casa mais perto da cidade. — Ele roçou o polegar sobre o lábio inferior dela. — Estou feliz por você ter vindo.

— Eu também.

O homem apontou para algo acima da cabeça de Amanda, que ergueu os olhos até o infame azevinho pendurado lá.

Ela ergueu as sobrancelhas. Max a beijaria? Ali? Na casa dos pais?

As pálpebras de Amanda se fecharam quando a cabeça dele abaixou.

Ah, sim. Ele a beijaria. Sem dúvida.

Seu coração acelerou.

Ela não deveria deixá-lo fazer aquilo; a mente dizia que não era uma boa ideia. O corpo, no entanto, dizia outra coisa.

O hálito quente do homem acariciou os lábios dela, misturando-se com a respiração de Amanda. Ela esperou. As pálpebras voltaram a se abrir, tremulantes; a intensidade dos olhos azuis como gelo a perfuraram. Ela tentou falar, mas ele não perdeu tempo e esmagou os lábios dela com os seus. Inclinando a cabeça, afundou a língua na de Amanda, que ergueu as mãos para agarrar a camisa de Max.

Ah. Sim.

Ele passou os dedos pelos longos cachos castanhos e a puxou para ainda mais perto. Então, tão rápido quanto havia começado, ele se afastou, apoiando a cabeça na dela, os dois ofegando baixinho.

Aquilo foi ainda melhor do que ela havia sonhado.

Amanda desenrolou os dedos do tecido da camisa, descendo a mão pelo peito largo do homem, em direção à cintura estreita e ainda mais baixo... Max agarrou o pulso dela com força.

— Vai ser difícil me controlar do jeito que as coisas estão indo.

Ela deu um breve aceno, tocou os lábios com dedos hesitantes, então se virou. Deixou-o ali e foi acordar Greg, embrulhando-o no casaco pesado de inverno. Max continuou parado à porta, observando-a passar com Greg. Com as pernas bambas, ela pisou na neve.

Segurou a mão do irmão para ajudá-lo a percorrer a trilha escorregadia até o carro. O reflexo da lua na neve iluminava o caminho.

Um arrepio intenso percorreu a espinha de Amanda.

Queria pensar que tinha sido por causa do frio. Mas sabia que não era o caso.

Capítulo Seis

Enquanto Amanda dirigia, percebeu que deveria ter aceitado a oferta de Max de acompanhá-la até em casa. Tinha nevado um pouco mais do que havia imaginado. Até agora, ela tinha dirigido sobre camadas finas de neve, não em meio a uma camada de neve verdade.

Quando chegou à estrada principal, o pânico aumentou. As estradas não tinham sido limpas. Nem haviam jogado sal ali.

Esperou que o Buick conseguisse chegar em casa. De jeito nenhum faria meia volta como uma covarde e voltaria para a casa dos Bryson. Em vez disso, levaria o tempo que fosse preciso.

Olhou rapidamente para Greg antes de voltar a encarar a estrada e se concentrar. Pelo menos o irmão tinha adormecido outra vez e não a atormentaria por causa da condução.

A ida para a fazenda, mais cedo naquele dia, tinha levado apenas uns vinte e cinco minutos. Mas, ali estava ela, pelo menos quarenta e cinco minutos depois, e não estava nem perto de casa.

Toda vez que a traseira do carro deslizava um pouquinho, ela engolia um grito. Queria evitar acordar Greg.

Sem mais nem menos, faróis surgiram atrás dela. Perto o suficiente ao ponto de um carro ficar colado no outro. As luzes eram altas, como as de uma caminhonete, e o brilho no espelho retrovisor ofuscou os olhos de Amanda. Queria acenar para que a pessoa passasse, mas ficou com medo de tirar a mão do volante.

Então a buzina soou, assustando-a. Não havia qualquer tráfego do outro lado; por que aquele carro não a ultrapassava?

A caminhonete foi para o lado e estacionou ao lado dela. Amanda deu uma espiada.

Max.

Não sabia se deveria se sentir aliviada ou irritada. Ele não deveria tê-la assustado daquela maneira.

Ele abaixou a janela do passageiro, e Amanda quase não conseguiu ouvi-lo gritar para que ela parasse ou encostasse.

E foi o que ela fez. Pisou fundo nos freios, e o Buick deslizou uns três metros antes de parar todo torto no meio da estrada.

Max estacionou atrás dela e caminhou até o carro.

Ficou parado ali por um momento, e quando Amanda não se moveu, ele bateu na janela.

— Abaixe a janela.

Amanda soltou o aperto doloroso ao redor do volante para apertar o botão que abaixava a vidro.

Ele se inclinou na janela.

— O que você está fazendo?

Ela olhou feio para ele.

— Não está óbvio? Estou indo para casa.

— Você estava dirigindo a cinco quilômetros por hora.

— Ah.

— Amanda, tem só uns dois centímetros de neve aqui fora.

— É mesmo?

Ela ouviu a risadinha dele. A mulher não achou aquilo nada engraçado. Apenas uns dois centímetros? Parecia mais uns dez. *Merda.*

— Acho que você nunca dirigiu na neve.

— Não até vir aqui.

— Caramba, e o inverno ainda nem começou.

Ótimo.

— Vamos fazer o seguinte: vou estacionar a caminhonete e levar o Buick para você. — Ele assentiu em direção ao Greg. — Não quero acordar o garoto só para passá-lo para o meu carro.

E foi o que ele fez. Sem nem esperar uma resposta dela, voltou para a caminhonete, estacionou-a fora da estrada, voltou e fez Amanda se sentar no banco traseiro, pois Greg dormia no banco do passageiro.

Dirigiu para a casa dela e de Greg sem dizer nada, mas Amanda notou o sorriso de Max e os olhares que ele não parava de lhe lançar pelo espelho retrovisor. Deveria achar engraçado o fato de Amanda não saber dirigir na neve. Nada mais que uma mulher indefesa.

Com a expressão séria, mostrou o dedo do meio para ele e deslizou até o canto do assento traseiro para ficar fora de vista. Uma risadinha soou do assento do motorista.

Ela olhou pela janela e percebeu que já estavam quase chegando. Max apertou o botão para abrir a porta da garagem e estacionou o carro antes de desligar a ignição e fechar a porta.

Ele saiu e foi na direção do lado do passageiro e, devagar,

acordou Greg. Max ajudou a tirar o garoto do carro. Ela ficou no banco traseiro, observando aquele homem levar o irmão para casa. Estava claro que ele sentia carinho pelo Greg. Amanda tinha que admitir que havia algo a mais nele do que se via. O homem era todo negócio por fora, mas... por dentro? Max era uma pessoa que se importava ao ponto de incluir Greg e Amanda no Natal com a família e, depois, fazer o que fosse preciso para garantir que chegassem em casa com segurança. Ele não precisava ter feito nada daquilo. Mas fez.

No entanto, Amanda não queria depender de mais ninguém, senão de si mesma. Precisava ser mais independente. Como seria capaz de conquistar isso se ele continuasse a resgatá-la do perigo?

Tinha sido dependente pela maior parte da vida; agora precisava ser o oposto completo daquilo.

Mas, sendo sincera, por mais que a irritasse Max tê-los levado para casa, estava aliviada pelo que tinha acontecido. Não que fosse contar para ele. Não queria que o homem pensasse que pudesse se intrometer quando bem quisesse.

Nem cinco minutos se passaram, quando Max voltou para a garagem e a encarou pela janela do carro.

— Vai ficar sentada aí a noite toda?

Ela deu de ombros.

Max abriu a porta de trás e deslizou para o lado dela.

— Amanda...

— Você acha que eu sou uma pobre mulher indefesa, não acha?

O homem lhe lançou um olhar de surpresa.

— Por que você acha isso?

— Eu poderia ter vindo dirigindo.

— Sim — disse ele, com cuidado. — Mas o que você quer dizer com isso?

— Eu quero dizer que eu *deveria* ter vindo dirigindo. Eu não deveria ter precisado da sua ajuda. Tenho que aprender a fazer as coisas sozinha. Tipo, dirigir com um pouquinho de neve.

— É mesmo? Porque, na velocidade que você estava indo, ainda estariam a quilômetros daqui. — Ele deslizou os dedos pelo maxilar de Amanda, prendendo uma mecha de cabelo atrás da orelha. — Não se cobre tanto. Sim, com certeza, você deveria conseguir dirigir na neve, mas, caramba, hoje não era uma noite boa para praticar. Ainda mais com o Greg no carro. Eu posso te ensinar, se você quiser.

Amanda franziu os lábios e olhou pela janela oposta, para longe dele. Max estava, outra vez, se metendo onde não havia sido chamado.

Apesar de ela ficar lisonjeada por ele desejar ajudar, Amanda queria saber se virar sozinha, sem um homem a escorando. Max segurou o queixo dela e o virou na sua direção.

— Amanda. Eu só quis ajudar. É o meu trabalho. — *Estou aqui para proteger e servir.*

Ela afastou o queixo dos dedos dele e o olhou nos olhos.

— Eu não faço parte do seu trabalho — sussurrou.

O homem não disse nada por alguns segundos, apenas a encarou. Não conseguiu interpretar a expressão dele. Queria saber em que Max estava pensando.

Ele estendeu a mão, então segurou o pulso dela. Levando-o em direção à boca, roçou os lábios na parte interna.

— Eu sei — disse ele, por fim.

Ela fechou os olhos para se proteger do calor que viu nos olhos dele.

— Amanda... olhe para mim.

A mulher abriu os olhos e murmurou:

— Você não tem como voltar para casa.

— Eu não me importo. — Ele roçou os lábios nos dedos dela.

— Eu... esqueci de te agradecer por ter nos convidado hoje... — Max deteve as palavras de Amanda ao pousar o polegar nos lábios dela. O dedo percorreu todo o lábio inferior, a mandíbula e, então, encontrou o caminho até o cabelo dela. — E... — Ela suspirou. — E por ter nos trazido para casa.

— O prazer foi meu.

Ele fechou a mão, segurando e inclinando, empurrando a cabeça dela para trás e expondo o pescoço. O homem se curvou, acariciando sua garganta. A língua quente pincelou a pele de Amanda.

Ela arfou enquanto a umidade empoçava entre suas pernas. Os seios ansiavam pelo toque de Max. Precisava dele bem fundo dentro de si.

O homem mordiscou ao longo da gola do suéter, ao redor das cavidades da clavícula.

Ele se endireitou de repente, puxando-a para o colo. A minissaia de Amanda se enrolou nos quadris quando montou em Max no assento traseiro do entediante Buick.

Só que o carro não parecia mais tão entediante.

A linha dura da ereção de Max estava evidente no jeans. Ela o sentiu se acomodar ao longo do próprio calor sensível, a meia-calça fina não oferecendo proteção nenhuma.

Max percorreu as mãos ao longo das costas de Amanda para as deslizar por debaixo o suéter macio. A aspereza dos dedos dele em sua pele aquecida a fez se esfregar nele.

— Caramba — grunhiu Max, erguendo-se um ligeiramente.

Ele estendeu a mão ainda mais alto nas costas dela para abrir o sutiã, em seguida deslizou os dedos para as laterais e puxou para cima a frente do suéter e o sutiã, expondo os seios.

— Perfeito — sussurrou Max.

Amanda queria a boca dele em seu corpo. Queria que ele a chupasse, que tomasse cada mamilo na boca e, então, os puxasse com força. Queria que ele a mordiscasse e acariciasse...

Agarrou o rosto de Max e o fez parar de olhar para os seus seios. O olhar dela estava semicerrado e ilegível. Grunhindo, saqueou a boca do policial. Os lábios esmagando um ao outro, as línguas brigando. E Amanda o segurou com força, não o soltando, não o deixando escapar.

Achou os dois mamilos dela com os dedos e brincou com eles. Puxando, beliscando, girando, fazendo-a se contorcer em seu colo.

O membro estava duro, e o jeans, áspero e irritante através da meia-calça e da calcinha, mas Amanda não se importou. Estava gostoso. Se impulsionou contra ele com mais força. Pensou ter ouvido algo rasgar. Mas, de novo, não se importou.

Tudo o que queria naquele momento era chegar mais perto. Engoli-lo. Assumir o controle da boca dele enquanto os lábios se entrosavam. Ela se afastou apenas para dizer:

— Mais forte.

Max fez o que ela pediu. Beliscou os mamilos com mais força, puxou com mais força, girou com mais força.

Amanda teve que abrir mão da boca de Max. Teve que abrir mão daquilo para arfar no pescoço do homem. Estremeceu contra ele, inclinando os quadris, sentindo aquela ereção tão perto, mas não perto o bastante.

Ainda escondendo o rosto no ombro de Max, agarrou o botão da calça dele e puxou. Abriu sem qualquer dificuldade, mas o zíper foi mais complicado. A pressão do membro deixou tudo mais difícil.

Antes que ela pudesse terminar, o homem estava com as grandes mãos em seus quadris, colocando-a sob ele no assento traseiro. Max se acomodou entre as pernas dela e capturou seus punhos, mantenho-a firme no lugar.

— Você entende o que está me pedindo?

É claro!, quis gritar. Mas, em vez disso, Amanda engasgou-se com um "sim".

Ele segurou seus pulsos com ainda mais força e esticou seus braços sobre a cabeça.

— Você gosta mais bruto?

O coração de Amanda acelerou.

— Ah, com certeza.

O sorriso de Max se abriu.

O celular, que ele havia jogado no painel mais cedo, berrou um toque detestavelmente country.

Max franziu a testa, mas não se moveu.

Amanda puxou os pulsos e se impulsou nele para lembrar ao homem do que estavam fazendo. Do que ela gostaria que ele desse continuidade.

O toque parou, e o celular apitou para indicar uma mensagem de voz.

Os olhos azuis e frios de Max a prenderam no lugar. Segurou os dois pulsos com apenas uma das mãos e levou a outra para entre as pernas de Amanda até encontrar o buraco na meia-calça que tinha se aberto em um lugar *muito* conveniente. Bem na virilha.

Enterrou a ponta dos dedos lá e puxou, criando uma abertura ainda maior, dando a ele mais acesso ao que estava por baixo. Manobrou os dedos para dentro da meia-calça para puxar a calcinha para o lado e, em seguida, mergulhou dois dedos bem fundo. Não encontrou qualquer resistência. Ela estava escorregadia e quente.

— Você está molhada pra caralho — disse ele, entre dentes. — Pra caralho. Porra.

Amanda arfou com o prazer que sentiu com os dedos de Max a golpeando, entrando e saindo. Mas aquilo não era o bastante.

— Você acha que é homem o suficiente para mim?

Ele parou de repente. Uma breve hesitação. Ela o havia pegado de surpresa.

— Querida, eu sou tudo o que você um dia vai precisar.

— Então me mostre.

O celular de Max ecoou aquele toque irritante de novo, fazendo-o xingar. Ele se afastou dela para agarrar o aparelho.

— O que foi, Marc?

Amanda respirou fundo. Tentando recuperar o juízo. O que estavam fazendo? Estavam no assento traseiro do carro, estacionado na garagem. Com Greg no andar acima.

— Sim, estou bem... Não, eu deixei a caminhonete lá... Eu não quebrei o carro... Amanda precisou de ajudar para chegar em casa.

A mulher ficou tensa e ergueu os joelhos, desequilibrando Max. Ele teve que sair totalmente de cima dela para terminar a conversa.

— Hum. Acho que sim... Tudo bem. Quanto tempo? Agora? — Amanda observou Max enrijecer e, aflito, esfregar o cabelo curtinho. — Certo. — Max apertou o botão para desligar a chamada com mais pressão do que era necessário, então virou a cabeça para Amanda. — O Marc está estacionado ali fora.

— O quê? — Ela se sentou sem perder tempo, endireitando a minissaia e o que havia restado da meia-calça.

— Ele disse que se eu não aparecer lá fora em cinco minutos, vai entrar. — Max franziu a testa. — Vou matar o meu irmão.

Amanda fechou o sutiã, encaixando os seios de volta nos bojos, e puxou o suéter para baixo.

— Por que ele está aqui?

— Ele viu a minha caminhonete abandonada no campo e ficou preocupado. Viu dois rastros de pneus na neve, então pensou que fosse do seu carro.

— Ah. Bem, que merda.

— Exatamente. Merda. Ele vai me dar uma carona de volta para a caminhonete.

— Ah.

— *Caramba*. Você não vai dizer mais nada? — Ele levou as mãos até a calça e se ajeitou antes de fechar o zíper e o botão. Os movimentos desajeitados, o maxilar cerrado. Ela se perguntou com quem Max estava nervoso. Com ela? Com Marc? Com ele mesmo?

— O que você quer que eu diga?

— Que está decepcionada?

— Eu... — *Eu estou. Eu quero transar com você até perder os sentidos. Pronto. Está feliz agora?* — Bem, talvez seja melhor assim.

Ele olhou para Amanda, descrente.

— Melhor?

— Olhe para nós. Estamos no banco traseiro de um carro. A gente nem sequer gosta um do outro.

— Não gostamos?

— Bem, não. Eu te acho mandão demais, e você acha que eu sou irresponsável e imatura. — *Desculpas e mais desculpas.* Mas se recusava a deixar transparecer o quanto ficou decepcionada.

— Amanda...

O celular de Max tocou outra vez, e ele perdeu a cabeça, xingando o irmão de todo e qualquer palavrão existente. Ele abriu a porta e saiu do banco traseiro. Agarrou o casaco, do qual tinha se livrado algum tempo antes, e enfiou os braços nas mangas.

— Falo com você mais tarde. Tenho que matar uma pessoa.

— Feliz Natal — gritou ela. Amanda foi respondida pelo baque da porta lateral da garagem.

Seus sonhos seriam pura tortura naquela noite.

Capítulo Sete

O CARRINHO ESTAVA QUASE TRANSBORDANDO. Frascos de manteiga de amendoim, quilos e quilos de manteiga comum, sacos de farinha, ovo, leite... Amanda olhou para a lista. Ainda tinha que passar pelo setor de açougue. Havia desenterrado uma panela elétrica do fundo de um armário depois de ter achado uma receita fácil para testar a função de cozimento lento. Eram poucos ingredientes e o preparo não demorava muito. Então ela daria conta. Mas fazer as compras, por outro lado...

A lista tinha três folhas, cheias de ambos os lados. Já tinha passado quarenta e cinco minutos naquele gigante do varejo. Não conseguia nem imaginar a soma quando passasse no caixa.

E, para coroar, havia escolhido um carrinho com a roda ruim. E a cada poucos passos a coisa travava e rangia como um porco entalado enquanto Amanda continuava empurrando. Ela cerrou os dentes.

As rodinhas emperraram de novo quando ela tentou virar

no corredor seguinte. Empurrou com mais força, e a rodinha se soltou, fazendo o carrinho escapulir das mãos.

Fez uma careta quando o carrinho bateu de frente com o de outro cliente. Assim que a outra pessoa a olhou feio, Amanda se desculpou profusamente.

— Eu sinto muito, muito mesmo. Aquela maldita... porcaria de rodinha travou.

A jovem mãe atormentada segurou a mão do filho com força. Ela parecia estar prestes a dizer para Amanda exatamente o que pensava.

— Acho que vou ter que registrar o acidente. Preciso chamar a emergência? — Max empurrou o carrinho até perto da cena do "acidente". Para Amanda, parecia que o resgate já tinha chegado. — Está tudo bem, sra. Leonard. Eu assumo daqui. Pode ir. — Ele se inclinou em direção à criança, fazendo cosquinha no queixo dela. — Você também, Jessie.

A sra. Leonard pegou a criança no colo e o acomodou no carrinho. Ao se afastar, a mulher murmurou:

— Você tinha que multá-la por condução imprudente, Max.

O policial lançou um sorriso despreocupado para a sra. Leonard.

— Vou fazer isso. — E voltou a atenção para Amanda, o sorriso diminuiu um pouco.

— O que você está fazendo aqui? — As bochechas dela queimaram. Que pergunta ridícula.

— Compras? — Ele estudou o conteúdo do carrinho de Amanda. — O que *você* está fazendo? Abrindo um restaurante?

— Não. Vou testar algumas receitas, e precisava dos ingredientes. Comprei um monte de livros de culinária em um bazar da igreja.

Ele apanhou um frasco de manteiga de amendoim.

— Estou vendo. Dez frascos de manteiga de amendoim? Você deveria fazer mais daqueles biscoitos deliciosos. Pode deixá-los lá na delegacia quando quiser. Todo mundo amou.

— Ah, é claro, vou fazer isso. — O calor que havia deixado as bochechas dela segundos antes voltou com força total. Precisava trocar de assunto. Olhou para o carrinho dele. Suco de vegetais, refeições congeladas "saudáveis", uma variedade de frutas e um galão de leite desnatado. Nada de donut na dieta daquele policial. — Preocupado com a balança?

— Estou sempre preocupado com o meu corpinho — brincou Max.

Amanda achava o corpinho dele muito bom. Bom até demais. As linhas marcadas e os ângulos masculinos guiavam o olhar para baixo em direção ao...

— Amanda?

— Hum? — Ela parou de prestar atenção no jeans justo de Max e voltou o olhar para o rosto dele. Bem, quase. Os olhos pararam no volume dos bíceps visível através da camisa de manga comprida. Então, por fim, encontrou olhar dele.

— Eu tenho que ir. Vou trabalhar no segundo turno. — Max não se moveu. — Se precisar de alguém para provar as receitas, estou disponível.

— Eu te aviso.

— Você tem o meu número.

— Aham.

— Deixo o celular ligado o tempo todo.

— É mesmo? Eu não sabia.

— Eu preciso, por causa do trabalho... — A voz dele se apagou. Max chegou mais perto, os olhares se encontrando.

Amanda disse, baixinho:

— Sei bem. — Ele a beijaria? Ali? No corredor de cereais do Walmart?

— Certo, eu tenho que ir.

— Eu também. — Max a beijaria. Os lábios da mulher se abriram em antecipação.

— Te vejo mais tarde — disse ele, em um sussurro rouco.

— Tudo bem. — O coração dela acelerou.

Em vez do beijo, ele passou o polegar pelos lábios de Amanda.

— Não se meta em problemas. — Max se afastou, relutante.

— Pode deixar. — A quebra do contato a deixou com frio. *Merda.* — Max?

Ele ficou tenso.

— Sim?

Amanda deu a ele um sorriso hesitante.

— Tome cuidado.

Ele respondeu com seu próprio sorriso hesitante.

— Pode deixar.

E ele foi embora, deixando Amanda sozinha ao lado dos cereais integrais, imaginando onde aquilo ia parar. E quando.

AMANDA ENTROU com o Buick na garagem e puxou a alavanca do porta-malas. Precisava tirar os mantimentos de lá e guardar tudo antes de o Greg chegar em casa. Apesar de o irmão tentar ser prestativo quando Amanda fazia compras, sempre algum ovo acabava no chão, uma sacola arrebentava, ou uma dezena de maçãs se espalhava da garagem até a trilha. As intenções dele eram boas, mas...

Assim que alcançou a traseira do carro, notou a caminhonete de Max estacionando.

Mas o que está acontecendo?

Ele pulou do Chevrolet e gritou:

— Ei, você se esqueceu de uma coisa!

As sobrancelhas franziram quando ela tateou os bolsos. Teria esquecido o cartão na loja?

Max correu até ela, fazendo-a dar um passo para trás, em surpresa.

— O que foi que eu esqueci?

— Isso — afirmou ele, puxando-a para um abraço e capturando os lábios de Amanda com os seus.

Ah, sim. Maldita fosse a mente avoada dela.

A boca dele se inclinou na de Amanda, as línguas se emaranhando e girando. Max puxou os quadris dela para si, e ela pôde sentir a dureza dele através do jeans que pressionava seu ventre.

Max passou os dedos pelo cabelo de Amanda, empurrando a cabeça dela ainda mais para trás, expondo o pescoço. Lambeu o lábio inferior dela, então arrastou a língua pescoço abaixo, passando pela batida acelerada na garganta. Finalizando com um beijo na curvatura do pescoço.

— Você não sabe o quanto eu quero terminar o que começamos no banco traseiro desse maldito Buick.

Um arrepio percorreu o corpo de Amanda. *Ah, eu também.*

O ranger de uma porta de tela batendo fez os dois trocarem um olhar antes de se virarem para a casa da sra. Enxerida.

— Merda — sussurrou Max.

— Pensei que você tivesse que ir trabalhar.

— E tenho. — Ele espiou o relógio. — Vou chegar a tempo. Queria te ajudar a guardar as suas compras. E... te beijar. Hesitei na loja, e me arrependi.

— E as suas compras? — Pelo para-brisa de Max, ela viu as sacolas no banco do passageiro na caminhonete.

— Vou deixar na geladeira da delegacia.

Ele conseguiu segurar mais sacolas de uma única vez do

que Amanda jamais seria capaz, e, dentro de minutos, tinham posto tudo nos balcões da cozinha.

Quando ela se virou para agradecer a ele, os braços de Max a envolveram por trás, trazendo-a para perto.

— Não quero ir trabalhar. Quero ficar aqui e me enterrar bem fundo em você.

O sexo de Amanda latejou com a imagem que as palavras dele formaram na sua mente. Sim, ela também queria aquilo.

Max desceu a mão pelo jeans de Amanda até segurar a parte íntima dela. A mulher arfou quando os dedos dele brincaram com seus mamilos através do suéter. Estavam rijos, e ela queria a boca dele bem ali. Queria que Max os chupasse e apertasse. Ele mordicou ao longo do pescoço de Amanda até chegar à clavícula exposta. O suéter de gola canoa dava a ele acesso o suficiente para percorrer a língua ao longo da pele delicada antes de finalizar com um beijo.

Grunhindo, ele se afastou.

— Tenho que ir antes que eu me atrase e o meu fique na reta com o Dunn, vou render o plantão dele.

Amanda ajeitou o suéter e amaldiçoou a umidade entre as pernas. Talvez tivesse que trocar a calcinha quando Max fosse embora.

— Eu paro para comer lá pelas sete. Posso dar uma passada aqui. Você por acaso estaria interessada em fazer o jantar para um homem trabalhador e faminto?

Amanda sentiu um pânico momentâneo. Ah, ele não queria que ela cozinhasse para ele. Pelo menos, não ainda. Apesar de estar tentando aprender a cozinhar, ela ainda tinha um longo caminho pela frente.

— Eu... comprei toda essa comida, mas estava pensando em comprar uma pizza para o Greg e para mim. Não queria ter muito trabalho hoje. — *Boa desculpa,* pensou ela.

— Então que tal eu comprar a pizza? Chego aqui por

volta das sete. Desde que eu não receba nenhuma ligação de emergência em cima da hora, está combinado. Te mando mensagem se eu for me atrasar.

Antes que ela pudesse concordar com o encontro no jantar, Max já saía correndo de lá. Segundos depois, ouviu os pneus dele cantarem na rua.

Amanda tocou os lábios e sorriu.

———

Greg correu para a porta quando os faróis da viatura iluminaram a frente de casa.

— O Max chegou! O Max chegou!

Caos ecoou a animação do dono, dando voltinhas e latindo para a porta.

— Caos! — gritou Amanda, da cozinha. — Greg, saia e ajude o Max com a pizza.

Amanda sentiu a corrente gelada de ar quando Greg correu porta afora, deixando-a escancarada. Com Caos no encalço.

Era bem capaz de ele não ter nem se importado em calçar os sapatos. Amanda suspirou.

Dentro de minutos, três machos dominaram a cozinha. Um latindo. Um pulando, falando mil palavras por minuto e agitando as mãos. E um...

Amanda parou de organizar os guardanapos e se endireitou. *Ah, sim.*

E um vestindo aquela farda azul-escura que o fazia parecer afiado e composto como nenhum outro homem que ela viu na vida. Ao observá-lo, entendeu a razão para as mulheres gostarem tanto de um homem de uniforme.

Tanto Greg quanto Max carregavam uma caixa de pizza, então ela pegou a de Greg e a colocou na mesa antes que a comida acabasse no chão. Max deslizou a dele em cima da outra.

Levou a mão ao microfone no ombro e apertou o botão.

— Central. Manning Grove oito.

O rádio grasnou alto pelo cômodo. Os olhos de Greg se iluminaram e arregalaram, e ele saltou de um pé ao outro.

— Manning Grove oito, prossiga.

— Central. QRL. Pausa para a janta. Estou com o celular.

— Entendido, Manning Grove oito.

Max desprendeu o aparelho do ombro e o rádio dos quadris, deixando tudo no balcão.

— Ah, eu... eu... eu posso falar naquilo?

Antes que Max pudesse responder, Amanda interveio:

— Não, amigão, aquilo não é brinquedo. Só o Max pode usar o rádio.

Greg revirou os olhos, decepcionado.

— Ahhh.

— Vá lavar as mãos. — Ela o tocou para a pia. — Caramba, Caos. Acalme-se.

O cachorro finalmente se sentou, batendo o rabo no piso. A mulher jurou que Caos tinha acabado de sorrir para ela como se soubesse de algo. Amanda balançou a cabeça e voltou a olhar para Max.

O homem se aproximou e a beijou na bochecha. Ela queria um beijo mais profundo, mas entendia aquele lado um pouco mais conservador, já que tinham audiência, que mais parecia uma esponja.

— Isso aí no seu quadril é uma arma ou você só está feliz em me ver? — perguntou a ele, em um sussurro.

Max se aproximou e murmurou no ouvido de Amanda:

— As duas coisas.

— Arma! Eu... posso segurar? Max? Max! Posso?

— *Não!* — responderam os dois ao mesmo tempo. Ao que

parecia, Amanda não tinha mantido a voz baixa o suficiente. Manteria aquilo em mente.

Greg fez biquinho.

— Por que não?

Max foi até a pia para lavar as mãos enquanto dava uma explicação para Greg.

— Armas são perigosas, Greg. Você tem que treinar muito antes de poder segurar uma. Não quer machucar ninguém por acidente, quer?

— Não — respondeu Greg, com uma sacudida exagerada da cabeça. — Mas...

Amanda precisava mudar de assunto antes que o irmão começasse a fazer dezenas de perguntas sobre o porquê de não poder segurar a arma de Max.

— Então, Manning Grove oito, que tipo de pizza você comprou?

— Eu não sabia do que você gostava, então pedi uma metade cogumelo, metade pepperoni, e a outra é só de queijo.

— É muita pizza só para três pessoas.

— Bem, o Greg e eu ainda estamos em fase de crescimento.

Greg se jogou em uma das cadeiras à mesa.

— É, Manda. O Max e eu estamos em fase de crescimento.

Max balançou as sobrancelhas para Amanda. Sim, ela sabia muito bem o que ainda estava crescendo no homem. E não era a altura.

Dentro de minutos, Max havia mandado três fatias para dentro, e Greg tentava acompanhar o ritmo, apesar de que, enquanto o primeiro tendia a usar um guardanapo, o segundo tinha molho escorrendo da boca por ter empurrado a borda da pizza lá para dentro.

Greg soltou um arroto tão alto que Caos começou a latir.

— Ei, modos — repreendeu-o Amanda.

Max, por sua vez, riu, fazendo Greg rir ao se desculpar.

— Desculpa.

Ela olhou de soslaio para Max.

— Não o encoraje.

Max apenas deu de ombros. Então perguntou a Greg:

— Está se sentindo melhor?

Greg assentiu ao mastigar outro pedaço da borda.

Max piscou para Amanda.

— Ótimo.

— Seu horário de janta dura quanto tempo?

— Enquanto o rádio ficar em silêncio.

A pergunta, é claro, estragou tudo. O rádio chiou de repente, e Max já estava fora do assento.

— Central para Manning Grove oito.

Max agarrou o aparelho.

— Manning Grove oito. Na escuta.

— Acidente com dois carros na Williams Road com a Hollow Hill Lane. Número de feridos desconhecido. Bombeiro e emergência a caminho.

Amanda observou toda a postura dele mudar de repente: do cara relaxado que segundos antes estava comendo pizza segundos, para um homem de ombros largos pronto para proteger e servir. Até mesmo achou que o peito dele tinha estufado um pouco mais.

— Entendido, central. A caminho.

— Eu posso ir com o Max?

Amanda tirou o cabelo dele dos olhos ao observarem Max vestir o casaco pesado de patrulha.

— Não, amigão. De vez em quando, precisamos resolver as coisas sozinho.

Max lhe lançou um sorriso, pedindo desculpas, e saiu.

Bem, que merda.

Assim que Amanda começou a limpar a mesa, o celular apitou. Deu uma olhada nas mensagens.

Me encontre na frente da sua casa às 23h15.

O HOMEM ERA PONTUAL, pelo menos.

Ela se acomodou no banco do passageiro na caminhonete de Max. Apenas o brilho do painel iluminava o interior quando ela fechou a porta sem fazer barulho. A coisa de que ela menos precisava era acordar Greg. Ou os vizinhos. Como a sra. Enxerida.

Ele estava mais uma vez com as roupas de civil: jeans gasto e camisa de manga curta, expondo a tatuagem da Marinha no braço. Amanda quis se inclinar e lambê-la. E seria apenas o começo.

— Você sabe que está, tipo, menos trinta graus aqui fora, né?

Max riu baixinho, o que fez um arrepio percorrer a espinha de Amanda, e a vagina, estremecer.

— Está fazendo, no máximo, três graus. O meu casaco está no banco de trás, e eu liguei o aquecedor.

Ela inclinou a cabeça e analisou o maxilar definido e os lábios que se curvavam em um sorriso.

— Talvez eu tenha que desligar o aquecedor se você não parar de me olhar desse jeito.

Ela encostou a palma da mão sobre a fina camada de algodão que cobria o peito dele.

— Você parece um pouco quente mesmo.

Max envolveu os dedos dela com os seus, e levou o pulso de Amanda até a boca. Pressionou os lábios ali e passou a língua no lugar em que sentiu a pulsação dela.

— Eu quero te conhecer melhor, Amanda...

A maneira como ele hesitou após o seu nome a fez pensar. *Ô-ou.* Aquilo não seria tão simples como poderia ser.

— Mas?

Ela puxou a mão de volta quando o homem suspirou, deixando-a cair no colo.

— Mas os meus pais gostam muito de você.

Amanda se sacudiu mentalmente. *Oi?*

— E isso é um problema por quê?

— Olha, eu fui solteiro a vida toda.

Ah, lá vamos nós.

— Quer dizer, eu namoro. Costumo namorar. Mas, entre a minha passagem pela Marinha logo depois do ensino médio, a academia de polícia e me concentrar na carreira, nunca senti vontade de ter nada sério com ninguém.

— E quem disse que seria sério? — O estômago de Amanda revirou. *Onde aquela conversa ia parar?*

— Ninguém... ainda. — Max pigarreou e encarou as mãos que, naquele momento, tinham agarrado o volante. — Mas é o seguinte...

Amanda encarou o perfil dele, desejando que o homem chegasse logo ao ponto. A conversa já estava ficando sofrida.

— Tudo bem, você quer transar comigo e não ter nada sério. Sem problema. Estou supertranquila com isso. Você vem, transamos até eu gozar e, depois, você vai para casa.

A cabeça de Max girou na direção de Amanda, a testa do homem estava franzida.

— Não...

— Sim. Eu entendo. Você quer apenas alguém com quem transar.

— Não. Espere. Me escute.

— O quê, Max? O que você quer? O que você está querendo dizer?

— Você ouviu os meus pais... Não, você ouviu a minha

mãe no Natal, toda animada por ter uma mulher em casa. Ela tem enchido o saco de todos nós para sossegarmos, termos filhos. Quer dizer, é sempre a mesma coisa quando estamos lá.

— Tudo bem, eu entendo. Não é comigo que você quer sossegar e ter filhos.

— Não. Bem, sim... Não! Porra! — Max passou a mão pelo cabelo curto e arrepiado. — Não. Eu só não quero passar uma ideia errada para ela. Como eu disse, quero te conhecer melhor, mas eu... eu... não preciso da pressão da minha mãe.

— Então você está dizendo que é um covarde que está com medo da mãe.

Max apertou o nariz e se limitou a sacudir a cabeça.

— Você está dizendo que quando sai com alguém, a sua mãe, do nada, começa a ouvir os sinos da igreja.

Max suspirou, soltando uma longa e trêmula lufada de ar.

— Você está dizendo que tem medo de fazer sexo sem compromisso porque, caso a sua mãe descubra, ela vai te pressionar a ter um monte de pirralho.

Amanda riu, e as sobrancelhas de Max subiram até a linha do cabelo.

— Você sabe que é meio controlador, então acho que entendeu direitinho. Você gosta de controlar os outros, mas tem medo da sua mãe te controlar... — Ela estava sendo dura demais. Sabia muito bem como uma mãe controladora agia. Ela mesma tinha uma. A mãe era uma mulher controladora e manipuladora, mas Amanda via que Mary Ann estava bem longe daquilo. — Do pouco que eu vi, ela só quer o que é melhor para você. Como qualquer boa mãe. Você tem muita sorte de ter uma como a sua.

— Eu tenho sorte, sim. Tanto por causa dela quanto pelo meu pai. Mas acho que você não entendeu o que eu quis dizer.

— Não. Eu entendi. Você quer transar comigo, mas quer manter em segredo. Eu entendi tudo.

— Só dos meus pais.

Ela entendeu direitinho, mas Max não receberia nenhuma ajuda dela para sair da enrascada.

— Você *não* vai querer a minha mãe se intrometendo nas coisas e vendo coisa onde não tem. Ela não entende que algumas pessoas preferem ir com calma ou que elas também preferem conhecer melhor a pessoa com quem estão se envolvendo. É por isso que devemos guardar segredo.

— Sabe, um policial uma vez me disse que aqui era uma cidade pequena e que todo mundo sabia da vida de todo mundo — brincou Amanda.

Ele bufou e balançou a cabeça.

— Eu sou um bundão.

Ela sorriu.

— Não vou discutir. Mas você tem mesmo uma bunda bem gostosa, e quero dar para você e não quero me casar com você nem parir a sua cria. Então o que a gente faz?

— Ficamos pelados e transamos? — sugeriu Max. E abriu um sorrisinho acanhado que derreteu o coração de Amanda.

— Aqui? Dá para fazer isso na cabine de uma caminhonete?

— Ah, dá. Qualquer coisa é possível quando se quer muito.

— Então, policial Bryson, está dizendo que você me quer muito?

— Eu te quero tanto que estou sentindo o seu gosto.

Amanda riu.

— Bem, sentir o gosto é bom. — Ela olhou ao redor do compartimento apertado do carro. — Mas ainda não sei como vamos fazer dar certo.

Max ergueu o volante, abrindo um pouquinho mais de

espaço. Girou no assento do motorista para encarar Amanda. Com o polegar, afagou o lábio inferior dela.

Mergulhando os dedos no longo cabelo dela, trouxe-a para mais perto. E murmurou em sua boca:

— Quero te fazer gozar. Quero te ouvir uivar. Quero te ouvir gritar o meu nome.

Ela gostou muito daquela ideia.

Max cobriu os lábios de Amanda, e ela suspirou, a respiração se misturando com a dele, a língua roçando a de Max. E, quando ele aprofundou o beijo, seus mamilos enrijeceram dolorosamente.

Max se afastou, interrompendo o beijo.

— Está vendo aquele apoio de mão ali? Segure-o e erga um pouco o corpo para que eu possa escorregar até você.

Ela se levantou e ele deslizou para debaixo dela, mas, antes que Amanda pudesse se acomodar em seu colo, ele agarrou a legging que ela usava e a puxou para baixo. Ficou muito grata por ter trocado a calça de antes por uma mais confortável e mais fácil de tirar. Além disso, nunca usava calcinha por baixo daquela calça. Max jogou a peça no assento do motorista junto com o seu tênis.

Ela soltou o apoio e tirou a blusa. *Ah, sim.* Também tinha tirado o sutiã quando trocou de roupa. Apenas uma precaução.

Antes de ela ter a chance de se virar, Max desceu a mão por seus quadris e encontrou o V entre as suas pernas. As coxas estremeceram enquanto ele a explorava, dedos a abriram, pressionando o clitóris antes de se arrastarem entre os lábios inchados e chegar à sua umidade. Amanda lambeu os lábios e fechou os olhos. Espalmou o painel para se equilibrar, e a cabeça caiu para frente quando Max a penetrou com os dedos. Estava tão quente, tão molhada, que o homem sussurrou essas exatas palavras contra a pele dela enquanto a lambia e beijava as suas costas.

Ele torceu um mamilo com uma mão, enquanto a outra entrava e saía de Amanda sem parar, até que os joelhos fraquejaram e ela caiu para ele, gemendo.

— Vire-se. — A voz dele soou incisiva. Autoritária. E isso fez o calor no seu sexo querer explodir.

Girou nos braços dele, até estar montada em seu colo. As pálpebras de Max estavam pesadas, a respiração irregular, e a ereção, inconfundível no jeans.

Ele lhe deu um longo beijo profundo, depois se afastou para que pudesse correr beijos pelo seu pescoço, encontrando a concavidade da sua garganta. Ele segurou um dos seios e abaixou a cabeça para sugar um mamilo.

As costas dela arquearam; queria que ele chupasse com mais força, que a beliscasse com mais força, que puxasse e provocasse o seu mamilo.

Max fez tudo isso. E mais. Abocanhou, afagou, lambeu, mordiscou o seu ombro e acariciou o clitóris com o polegar.

Ela precisava dele naquele instante. Dentro dela. Caso contrário, não aguentaria e perderia o juízo.

— Eu te quero. Agora. — Ela gemeu e se ergueu outra vez, tentando dar a ele espaço suficiente para abaixar o jeans. Max conseguiu puxar a calça até logo abaixo dos joelhos antes de afundar outra vez no assento, levando Amanda consigo. As coxas do homem eram grandes e musculosas, então quando ela foi puxada para montar nele, abriu bem as pernas, convidando, esperando.

Ele a agarrou pelas nádegas e a puxou para si. Ele empunhou a base do membro, e ela se moveu até a ponta estar na sua entrada. E, quando soltou o corpo, afundou-se nele, recebendo-o por completo.

Ela inclinou ligeiramente os quadris, permitindo ele que

fosse ainda mais fundo. Max estava totalmente enterrado dentro nela. Da base até a ponta.

Ele cravou os dedos nos quadris de Amanda quando ela cavalgou o seu membro latejante.

Observou-a observando-o. Ela queria sorrir para ele, dizer o quanto estava bom, o quanto ele estava duro, como ela estava molhada para ele. Mas tudo o que conseguiu dizer foram bobagens. Xingamentos. Gemidos. Gritos. Ele se uniu a ela, sons sem palavras, enquanto Amanda o cavalgava com vontade.

Até ela contrair as paredes internas ao redor dele. Max enrijeceu, as narinas se alargaram, os olhos fecharam e o maxilar ficou tenso.

O aperto do sexo dela pareceu com o de um punho, soltando e contraindo. Soltando e contraído.

Amanda rebolou. Uma. Duas vezes. O prazer cresceu até irradiar do seu ventre, fazendo seus dedos curvarem e os olhos revirarem.

Com um último grito, o corpo dela pulsou ao redor de Max, o clímax espiralando a partir do seu âmago.

Ele jogou a cabeça para trás.

— Caramba! — E se libertou bem fundo dentro dela.

Amanda deixou a testa cair no ombro de Max, e soltou um suspiro longo e trêmulo.

MAX ESTAVA no banco do motorista e Amanda, deitada com a cabeça no colo dele. As pernas estavam dobradas e apoiadas na porta do carona, e os músculos reclamavam um pouco por causa da posição. O câmbio manual estava cravado nas suas costelas, mas valia a pena, pois Max afagava seu cabelo enquanto ela o observava. Fazia tempo que não diziam nada um ao outro, e ela não quis interromper o silêncio aconchegante. Os dedos no cabelo a fizeram querer ronronar.

A outra mão dele foi para o suéter torto e desenhava círculos ao redor do umbigo. Ao final de cada círculo, ele tocava o aro dourado do piercing que ela tinha ali.

— Qual é o seu sonho, Mandy?

Os pensamentos dela estavam lentos e relaxados, então aquela era a última pergunta que esperava do sr. Estressadinho. *O seu sonho...*

— Eu não sei. Mas, se você tivesse me perguntando isso há alguns meses, quando a minha vida era totalmente diferente, eu ainda não teria uma resposta. Eu não tinha rumo nenhum. Apenas vivia dia após dia. Hora após hora. Indo para a farra com os meus amigos, trabalhando como bartender para ganhar dinheiro, frequentando boates ou indo a South Beach. Onde quer que tivesse algo rolando. — Ela suspirou. — Agora, só me sinto perdida.

— Você não está perdida.

— É como se eu tivesse levado um caixote na praia.

— Você vai conseguir sair dessa.

— Talvez quando eu voltar para casa... — Para Miami. Para as coisas familiares. Os costumes familiares. — Qual é o seu sonho?

— Estou vivendo ele.

Ela mexeu a cabeça para ver melhor o rosto de Max.

— É mesmo? Vestindo uma farda, prendendo pessoas e resgatando gatos de árvores?

— Tendo um trabalho do qual eu me orgulho. Uma carreira estável. Juntando dinheiro para que eu possa, algum dia, me aposentar. Ter uma casa. Ajudar as pessoas. Economizar o suficiente para que se os meus pais precisarem de ajuda mais tarde, eu possa ajudá-los.

Amanda fingiu bocejar.

— Parece emocionante.

Max balançou a cabeça, então, olhou para o rosto dela, estudando-a.

— Você ainda é jovem.

— Eu tenho vinte e oito anos.

— Idade é só um número. Você é jovem; daqui a alguns anos, vai entender o que estou falando.

— Não sei, não. Não parece o meu estilo de vida.

Ele respirou fundo.

— Tudo bem. — Max olhou para o relógio. — Merda. É uma da manhã. Preciso dormir.

Amanda bocejou; de verdade, dessa vez.

— É, eu também. Eu costumava ficar acordada a noite toda, mas agora não consigo fazer isso nem se eu tentar. O Greg me acorda muito cedo. Vou ter que me arrastar da cama amanhã.

Ela se sentou e endireitou as roupas antes de sair do carro.

— A gente se vê por aí, policial Bryson.

— Ei — ele chamou.

— Sim?

— Não se meta em problemas.

— Por quê? Agora eu tenho um contato na delegacia da região. — Com uma piscadela, bateu a porta e correu para dentro de casa.

Capítulo Oito

— A melhor comida caseira é passada de uma geração para outra.

— Bem, não tenho muitos bons cozinheiros na minha árvore genealógica — disse Amanda para Mary Ann. As duas estavam na cozinha de Amanda.

— Não pode ser. Não acredito que a sua mãe não tenha te ensinado a fazer nada na cozinha.

— Se a conhecesse, não duvidaria.

Mary Ann deu uma mordida em um dos biscoitos que ainda estavam no prato e que foram jogados de qualquer jeito no balcão depois que Amanda voltou da vizinha.

— Minha nossa.

Ela tirou um pedaço de papel toalha do rolo, cuspindo com cuidado tudo o que tinha na boca. Dobrou e jogou no lixo.

Amanda fez careta. Pensou que tinha melhorado pelo menos um pouquinho, ainda mais depois de só queimar a primeira leva. Por isso a ligação desesperada para a mãe de

Max. Mas a expressão de Mary Ann deixou tudo claro; não havia esperança para Amanda na cozinha.

— Ah, querida, não está tão ruim assim. Bem, tudo bem, também não está tão bom assim. Mas foi uma boa tentativa. Você só precisa de um pouco de... hum, talvez muita... ajuda. Estou feliz por você ter me ligado. Agora podemos passar um tempinho juntas. Quero te conhecer melhor. Ainda mais porque você está saindo com o meu filho.

— Bem, nós não estamos...

A senhora fez um gesto, dispensando a explicação.

— Certo, é melhor começarmos. Temos *muito* trabalho a fazer.

Vasculharam todos os livros de receita que Amanda encontrou na casa, e também a pilha dos que ela comprou no bazar da igreja. O bazar em que Mary Ann a havia encontrado e onde fez a gentileza de se oferecer para ensinar Amanda a cozinhar. *Se ela precisasse.* E estava claro que ela precisava.

A primeira aula não envolveu calor, fogo, nem nada queimando. Mary Ann se sentou com Amanda para analisar a vasta coleção de livros de receita, destacando receitas fáceis para testar, explicando as técnicas necessárias, contando a ela um pouco mais sobre os ingredientes e mostrando a diferença entre os utensílios de cozinha.

O tempo passou voando, mas havia tanto a aprender que a cabeça de Amanda começou a doer. Mary Ann queria que se concentrassem, primeiro, nos pratos assados, mas a jovem implorou para que ela lhe ensinasse a fazer pratos cozidos e assados, pois, assim, poderia preparar refeições saudáveis para Greg. Relutante, Mary Ann cedeu e decidiu que cada vez que se reunissem, não importava se ali ou na fazenda, ensinaria a Amanda um prato cozido e outro assado.

Mas a jovem sabia fazer café, então passou um enquanto

estavam sentadas ali na cozinha, refletindo sobre receitas futuras.

Quando chegou o fim da tarde, as duas estavam exaustas. Amanda tomou um gole do café fumegante.

— Você sabia que as suas iniciais são M e A? Mary Ann. É quase "mãe."

Mary Ann riu, fazendo Amanda se lembrar do filho dela.

— É claro que eu sabia.

— Então posso te chamar de Ma? Você se importaria?

— Querida, eu não me importaria nenhum pouco. Eu amaria. Me chame do jeito que você quiser. — Mary Ann suspirou e encarou o nada. — Eu sempre quis ter uma filha, mas não podia arriscar ter outro menino. Três foi o bastante. Eu disse a Ron que se ele me engravidasse de novo, eu mesma o castraria. Ele sempre foi desavergonhado... Continua sendo. E os filhos são iguais. Deus ajude as mulheres que eles escolherem. Teimosos, desmiolados... — Ela parou abruptamente, como se, de repente, tivesse se lembrado de com quem estava falando. — Opa, acho que eu deveria estar falando dos pontos positivos. Nunca vou vê-los casados se eu contar a verdade. — Mary Ann riu tanto que teve de repousar o café. — Bem, tenho que ir para casa e preparar o jantar para o meu marido. Ele fica bem mal-humorado se não come na hora certa. — Mary Ann se levantou.

— Não tenho como te agradecer por isso.

— Sem problema. Por que não marcamos de nos encontrar daqui a alguns dias? Vou te passar uma tarefa. — Ela empurrou dois livros abertos na direção de Amanda. — Prepare essas duas receitas para a próxima aula. Vamos ver como você se sai.

— Obrigada, Ma.

Depois que Mary Ann foi embora, Amanda voltou a se

sentar. O coração cantou de alegria. Era muito gratificante passar um tempinho com a mãe de Max.

Mas tinha a sensação de que ele não gostaria nada daquilo.

Mas quem contaria para ele?

O TILINTAR dos sinos encontrou com ela no salão. Teddy parou de olhar para a cabeça que lavava e abriu um sorrisão para Amanda.

— Oi, amiga.

— Oi.

Ele salientou o lábio inferior em um beicinho debochado.

— Qual a razão dessa tristeza?

— Estou morrendo de tédio. Eu te contei que a sra. Bryson está me ensinando a cozinhar?

Teddy ergueu uma sobrancelha.

— Acho que você se esqueceu de mencionar isso.

— Pois bem, e não estou me saindo tão mal assim, mas... não dá para ficar o tempo todo na cozinha.

— Então por que você não arranja um emprego?

— Cuidar do Greg *é* um emprego.

— Não, estou falando sério. Algo de meio-período para te manter ocupada enquanto ele estiver na casa de repouso. Eu te contrataria, mas não tenho clientes o bastante. Agora, se a barbearia no fim da rua fechasse, eu ficaria atolado e precisaria da sua ajuda para lavar cabelos.

Amanda franziu o nariz.

— Credo. Não quero lavar o cabelo de ninguém. — Ela olhou para a senhora cuja cabeça Teddy esfregava na pia. — Sem ofensa.

A cliente bufou, desgostosa.

— Não é bom o suficiente para você? — perguntou o cabelereiro.

Amanda ignorou a pergunta.

— Eu só preciso me divertir um pouco.

— E aquele Bryson não tem te mantido ocupada o bastante?

Amanda corou quando a senhora ergueu levemente a cabeça, apenas o bastante para se certificar de que não perderia nada da fofoca.

Ela se virou para se olhar no espelho ali perto.

— Não sei do que você está falando. Alguém deve ter te passando informações falsas.

— Sim. Sei. — Ele enxaguou o cabelo azul da senhora. — E como foi a viagem?

— Que viagem? Eu não fiz viagem nenhuma.

— Ah, pensei que você tivesse viajado para a terra da negação.

Amanda se virou para esconder o riso, mas percebeu que a imagem estava sendo refletida por todo o salão. Deu língua para Teddy, o que o fez rir.

— Vamos, sente-se naquela cadeira ali. Não vou demorar muito no cabelo da sra. Anderson. Depois vamos ter uma conversa séria. Não tenho clientes nos próximos quarenta e cinco minutos.

Uma conversa séria. Tudo o que Teddy faria era criticar Amanda até ela ceder e fazer uma confissão no estilo católico: "Padre, eu pequei..."

E ele beberia cada palavra dos "pecados" dela como um gatinho em sua tigela de leite. Nenhuma gota seria desperdiçada; lamberia até os bigodes estarem limpos.

Amanda mordeu o lábio por conta daquela ideia e foi até a área de espera.

Apesar de tudo, estava feliz por ter Teddy ali em

Manning Grove. Ele mantinha seus pés no chão, se isso fosse possível. E muito bem arrumada. Ele sempre testava penteados e maquiagem nela, fazia suas unhas de graça sempre que precisava de uma cobaia.

Ela afundou em uma das cadeiras estofadas que pareciam ser dos anos 1950. O jornal de ontem tinha sido jogado sobre uma pilha de revistas de penteados, balançando precariamente em uma mesa de vidro cromada. Amanda pegou o jornal e começou a folheá-lo. Os classificados eram uma tristeza.

Garçonete na lanchonete. Não.

Voluntária na biblioteca. Não.

Merendeira na escola fundamental. De jeito nenhum!

Amanda suspirou. Na verdade, não precisava trabalhar. Também não queria tirar a oportunidade de emprego de outra pessoa, já que essas vagas eram difíceis de encontrar por ali. E aprender a cozinhar estava ocupando parte de seu tempo. Mas ainda assim...

Analisou o resto do jornal minguado, e um anúncio chamou a sua atenção.

Crazy Pete's Bar. Pete Doidão, que nome para um bar.

Karaokê das 20h às 23h toda quarta. Noite das mulheres na segunda. Happy Hour com dose dupla às terças. Asinhas e um balde de cervejas especiais o dia todo na sexta, véspera de Ano-Novo.

Véspera de Ano-Novo. Isso era hoje.

Caramba, poderia muito bem aproveitar uma noitada para tirar "aquele Bryson" da cabeça.

Assim que Teddy terminou de atender a sra. Anderson, ele a acompanhou até a porta, em seguida se aproximou e se jogou na cadeira ao lado de Amanda, suspirando.

— Aquela mulher é impossível. Eu disse para ela que os tonalizantes azuis estão fora de moda. Ela não liga. As pessoas estão presas no passado aqui. Mas, se não fosse pelas senhorinhas da cidade, eu não teria um negócio. Se tivesse mais gente jovem, eu...

— Onde fica esse tal de Crazy Pete's? Quais outros bares existem por aqui?

Teddy a olhou com preocupação.

— Crazy Pete's? É o *único* bar na cidade e, acredite em mim, não precisamos de mais nenhum outro. Fica na Third Street.

— Quer passar o Ano-Novo comigo?

Teddy a olhou, cheio de suspeita.

— Não é o Pete que endoidou, foi você! Você quer que um gay assumido vá até o Crazy Pete's? Não, obrigado.

— É tão ruim assim?

— Amiga, quando eu passo de carro, nem sequer faço contato visual com qualquer pessoa que esteja saindo de lá.

— Você está de brincadeira, né?

— Sim. Mas, mesmo assim, não vou. Tenho um encontro com aquele fofo do Ryan Seacrest.

Os diversos avisos de Max para Amanda "não se meter em problema" ecoaram em sua mente.

— Bem, eu vou. Preciso dar uma olhada na vida noturna da região.

— Querida, tem uma vida noturna mais agitada rolando na floresta.

Ela se levantou em um pulo.

— Vamos arrumar o meu cabelo e as minhas unhas.

Teddy bateu palmas, animado.

— Agora, sim, você está falando algo que faz sentido. Uma mão feita para já. Eu dou um trato em você, se você der um trato em mim.

E os dois caíram na gargalhada.

Depois que saiu do salão, Amanda buscou Greg mais cedo na casa de repouso. De qualquer forma, precisava falar com Donna.

Quando passou pelas portas da instituição, se lembrou de quando conheceu o irmão. E o quanto tinha estado assustada; não que estivesse toda cheia de confiança agora.

Encontrou Donna na recepção; ela olhou para cima, surpresa, e largou a papelada na qual remexia. Amanda se aproximou.

— Amanda, é tão bom te ver. Como estão as coisas com o Greg? Eu tinha esperado receber um montão de ligações suas. Na verdade, achei que você me ligaria de hora em hora. — A mulher riu, abrindo um sorriso genuíno para Amanda.

Ela também sorriu em resposta.

— Tenho certeza de que sim. Mas estamos bem. Estou aprendendo as coisas conforme elas acontecem. — *E tentando não o envenenar com a minha comida,* adicionou em pensamento.

— Caramba, o Greg ama muito você. Ele fala de você o tempo todo.

— É mesmo?

— É claro.

— E ele fala coisas boas?

Donna riu de novo.

— Sim. Estou muito feliz pelas coisas estarem dando certo para ele. Fiquei com medo por um tempo. — Ela respirou fundo. — Então, só veio buscar o Greg? Ele está lanchando na sala dos fundos.

— Sim. Mas, na verdade, eu queria te pedir um favor. Estava pensando se você não conhece alguém para me recomendar, alguém que possa ficar com Greg quando eu não

estiver em casa. — Não usou a palavra *babá,* pois Greg dificil-
mente era um bebê, e Amanda não sabia se aquele seria o
termo certo a ser usado.

— Tipo uma babá?

Respirou aliviada.

— Sim, isso mesmo.

— Bem, tem a Joni. Ela é só alguns anos mais nova do que
você e trabalha aqui meio-período. Então ela conhece o Greg,
e o Greg a conhece. Acho que é perfeito, e o dinheiro extra a
ajudaria muito.

— Ótimo. Ela está aqui?

— Não. Hoje não, por causa do feriado. Vou te passar o
número dela. — Donna pegou uma agenda ali perto e a
folheou. — Aqui está. — Rabiscou o número em um bloquinho, arrancou a folha e a entregou a Amanda.

— Obrigada. Vou ligar para ela agora mesmo. — E tirou o
celular da bolsa.

— Vou ajudar o Greg a se arrumar enquanto você faz isso.

Dentro de alguns minutos, combinou tudo para que Joni
passasse a noite com Greg. Amanda sairia. Se divertiria, e
ninguém, nem mesmo alguém que vestia uma farda azul e
cujas iniciais eram M.B., a impediria.

Capítulo Nove

Se não tivesse baba escorrendo pelo queixo de cada homem ali no bar, Max ficaria surpreso.

Ele mesmo enxugou o dele.

Levou a cerveja aos lábios, e o líquido gelado serpenteou garganta abaixo. Infelizmente, não ajudou em nada para abaixar a temperatura do seu corpo.

— Caramba! — exclamou o irmão ao lado dele, enquanto batia em Max com o cotovelo. — Já experimentou um pedacinho daquilo?

Marc encarava exatamente a mesma pessoa que ele: Amanda Barber, em uma saia muito, muito, mas *muito* curta mesmo, curvada sobre a mesa de bilhar tentando dar uma tacada quase impossível.

Max jurou ter ouvido os gritos silenciosos de todos os homens naquele lugar. Todos os bancos do bar foram girados para encarar o jogo. Na verdade, pensou ter ouvido alguns suspiros e gemidos pelo lugar lotado quando a sainha de couro vermelho subiu pelas coxas da mulher. Mais e mais alto...

Jesus Cristo! Esperava que a mulher pelo menos estivesse de calcinha.

Alguém se posicionou atrás de Amanda, apoiando a mão em seu quadril e se inclinando sobre ela. Ao que parecia, para lhe dar algum conselho. *Merda.* Como se ela precisasse de conselhos; estava se virando muito bem sozinha. Todos no bar viam isso!

Max bateu a garrafa de cerveja vazia no balcão atrás dele e xingou. Marc o olhou de soslaio. O olhar que recebeu do irmão o deixou ainda mais irritado.

Observou uma Amanda sorridente aceitar o conselho. Ela deve ter feito um comentário engraçado, pois o homem "prestativo" riu, um pouco alto demais, em resposta.

Ela errou a tacada. O conselho não serviu para nada.

Max a observou escapar discretamente das patas grandes e firmes do cara.

Marc se levantou depressa do banco e se colocou diante de Max, bloqueando a vista do irmão.

— Cara, não faça nenhuma idiotice. Você está bebendo, e não vai querer perder o emprego. — Marc, demonstrando toda a sua impaciência, esperou o irmão olhar para ele. — E você... *nós* somos a lei nessa cidade. Temos que dar o exemplo, não nos envolvermos em brigas de bar. Não vale a pena.

Max resmungou em resposta ao pegar a outra cerveja que o bartender deslizou para ele. Empurrou o irmão para o lado e foi em direção à mesa de bilhar. Amanda estava apoiada no taco, observando a tacada dos colegas.

— Quem é o seu amigo?

Ela ergueu levemente os ombros, então olhou de soslaio para o oponente.

— Qual é o seu nome mesmo?

Uma expressão magoada atravessou o rosto do cara antes de ele responder:

— Jack.

Amanda se virou para Max e repetiu:

— Jack.

— Faz tempo que você o conhece?

— Ah, deve fazer... — Ela olhou para o relógio com borda neon da Budweiser que ficava em cima do balcão. — Cerca de uma hora?

Max se virou para Jack.

— De onde você é, Jack?

— Parsington.

— Parsington? — Não era de se surpreender ele não o conhecer. Conhecia todos na cidade; era obrigação dele. — E o que você está fazendo aqui?

Devagar e com cuidado, Jack apoiou o taco na mesa e se virou para dar toda a atenção para Max.

— Pelo que eu saiba, esse é um país livre.

Max se inclinou para perto de Jack, aproximando-se do rosto dele.

— Escute aqui, Jack...

Um pigarreio abrupto o fez perceber que estava metendo os pés pelas mãos. Endireitou-se e deu um passo para trás, mas manteve os olhos semicerrados e focados no rival.

Jack ergueu as mãos na frente do peito e deu um passo para trás.

— Ei, eu não fiz nada de errado. Não é ilegal tomar um drinque com uma moça bonita.

Amanda se posicionou entre eles, encarando Max.

— Você tem razão, Jack. Não é ilegal beber com uma mulher, e obrigada pelo elogio. — Ela abriu um sorrisão para ele, em seguida se virou para Max. — A gente pode trocar uma palavrinha? — Quando ele hesitou, Amanda adicionou, com firmeza: — Tipo, agora? — Ela inclinou a cabeça para um canto silencioso do bar mal iluminado.

Quando ela se afastou, Max não teve dúvidas de que a seguiria. Não importava o que acontecesse. Nada de "se", "e" nem "mas" nessa história.

Observou a bunda deliciosa e firme rebolar naquela saia curta conforme Amanda caminhava cheia de determinação. E ele teve certeza de que não era o único desfrutando da vista. Nem quis virar a cabeça para confirmar o que pensava. Estava focado demais em tentar controlar o próprio temperamento.

Em um canto escuro do cômodo, ela se apoiou no velho revestimento de madeira e cruzou os braços para encará-lo.

— Então...

— Por que você não me disse que ia sair hoje à noite?

As sobrancelhas dela quase alcançaram a raiz dos cabelos antes de caírem, e os lábios franziram.

Max estava na corda bamba. Nunca tinha se sentido tão possessivo com uma mulher com quem havia transado apenas uma vez. *Uma vez!*

Por quê? Por que esse cisco de mulher o fazia querer jogá-la sobre o ombro, dar no pé daquele bar, levá-la para casa e jogá-la na cama dele?

Queria transar com ela em uma cama de verdade. Não no banco traseiro de um carro. Não na caminhonete. Mas em uma cama, onde poderia abrir bastante as pernas de Amanda e fazer com ela o que precisava ser feito, assim...

— Lembra do que você me disse? Não era para mantermos tudo isso em segredo para que a sua mamãe não descobrisse?

Ele tinha dito aquilo? *Merda.*

— Sim, mas...

— Não temos nada sério, não é?

Max bateu o punho na testa e fez careta.

— É.

— E agora você quer que eu te dê satisfação das minhas idas e vindas? — As sobrancelhas dela se ergueram.

Sim. *Sim, eu preciso saber onde você está o tempo todo, e com quem. Cacete.*

— Não.

Ela assentiu.

— Ótimo, porque seria uma pena ter alguém querendo controlar todos os aspectos da minha vida, você não acha?

Max passou os dedos pelo cabelo curto. Amanda estava brincando com ele. Estava usando suas palavras contra ele, sendo uma bela de uma metida a besta. E desfrutando muito da experiência.

Mas não importava ela ter ido ao bar sem ele naquela noite; Amanda, sem sombra de dúvida, acabaria na cama dele mais tarde, e não na cama de alguém como o tal Jack de Parsington. Não se Max pudesse impedir.

Sem esperar uma resposta, ela se afastou da parede e abordou Marc no bar. O irmão estava balançando a cabeça e rindo.

Ela parou na frente de Marc.

— Fale para o seu irmão que ele tem dez minutos para chegar na minha casa, ou ele não vai entrar.

Max suspirou enquanto Amanda saía do bar jogando o cabelo para trás. Marc gritou para ela:

— Feliz Ano-Novo! — E riu alto. Para Max, ele perguntou: — Está esperando o quê, seu idiota?

AMANDA ABRIU a porta de casa sem fazer barulho; não queria acordar Greg. Colocou as chaves do carro na mesa ao entrar. Tirou um pouco de dinheiro da bolsa antes de a jogar em uma poltrona marrom ali perto e chutou os sapatos para longe.

A babá de Greg estava cochilando na frente da televisão que ficava no jardim de inverno. Com uma sacudidela de leve, Amanda acordou Joni e acompanhou a garota até a porta, entregou o dinheiro a ele e agradeceu. Em seguida, fechou a porta e se apoiou nela, soltando um suspiro exausto.

Tudo bem, o homem era gostoso, e com certeza havia uma certa atração, pelo menos sexual, entre eles, mas Max era um policial mandão que não conseguia cuidar da própria vida. Amanda não achava que transa casual fosse a praia dele. Parecia ser possessivo demais para aquilo.

Uma batida discreta a assustou. Espiou pela cortina que cobria a janela da porta. Max tinha vindo.

Ficou tensa. Talvez a ideia de convidá-lo não tenha sido tão boa assim. Poderia fingir que não tinha ouvido nada e simplesmente ir para cama. Ou poderia...

— Amanda, estou te vendo parada aí. — Veio abafado do outro lado porta. Bem, ainda poderia ignorá-lo e ir para cama. Só porque ele era um policial não significava que Max poderia entrar naquela casa sempre que quisesse. Precisaria de algum tipo de mandado de busca para isso, não é?

Ah, que porcaria. Ele tinha entrado ali diversas vezes antes, sem nunca pedir.

A maçaneta sacudiu.

— Amanda — chamou ele, em um sussurro feroz. — Vamos, me deixe entrar.

— Por que eu deveria fazer isso? — Ela se aproximou da porta, puxando a cortina de lado para olhar para Max. Sim, ele com certeza era gostoso. *Merda.*

— Porque você me convidou.

Ah, é. Ela tinha feito aquilo.

— Você não demorou muito. — Amanda abriu a porta

antes que mudasse de ideia, e Max entrou, preenchendo o cômodo com seu aroma masculino.

— Você disse "dez minutos", e eu não queria que você mudasse de ideia.

Mas, naquela hora, a necessidade de colocar o homem em seu devido lugar falou mais alto que o desejo.

— Eu estava jogando sinuca. Algo totalmente inocente, não que seja da sua conta. O que te deu o direito de interferir na minha noitada? Eu queria me divertir um pouco nesta cidade terrivelmente tediosa.

Max passou a mão pelo cabelo espetado e curto, a irritação dele era óbvia.

— Aquilo não pareceu nada inocente. O seu *problema* foi ter saído com essa saia curta pra caramba. — Ele encarou a saia, o que enviou uma onda de calor pelo corpo dela.

Amanda cerrou os lábios e apoiou a mão no quadril.

— Talvez. Talvez eu quisesse trazer o Jack para casa e ter uma transa furiosa, gostosa e exaustiva com ele. Sabe, algo bem casual, tipo pimba-e-tchau-muito-obrigada.

Max ficou parado, e Amanda observou seu pomo de Adão saltar algumas vezes antes de ele deixar escapar:

— Bem, se você estiver em busca de voluntários...

— Vai se candidatar?

— Talvez. — Max agarrou o braço dela e a trouxe para perto. — Caramba, você fica uma delícia quando está nervosa.

Amanda se afastou dele e foi até a escrivaninha ali perto. Pegou uma folha do bloco de notas e uma caneta. Empurrou tudo para o peito de Max.

— Aqui, preencha a sua candidatura. Eu te ligo quando for a fase de entrevistas. — Ela se virou bruscamente e seguiu para a cozinha. Max foi atrás dela e jogou o papel e a caneta na mesa da cozinha. Amanda cruzou os braços e se apoiou no balcão.

— Amanda...

Ela ergueu a mão para impedi-lo de se aproximar. Precisavam estabelecer algumas regras primeiro.

— Você não é o meu guardião.

— Eu sei.

— Eu não sou problema seu.

Max fez uma pausa, um pouco mais longa do que deveria, antes de responder:

— Eu sei.

— Você só está concordando para me agradar. — Se ele a respondesse com outro "eu sei", Amanda o chutaria bem onde mais doeria.

Ela foi para o jardim de inverno.

— Isso mesmo, vá embora como a garotinha que você é.

Ela estancou.

Filho da mãe! Amanda girou e foi direto para ele. Parou com seu um metro e sessenta diante do um e noventa dele.

Com um xingamento murmurado, ficou na ponta dos pés, agarrou o colarinho de Max e puxou a cabeça dele para si. Assim que os lábios dos dois se uniram, Amanda sentiu a surpresa dele. A boca de Max abriu, permitindo que ela entrasse com a língua.

As línguas se entrelaçaram e lutaram; ele inclinou a cabeça para chegar ainda mais perto. As mãos subiram para agarrar os quadris de Amanda. Corada e sem fôlego, ela deu um passo para trás com um olhar calculado. Desabotoou a blusa marfim. Devagarinho. Abrindo um dos botões brilhantes e, depois, outro. Até a blusa pender aberta, expondo o bronzeado, o abdômen firme e o piercing dourado no umbigo. Os olhos de Max varreram o sutiã preto de renda, assim como a carne arredondada acima. Os mamilos dela enrijeceram. A respiração ficou presa.

Amanda deslizou o tecido macio pelos ombros e, com uma sacudidela, a blusa caiu no chão.

Ela ergueu as mãos para tocar o fecho frontal que mal continha os seios.

— Amanda — Max voltou a avisá-la, mas conseguiu apenas respirar fundo quando os dedos da mulher abriram o fecho e os seios fartos escaparam. — Puta merda!

— Então, policial Bryson, eu sou... — a voz dela falhou — ...uma garotinha?

O olhar de Max brilhou sombrio ao ir do peito ao rosto de Amanda. Ele cerrou e descerrou o maxilar.

— Não. — As narinas dilataram, como se o homem estivesse lutando contra algum demônio interior. — Cacete, não.

Com um riso gutural, ela tirou o sutiã, derrubando-o no chão ao lado da blusa. Levando a mão até a garganta, ela trilhou um dos dedos até o seio, então circulou um dos mamilos dolorosamente rígidos. Fez igual com o outro. Ela mordeu o lábio e jogou a cabeça para trás, com os olhos semicerrados. A respiração de Amanda ficou mais profunda ao deslizar a mão pela barriga chapada e contornar o piercing do umbigo com a unha vermelha. Em seguida, desceu ainda mais.

Max estava parado. Muito parado. Parado demais. Ela o queria. Queria que ele a dominasse. Ali. Naquele instante. Por que ele não estava se movendo?

— Puta merda — gemeu Amanda. Indo para baixo, abriu o fecho da saia; o deslizar do zíper foi ensurdecedor.

Ela passou a língua pelos lábios entreabertos, deixando uma trilha umedecida. Estava um pouco ofegante.

Os olhos de Max acompanhavam cada movimento. O homem tinha estado congelado no lugar. Até que...

Agarrou Amanda pela cintura, ergueu-a, girou e praticamente a jogou sobre o balcão. Segurando-a pela cintura, arrancou a saia quadris abaixo e puxou a calcinha fio dental em um único movimento.

Ela não disse nada. As palavras de ambos sempre pareciam arruinar o momento. Ela não queria isso. Amanda queria o corpo de Max sobre o dela, o peso dele esmagando-a, seus lábios por todo o seu corpo. Precisava que a língua de Max mergulhasse em toda e qualquer fenda.

Queria gritar com abandono enquanto tinha um orgasmo atrás do outro.

E não ficou decepcionada.

Em um segundo, ele pairava sobre ela. No próximo, estava de joelhos abrindo as pernas de Amanda, dando uma olhada mais de perto.

Então, ele a tomou com a boca. Brincou com o clitóris usando a língua... uma, duas vezes antes de afagá-lo. Amanda deixou a cabeça cair para o armário e gemeu baixinho. Às cegas, estendeu as mãos para agarrar Max, segurou-o pela nuca e o trouxe para mais perto, caso isso fosse possível.

Os dedos dele separaram o seu calor, afagando-a com a língua, saboreando e mordiscando. Apenas brincando, provocando até os músculos internos enrijecerem de necessidade.

Mergulhou a língua nela, torturando-a. Era tortura! Os dedos substituíram a língua, indo fundo, enquanto os lábios voltavam a capturar o clitóris. Ele a chupou, e os dedos encontraram um ritmo.

Amanda se obrigou a engolir o grito; não queria acordar Greg. Não queria que o irmão descesse e encontrasse a irmã com os braços e as pernas esticados no balcão enquanto um policial da cidade a tratava como um banquete.

Os pensamentos desapareceram quando o polegar dele tomou o lugar da boca. Max se levantou, mas os lábios grudaram em um dos mamilos de Amanda, e a mão livre encontrou o outro seio. Ele beliscou o mamilo, girando-o o suficiente para fazê-la arquear as costas. Os dentes arranharam o outro, de novo e de novo; depois, a língua acalmou o incômodo.

Amanda arfou de leve, então soltou um lamento baixinho ao sentir o orgasmo começar. Os músculos explodiram em contrações furiosas ao redor dos dedos de Max. Ele ficou tenso e parou. Ergueu a cabeça e olhou para ela.

— Cacete. — Foi tudo o que Max disse antes de tomar a sua boca, saqueando-a, impulsionando os dedos em Amanda, reiniciando o prazer. Ela sentiu seu gosto nos lábios do homem e quase gozou de novo, mas Max se afastou.

No que pareceu ser um mero segundo, o policial surgiu pelado diante dela. Lindo. Um garanhão. O membro estava tão duro, tão ereto, que parecia quase agonizante. Da cabeça, pendia uma gota perolada de pré-gozo. Ela queria lambê-lo.

Tirou os olhos dali para encontrar os de Max, que olhava para Amanda com uma intensidade que a fez sentir uma centelha de medo, mas que acabou sendo mandada para longe quando ele a agarrou pelos quadris e mergulhou fundo nela, preenchendo-a, esticando-a.

O arquejo de Amanda o fez parar, o peito dele subia e descia rapidamente. Impulsionou os quadris contra ele, querendo mais, querendo-o mais fundo e mais forte, mas ele a manteve inerte.

— Não. Não se mova... só por um segundo. — Então, Max cerrou os dentes e se lançou bem fundo de novo e de novo.

Envolveu as pernas com força ao redor da cintura dele. Retribuiu cada impulso de Max com um próprio. Rebolou nele, querendo cada centímetro daquele homem.

Os braços de Max se acomodaram em cada lado dela no balcão, tremendo. Lutava para manter o controle. Ele a beijou de novo, a língua se enrolando brevemente com a dela antes de se afastar para recuperar o fôlego. O maxilar dele ficou tenso, enquanto os quadris se inclinavam a cada impulso. Estocava com força. Ele queria aquilo. Ela queria aquilo. Não havia qualquer necessidade de serem românticos. Nenhuma firula. Apenas vontade. Apenas desejo.

Amanda arqueou as costas e, quando ela gozou outra vez, afundou os dentes no ombro de Max para calar os gritos.

Uma gota de suor escorreu pelo homem e se misturou ao dela. Ele se levantou e agarrou o cabelo de Amanda, puxando-o sem cuidado para trás, expondo o pescoço. E afundou os dentes na garganta dela, não atravessando a pele, mas com força o bastante para fazê-la tremer e os músculos da vagina se apertassem ao redor dele ainda mais.

Ela gemeu, não fazia ideia da razão. Mas não se importou, porque Max ficou tenso e gozou fundo nela. O corpo de Amanda ordenhou o dele até a última gota. Ele caiu por cima dela com o rosto enterrado em seu pescoço.

A respiração de ambos estava rápida e pesada, o coração de Max batia junto ao seu.

Tirou as mãos de debaixo de Amanda e entrelaçou os dedos com os dela. Ainda a tinha presa ao balcão. Deu um beijo de leve no pescoço, no lugar em que a cabeça estava apoiada.

Amanda não conseguiu se mover. Não que quisesse. Max ainda estava dentro dela, esticando-a. Não queria perder aquela proximidade. Pelo menos, não ainda.

Além das mãos entrelaçadas, Max mal tinha se movido. Mas, em seguida, ergueu a cabeça para olhar dentro dos olhos de Amanda. Queria que ele dissesse algo profundo. Que a amava. Que não conseguia viver sem ela. Qualquer coisa!

— Cacete. — Ele roçou o lábio ligeiramente nos dela. — Isso foi *foda* pra caralho.

Bem, talvez não qualquer *coisa.* Mesmo não sendo apenas ele quem queria uma transa casual, por que ficou incomodada quando Max agiu daquele jeito? Enquanto Amanda se contorcia, ele se afastou e se levantou. Estendeu a mão e a ajudou a se sentar. Estava acomodada no balcão, tão nua quanto um bebê, olhando para o homem a quem tinha acabado de se entregar.

— Sim, foi *foda* pra caralho — imitou ela.

Max tirou os cachos castanhos, bagunçados e molhados, do rosto dela, prendendo-os atrás da orelha. Passou o polegar pelo maxilar de Amanda e, então, plantou outro beijo em seus lábios.

De repente, as luzes da cozinha pareceram gritantemente fortes para ela. Não demorou muito para ficar constrangida. Bem, deveria mesmo. Estava sentada totalmente nua no balcão da cozinha após ter transado como uma selvagem com um policial.

Merda. Saltou do balcão liso e recolheu as roupas. Teria que se lembrar de passar cloro no balcão pela manhã.

Caramba, talvez devesse mandar substitui-lo.

— Amanda, você quer sair comigo?

Ela parou onde estava e o olhou com incredulidade.

— O quê?

Max estava se vestindo e tinha acabado de abotoar o jeans. O peito nu ainda estava molhado. Pelo escuro circulava o umbigo e desaparecia para dentro da calça. Ele parecia tão comestível...

Cacete, pare com isso. Foi exatamente aquilo que a meteu em problemas para começo de conversa.

— É sério, eu quero sair com você. — Max se curvou para recolher a camisa. — Tipo, em um encontro.

Espere aí. Ele a estava convidando para um encontro? Então... aquilo não era tão casual como tinham planejado?

Um encontro de verdade. Tipo, em público? Que se danasse caso a mãe dele descobrisse?

Franziu os lábios e semicerrou os olhos para dele. Era ela quem estava confusa, ou era Max?

Ah, que se dane. Ela ainda se importava?

O flexionar do bíceps dele com a tatuagem da marinha, *Semper Fi*, chamou a atenção dela enquanto Max vestia a camisa. Assim que a escondeu, ela respondeu:

— Não sei se confio em você num encontro. Você pode tentar tirar vantagem de mim.

O homem soltou um riso baixinho, fazendo o coração de Amanda acelerar. Uma das palavras preferidas de Greg surgiu na cabeça dela: *gostoso.* Max era gostoso pra caramba.

— Olha, leve o Greg junto. Ele vai se divertir. — Agarrou os quadris dela e a segurou perto de si. Abaixou a cabeça em direção à dela e lhe deu um beijo nos lábios. Aprofundou-o antes de soltá-la. — Venho buscar você e o Greg amanhã à noite. Diga sim.

Não, não, não.

— Sim.

Capítulo Dez

Max alugou um patins comum para Greg e um in-line para ele e Amanda. Ela o observava pelo canto dos olhos. Não adiantou nada ter ido ao bar na noite passada para tirá-lo da cabeça. O plano se virou por completo contra ela. Bem... pelo menos a noite teve um ponto alto.

Naquele instante, patinavam no rinque, e havia uma boa quantidade de pessoas deslizando em círculos pelo chão. Max estava com Greg lá no meio, longe do movimento, praticando o equilíbrio do jovem. Greg se arrastava, se apoiando no braço esticado de Max com as duas mãos. Um sorriso enorme estava estampado em seu rosto. Ele amava a atenção que estava recebendo do policial.

Bem, ao menos *alguém* estava recebendo atenção.

Amanda estava ficando enjoada de patinar em círculos. Preferia deslizar ao longo das praias na Flórida, como a famosa Broadwalk, onde fazia sol e era divertido.

Manning Grove, que tinha sido esquecida por Deus, *não* tinha sol e *não* era divertida. Tudo bem, estava sendo um *pouquinho* dura demais.

Patinou até a lateral, decidindo observar alguns dos jovens de Manning Grove serem eles mesmos: patinando e socializando. Não conseguia acreditar que aquelas crianças pudessem gostar da música. Era péssima.

Um cara, quase da idade de Greg, chegou patinando, então derrapou até parar a centímetros de Amanda, tentando impressioná-la.

— Oi!

— E aí? — respondeu ela, vendo um sorriso atravessar o rosto dele.

O rapaz a olhou de cima a baixo, nada óbvio, e estufou o peito.

— Eu sou o Toby.

Ele era jovem e até que bonitinho, mas imaturidade transbordava de seus poros. Toby a fazia lembrar de um latino fogoso que ela havia deixado em Miami.

Percebeu que o garoto ainda esperava uma resposta.

— Ah, eu sou a Amanda.

As luzes escureceram, e uma canção melosa de amor estourou nos alto-falantes antigos. Era hora da patinação "apenas para casais".

— Quer vir?

Amanda olhou para a mão esticada de Toby e tentou não rir. Mas, ao mesmo tempo, os pelos da nuca eriçaram. Do outro lado do rinque, os olhos azuis e frios de um outro homem a tinham na mira.

Os avisos recorrentes do policial Bryson para "não se meter em problemas" ecoaram pela cabeça de Amanda. E, para variar, pensou em tentar seguir o conselho.

— Não, obrigada.

— Você é bonita.

Ela revirou os olhos. *Jesus,* as cantadas dele eram tão piegas quanto a música.

— Obrigada.

— Você é nova na cidade. — Era mais uma afirmação do que uma pergunta, e Amanda não se deu o trabalho de responder. — Você tem namorado?

Ela abriu a boca, estava prestes a dizer que não, ou que não estava à procura, ou que ele era jovem demais, ou que havia um punhado de garotas legais com a idade dele. Mas não teve chance.

Em vez disso, Toby soltou um arquejo quando Max *acidentalmente* trombou com ele.

— Ah, foi mal, Toby. Tudo bem?

O garoto pareceu um pouco ofendido, mas olhou para o homem maior do que ele e, de má vontade, disse:

— Sim, senhor.

— Se importa se eu patinar com a minha acompanhante?

— Não, vá em frente, policial Bryson. Desde que a Amanda não se importe.

Fracote.

Max estendeu o braço, agarrou a mão dela e puxou Amanda para longe.

— Não, ela não se importa.

Assim que se afastaram alguns metros, Max perguntou:

— Novas amizades?

— Sim.

— Ele é um pouco jovem.

— E qual é o seu ponto?

— Achei que depois da noite passada você fosse preferir um homem a um garotinho.

Amanda fez questão de que Max a visse revirar os olhos.

— É claro, se eu *conhecesse* um. — Olhou ao redor. — Cadê o Greg?

— Dei algumas moedas para ele. Ele está no fliperama.

— Ah. — Deram outra volta no rinque enquanto o globo

de luz refletia raios coloridos nas paredes e no chão. — É melhor darmos uma olhada nele.

— Ele está bem. O Dunn trouxe a irmãzinha. Estão cuidando do Greg.

Deram mais algumas voltas em silêncio. Os dedos quentes de Max entrelaçados nos dela. Não teria sido grande coisa, exceto pelo fato de que o seu polegar não parava de acariciar as costas da mão de Amanda, lançando arrepios por sua coluna.

Max patinou mais um pouco, então, parou em um canto escuro e encarou Amanda, olhando no fundo de seus olhos.

Ele estava louco. Cem por cento, comprovadamente louco.

E a culpa era dela.

Tinha se tornado um imbecil ciumento. Se rebaixava a nada mais do que um homem das cavernas sempre que outro falava, tocava, ou olhava para ela.

Ele não era assim. Nunca, em toda a vida, tinha sido tão possessivo com uma mulher. Era um bom partido. Sabia disso; a mãe tinha lhe dito. Era respeitado naquela cidade. Era um bom policial, tinha estabilidade financeira e uma boa aparência. Poderia escolher qualquer mulher solteira na cidade. Bem, quase qualquer uma.

Mas não queria qualquer uma.

Ele queria a Amanda.

Afastou o cabelo bagunçado dela do rosto e passou o polegar pelo lábio inferior carnudo da mulher.

Ela o deixava louco, a testosterona estava saindo do controle. A língua rosa de Amanda deslizou para fora e saboreou o seu dedo, fazendo a virilha dele ficar tensa.

A voz de Max soou instável quando disse:

— Eu sei que é só o nosso primeiro encontro oficial, mas posso ganhar um beijo?

Os olhos dela se arregalaram e semicerram em seguida conforme ela estudava o rosto de Max.

— Eu não sei. Não quero que você pense que sou fácil.

Ele riu.

— Tarde demais.

Em vez de cooperar, Amanda patinou para trás, deixando um vão entre eles. Ela colocou as mãos nos quadris.

— Hum. Acho que vou ter que te dar uma dura.

Amanda recuou todas as vezes que Max se aproximou.

— Eu sei como fazer as coisas ficarem duras. Quer ver?

As luzes se acenderam, e a música foi trocada para uma antiga. Amanda patinou para longe e jogou o cabelo para trás ao olhar Max por sobre o ombro. O olhar estava cheio de promessa pelo que viria. Em seguida, os lábios se curvaram para cima, e ela mulher piscou para ele. Max se empurrou da parede, patinando no encalço dela.

Quando a alcançou do outro lado do rinque, colocou as mãos nos quadris de Amanda e patinou bem pertinho, logo atrás dela. A mulher pressionou a bunda nele, balançando os quadris no ritmo de "Love to Love You, Baby", da Donna Summer.

Passou os braços pela nuca de Max, estufando os seios ao cantar a música. Amanda girou nos braços do homem, as mãos ainda entrelaçadas ao redor de seu pescoço, e fez cara de quem estava gozando ao cantar: "Uh, love to love you, baby."

Cacete. Tinham que ir embora naquele mesmo instante. Tipo, *imediatamente.* Apesar de a cantoria dela ser terrível, o ereção de Max ficou muito, muito dura e constrita dentro da calça. E aquele rinque de patinação não era o lugar em que se poderia ajeitar uma ereção feroz.

— Precisamos dar o fora daqui agora. Vamos buscar o Greg.

— Foi algo que eu disse? — perguntou ela, o rosto era a personificação da inocência.

— Aham. E espero ouvir a mesma coisa daqui a um pouquinho. — *Só não cante.*

Apanharam Greg, devolveram os patins e chegaram em casa dentro de vinte minutos.

Max esperou na sala enquanto Amanda vestia o pijama em Greg e ligava a TV no quarto dele. Ouviu o som baixinho da televisão, nada mais. E ele esperou. E esperou.

Talvez devesse ir embora. Talvez Amanda tivesse apenas brincado com ele no rinque de patinação para irritá-lo. Sentiu-se um tolo desesperado ao ficar parado ali, esperando. Se virou, mas parou quando ouviu os passos dela descendo a escada.

Olhou para a mulher uma segunda vez, pois ela apareceu vestindo um roupão cafona e volumoso.

— Por que...

— Shh. — Amanda agarrou a mão dele e o puxou na direção da garagem. — Venha comigo.

Ele ergueu as sobrancelhas, mas a acompanhou conforme ela o arrastava pela porta e a fechava. Amanda virou a chave tetra na porta e os trancou lá dentro.

— O que...

— Shh. — Ela o levou até a traseira do Buick e abriu a porta de detrás do passageiro. — Entre.

— Mas...

— Shh. Entre.

Max soltou a mão dela e deslizou para o banco traseiro. Amanda entrou logo depois dele e fechou a porta.

A mulher se virou, e o rosto ficou a milímetros de distância.

— Agora...

— Agora...

— Agora nós dois calamos a boca, já que falar não é o nosso ponto forte, e você termina o que começou neste carro na noite de Natal.

Mesmo sob a luz franca, Max viu o sorriso travesso de Amanda. *Porra.* Ela continuava a surpreendê-lo.

Garotinha travessa. Ele amava isso.

Lutou com o próprio sorriso e perguntou:

— Você se lembra do que eu estava fazendo?

— Shh. Não fale. Não acabe com a graça.

— Apenas com você?

Estendeu a mão e segurou a cabeça dela, inclinando-a, trazendo-a um pouco mais para perto. Ele se aproximou e a beijou, sugando o lábio inferior de Amanda. A língua se entrelaçou com a dela, e as mãos da mulher agarram seus bíceps. Os músculos de Max se retesaram, e ele se afastou, mas apenas o bastante para tirar a camisa de manga comprida.

Não deixou de notar a reação de Amanda. Ela o queria. Saber daquilo, ver aquilo, fez a ereção ficar dura como pedra, e os testículos, rijos. Max a queria com a mesma intensidade. Não, ele a queria ainda mais.

— Amanda...

Ela o calou ao pressionar os lábios nos dele outra vez, fazendo-o engolir as palavras.

Isso mesmo. Nada de falar. Apenas agir. Ela era uma criaturazinha mandona.

Ele continuou até estar chupando os lóbulos da orelha dela, sacudindo o brinco com a língua. Em seguida, mordiscou a pele macia. Desceu pelo pescoço, dando mordidinhas na clavícula, afastando a gola do roupão. Ao encontrar a faixa na cintura, soltou-a. Mal podia esperara para ver o que ela estava vestindo.

Amanda deslizou o roupão pelos ombros e mostrou a ele exatamente o que ela *não* estava vestindo. A mulher estava cem por cento nua sob aquela coisa. Toda pele, carne e seios gloriosos.

Eram perfeitos. Mamilos duros rodeados por pele lisa. Segurou os dois, circulando os polegares ao redor da aréola. Uma, duas vezes. Amanda arqueou as costas e fechou os olhos. Ele tomou um mamilo na boca e chupou com força. Quando um gemido escapou da mulher, o membro tentou dançar no jeans, mas estava apertado demais. Uma prisão. Max tinha que sair daquela calça, e rápido.

Abriu o botão do jeans, mas antes que pudesse ir mais longe, as mãos dela puxaram as dele, então Max voltou a "apreciar" os seios de Amanda. Acariciando, beliscando, torcendo os mamilos enquanto ela descia o zíper da calça.

— Tire-a. — As palavras dela soaram ofegantes, e ele a olhou. Os olhos estavam quase fechados, sem foco, a boca ligeiramente aberta. — Rápido.

Max se afastou, ergueu os quadris e empurrou o jeans para baixo tão rápido quanto pôde. Chutou os sapatos e as meias para longe antes de tirar a calça por completo. O pau estava livre. E latejando. Ele queria se acariciar, mas Amanda foi mais veloz. A mão dela o envolveu, e ela o apertou com cuidado, o polegar enxugando a gota de pré-gozo na cabeça.

Puta merda. Puta merda! Ele se sentiu como um menino de dezoito anos, inexperiente. Como se ele pudesse explodir a qualquer segundo.

De jeito nenhum Max permitiria que aquilo acontecesse. *De jeito nenhum.*

Mas era exatamente aquilo que ela fazia com ele. E Max

precisava recuperar o controle para que Amanda não se arre-
pendesse.

— Estou duro pra caramba.

Ela se inclinou, os lábios mal roçando a cabeça. Amanda
deu uma olhadela para ele, um sorriso perverso estava estampado em seu rosto.

Safada.

Ela o tomou na boca quente e molhada. E Max gemeu. A
respiração acelerou, e ele tentou engolir a saliva. A língua de
Amanda girava. Provocando. Então engoliu-o por inteiro,
afagando-o sem parar.

Ele queria satisfazê-la. Tocá-la. Beijá-la. Mas congelou
em questão de segundos. Não conseguia se mover. Ela tinha
que parar. Tipo, logo. Tipo... agora!

Com um grunhido, se afastou dela, quebrando o contato.

Outro movimento, e Max estava usando o peito para
empurrar Amanda para o assento. Agarrando os joelhos dela,
abriu-a até onde o carro permitia, E mergulhou a boca no
calor úmido dela.

Foi a vez dela de gritar enquanto ele chupava o seu clitóris, dando batidinhas com a língua. O gosto dela era bom
demais. Deslizou dois dedos para dentro, e a sentiu o pressionando, espremendo enquanto erguia os quadris. Max continuou lambendo e chupando o ponto sensível enquanto
Amanda cavalgava seus dedos em um ritmo frenético. A
cabeça dela caiu para trás, o corpo se rendeu. Ela gritou:

— Vou gozar!

O calor molhado se intensificou quando Amanda
latejou ao redor dos seus dedos. Antes que ela pudesse recuperar o fôlego, ele se moveu mais uma vez, entrando nela.
Ela estava apertada, mas molhada. Molhada pra caramba. O
corpo dela o recebeu, respondendo cada estocada com seus
próprios movimentos. O inclinar dos quadris estava em

harmonia perfeita com o dele. Um cabia perfeitamente no outro.

Max cerrou os dentes, não querendo perder o controle. Queria que aquilo continuasse por tanto tempo quanto aguentassem. Saiu de dentro dela, e Amanda soltou um leve choramingo.

O homem se sentou e a puxou consigo, fazendo-a montar nele. Max a olhou no rosto e viu desejo puro ali. Uma gota de suor pousou no seio, e ele a tomou entre os lábios.

Segurou os quadris dela com firmeza, para que ela não pudesse se abaixar. Ainda não. Amanda se debateu.

Max chupou os mamilos, primeiro um e, depois, outro, mantendo-a suspensa acima dele. Um calor subiu pelo peito de Amanda enquanto ela lutava. O homem mordicou cada um dos mamilos outra vez antes de soltar os quadris dela. Amanda deslizou para baixo e se acomodou nele. A cabeça dela caiu em seu peito, a respiração pesada e irregular atingiu a pele dele.

Ele estava tão fundo, e o cavalgar enterrava Max completamente dentro dela. Teve medo de se mover. Estava bem no limite.

Amanda rebolou só um pouco.

A mulher estava brincando com fogo.

A posição dava todo o controle para ela. Mas Max não se importou. Bateu na bunda dela, e Amanda começou a se mover. Cavalgando-o com vontade.

Ela tinha controle completo: do ritmo, dos movimentos, da libertação.

Max sentiu que ela estava perto, a mulher se contraía ao seu redor. Amanda emitiu alguns sons baixinhos que o deixaram louco, que fizeram Max querer se impulsionar com força. De novo e de novo, até gozar.

Fechou os olhos e tentou acalmar a respiração. Suor

escorria pelo rosto. Estava acabado. Muito, muito acabado. A ereção tão dura que chegava a doer. As bolas, tensas, mais do que prontas para se libertarem.

Amanda se retesou e gritou. Ela pulsou ao redor de Max, e não foi preciso mais nada. Ele se soltou e gritou com ela, com uma última estocada profunda.

Os dois colapsaram nos braços um do outro. O único som era o das respirações trêmulas e ofegantes.

Ele recuperou fôlego o suficiente apenas para dizer:

— Amanda...

Ela estava com os olhos fechados, prostrada, ainda em seu colo. Ela encostou o dedo nos lábios de Max.

— Não. Não estrague tudo.

***

T ED D Y   P A R OU de olhar para a escova que limpava quando Amanda entrou no salão.

— Oi, amiga. Coloque esse seu traseiro exuberante na cadeira.

Ela foi até o assento de vinil preto mais próximo e se largou lá. Girou e olhou a si mesma no espelho. *Ainda tinha a mesma aparência, não é?*

Teddy surgiu atrás dela e prendeu a capa plástica em seu pescoço. O olhar de Amanda encontrou o dele no espelho.

— Você está quieta demais. — Os dentes de Teddy morderam o lábio inferior. Pôde ver as engrenagens girando na cabeça dele.

Ah, merda.

— Tudo bem, conta tudo. O que está rolando?

— Nada. — Ela tentou distraí-lo ao dizer: — Só corte as pontinhas.

Teddy girou a cadeira, parando-a abruptamente com o pé

quando ficaram cara a cara. O pescoço dela estalou com a força.

— Humm. Não vou tirar pontinha nenhuma até ouvir a fofoca.

— Não tem fofoca *nenhuma*. — Amanda enfatizou a última palavra.

— Sei. Garota, tem *alguma coisa* rolando...

— O que você é, o mais novo detetive da polícia de Manning Grove? — A voz dela perdeu forças quando percebeu que havia acabado de lhe dar uma pista.

Os lábios de Teddy formaram um grande O, e seus olhos se arregalaram.

— Eu não acredito...

Amanda fez uma careta em resposta ao gritinho agudo dele.

— Ah, não, eu não acredito! — Ele a girou outra vez e reclinou a cadeira sem perder tempo, e começou a lavar o cabelo dela. — Quero saber todos os detalhes.

— Não.

— Por favor?

— Não.

— Foi aquele Bryson, não foi?

Amanda queria ignorá-lo, mas não podia. A cabeça estava em uma pia, e o rosto de Teddy pairava quinze centímetros acima do dela, encarando-a. Era a porcaria de um interrogatório.

Teddy enxaguou o cabelo, suspirando, todo sonhador.

— Foi! *Hum. Hum. Hum.* — Ele empurrou Amanda para cima e esfregou sua cabeça com a toalha. — Max "Eu Sou Tão Gostoso Que Todos Querem Um Pedaço" Bryson?

— Teddy!

— Vamos, conte pelo menos algum detalhe para este

pobre cara solitário. — Ele riu das próprias palavras. — Foi bom?

— Foi ótimo — cedeu ela.

— Então por que você não está feliz? Por que não está explodindo de alegria?

— Eu não sei.

— Você fez um sexo maravilhoso, só pode ter sido; não me diga que não foi, e está sentada aí, se lamuriando?

— É mais complicado que isso.

Teddy tapou a boca para encobrir o arquejo dramático.

— Ah, meu Pai amado. — Teddy rodou a cadeira e se inclinou para olhar Amanda nos olhos. — Isso mesmo. Você está apaixonada.

Amanda empalideceu. Apaixonada? Não. Cheia de desejo, talvez. O sexo era bom. Nada mais.

— Acho bem difícil eu estar apaixonada, Teddy. Caramba, a gente só teve um encontro oficial. E até o Greg foi junto.

— Mas você tem um certo conhecimento carnal dele, não tem? Não me diga que não.

Relutante, Amanda assentiu, as bochechas pegando fogo.

— Aaah, então foi selvagem e feroz? Estou morrendo de inveja.

— Mas, sinceramente, eu não entendo. Em um instante, queremos pular em cima um do outro, mas, no outro... De vez em quando, ele me deixa confusa. O problema é que o cara está sempre se metendo na minha vida, e não quero um homem assim. Sofri demais nas mãos da minha mãe.

— Querida, ele é policial. Ele não consegue *não* ser mandão e controlador. Você conhece o ditado: "Existe uma linha tênue entre o amor e o ódio."

Aquela linha era a corda bamba em que ela e Max estavam andando. Uma leve desequilibrada e...

— Então, se divertiu naquela noite no Crazy Pete's? Ficou decepcionada? Quer saber, deveríamos abrir a porcaria de um bar gay com muita música boa, dança, luzes... Ah, imagine só! A gente veria um monte de gente saindo do armário. Você poderia cuidar do bar, e eu...

Teddy continuou com a conversa fiada, os lábios se movendo a cem palavras por minuto. Amanda não fazia ideia do que ele estava dizendo.

Capítulo Onze

Amanda acordou e se espreguiçou. Era quinta-feira, um dos dias que Greg não passava na casa de repouso. Pensou na mistura para panqueca que havia comprado outro dia, junto com morangos frescos. Seria sua primeira tentativa preparando panquecas. As feitas no micro-ondas não contavam.

Passou uma escova pelo cabelo longo, puxando os nozinhos com os dedos. Depois de cinco minutos, desistiu e jogou a escova na cômoda. Arrumaria o cabelo quando o lavasse mais tarde. Alisou a calça de pijama de listras rosa e se certificou de que a pequena regata cobria todas as partes importantes antes de seguir pelo corredor até o quarto de Greg.

A porta estava entreaberta. Uma sensação ruim a atingiu na boca do estômago. Empurrou mais um pouco a porta.

— Greg?

Resmungou ao se apressar escada abaixo. Caos correu, subindo os degraus, para a encontrar no meio do caminho. Pelo menos o cão estava ali. Era um bom sinal.

— Cadê ele, Caos? — O cachorro latiu em resposta.

Amanda xingou. O que esperava, que o cachorro agisse como a Lassie e a levasse ao Greg?

Com certeza, era aquilo o que ela esperava.

— Vamos, Caos. Cadê ele?

O cachorro latiu e avançou pelos degraus com ela. No fim da escada, deu duas voltas, soltou um latido agudo e saiu correndo até a porta da casa.

Amanda bateu a palma da mão na testa. O irmão tinha fugido. De novo.

— Ele saiu pela porta da frente? — perguntou Amanda ao cachorro. Caos latiu mais uma vez e girou.

Merda! Estava tentando conversar com o cachorro!

Correu até a sala de estar, agarrou o telefone e discou 911.

— 9-1-1. Qual é a sua emergência?

— O meu irmão! Ele sumiu!

— Tudo bem, senhora. Acalme-se. O seu irmão desapareceu?

Não tinha acabado de dizer aquilo?

— Sim!

— Faz quanto tempo que ele sumiu?

— Eu não sei. Uma hora?

Uma pausa. Silêncio.

— Quantos anos ele tem?

— Vinte e dois.

Outra breve pausa.

— Senhora, ele é adulto. Nos ligue depois...

— Mas ele... ele... tem problemas! — Amanda desligou o telefone na cara do atendente. — Droga!

Mordeu o lábio, arrancando sangue. Tentou pensar, mas a cabeça girava.

Aquilo não deveria estar acontecendo. Deveriam estar

tomando um belo de um café da manhã com panquecas e melaço.

Pegou as chaves do carro no gancho.

Teria que encontrar Greg sozinha.

— Vamos, garoto!

Luz vermelha, branca e azul piscou atrás dela, iluminando o interior do carro como um globo de luz quebrado.

Amanda xingou e socou o volante. Aquilo era *exatamente* do que precisava.

Ao abrir a janela do motorista, a cabeça de Max preencheu o espaço. Era um déjà vu.

— Amanda. O que raios você está fazendo? Você ultrapassou um sinal vermelho. Vai acabar se matando.

— Bem, talvez esse seja o único jeito de fazer a polícia ajudar!

— O quê?

— Eu liguei para o 911, mas não querem me ajudar.

— O que aconteceu?

— Greg. Ele sumiu.

— Cristo! De novo?

De novo? Sim, de novo. Tinha falhado com o irmão de novo. Tinha provado a si mesma e a Max Bryson que ela era irresponsável. De novo.

Apertou volante e mordeu o lábio para segurar o choro que queria tanto escapar.

— Desculpa. — Amanda fechou os olhos.

— Não é comigo que você tem que se desculpar. — Ele levou a mão ao ombro e ligou o microfone, passando a descrição de Greg para a central. — Agora, vá para casa. É melhor você estar lá caso ele volte. Me ligue se isso acontecer.

Vou pedir para os nossos melhores homens irem atrás dele. — Max esticou o braço pela janela e passou o polegar pela bochecha de Amanda, secando uma lágrima solitária. Sua voz soou baixa, afável. — Ele vai ficar bem.

Max parecia tão convincente.

Ela não queria ir para casa. Não podia.

De jeito nenhum iria para casa, onde ficaria sentada e preocupada. Depois que Max a mandou embora, dirigiu ao redor da cidade outra vez. Então estacionou. Caos correu em círculos ao redor dela, o border collie guiando-a ao longo da calçada. Verificou a igreja na Fifth Street. Greg não estava lá.

Sentou-se nos degraus de pedra da igreja, tão gelados que fizeram os ossos ranger. Tremia incontrolavelmente. Deveria ter vestido o casaco. E os sapatos. Estava correndo pela cidade no meio do inverno vestindo nada, exceto o pijama. *No que estava pensando?*

Não estava pensando! Esse era o problema. Mas precisava clarear a cabeça.

Greg devia estar procurando a mãe. Mas o garoto não estava na igreja. *Para onde ele poderia ter ido? Pense!*

A última vez que Greg viu a mãe foi na igreja.

Amanda endireitou a postura. Não foi. Na verdade, a última vez que Greg viu a mãe foi... no cemitério! O cemitério ficava a três quarteirões dali.

Correu, sem se preocupar com o cachorro que seguia em seu encalço. Correu, sem se preocupar com os pés descalços que batiam impiedosamente no concreto. Correu até ver o cemitério.

Até vê-las.

Duas viaturas, com as luzes girando, paradas uma de frente para a outra. Em uma delas, a porta do motorista tinha sido deixada aberta. Ambas estavam vazias.

Amanda foi tomada pelo alívio quando viu dois homens

conhecidos, de ombros largos e farda azul-escura, flanqueando Greg. Conversavam com o rapaz a poucos metros dos portões do cemitério.

Ele estava em segurança. Greg estava em segurança. Ela gritou, aliviada. Todos os três olharam para cima.

De repente, percebeu que sua aparência deveria estar uma maravilha. Ainda usava a calça de pijama rosa e a regata branca. Sem um casaco naquele frio. E descalça! Parou na calçada, olhando para eles do outro lado da rua.

Então, Greg viu Caos. E o border collie viu Greg. As orelhas do cachorro se ergueram, e ele latiu. O sorriso do rapaz cresceu e, automaticamente, deu tapinhas na perna. Caos respondeu. Ele tinha olhos apenas para o dono.

Foi algo que Amanda jamais esqueceria, algo que ficaria marcado para sempre em seu cérebro.

Uma buzina. Um choramingo. Um baque.

Um baque nauseante.

Sons que Amanda jamais ia querer ouvir de novo na vida.

— Caos! — Congelada no tempo, o terror a envolveu. A cabeça balançou em câmera lenta. Gritou, em silêncio. Todo e qualquer som lutava para escapar.

Mal ouviu a buzina berrar quando saiu do meio-fio. De repente, braços fortes e volumosos a seguraram. Braços que a envolveram com força, fazendo-a lutar com unhas e dentes para sair daquela prisão. Amanda encontrou sua voz e gritou, histérica:

— Não! Não! Não! Caos!

O rosto de Max roçou o dela, e ele sussurrou palavras reconfortantes em seu ouvido. Mas ela não o ouviu. Não o viu. Tudo o que viu foi o cachorro branco e preto sem vida, esparramado na estrada. A cauda emplumada sem se mover.

Amanda ergueu os olhos. Marc segurava Greg. O olhar no rosto do irmão a fez querer vomitar. Curvou-se nos braços de Max, enquanto os arquejos sofridos faziam seu corpo tremer.

Ela coaxou:

— Ele está bem? — Mas sabia a resposta.

Pessoas se reuniam. Alguém pegou o corpo de Caos e o enrolou em um cobertor caramelo. Então tudo ficou preto.

AMANDA SENTIU um leve bater de dedos na bochecha. Não queria abrir os olhos. Não estava pronta para lidar com o que estava acontecendo. Ainda não. Se mantivesse os olhos fechados por mais alguns minutos...

— Amanda? Amanda, acorde.

Sentiu o frio insuportável do concreto atravessar os ossos da parte inferior do corpo. Estava rodeada pelo calor de Max enquanto ele continuava agachado, segurando a parte superior do corpo de Amanda entre as pernas, apoiando-a.

Ele voltou a dar batidinhas na sua bochecha.

Ela sentiu o hálito quente dele em seu ouvido.

— Caramba, Amanda. Eu sei que você acordou. Abra os olhos. Ou vou pegar os sais aromáticos.

Ela obedeceu, fazendo careta. Estava deitada na calçada, no mesmo lugar onde havia desmaiado. Max bloqueava a vista da rua.

— Greg?

— Marc vai levá-lo para a casa dos meus pais. Minha mãe vai cuidar dele.

Mary Ann. *O que faria sem ela?*

— Você consegue se levantar?

Amanda assentiu.

— Acho que sim.

Max enganchou os braços sob os dela e a ergueu. Prendeu

a manta térmica prateada bem justa ao redor da mulher. Quando Amanda tentou espiar a rua, ele a segurou pelos ombros, então estendeu a mão para erguer o queixo dela. Olhou-a, como se examinasse o fundo de sua alma. Ela cruzou os braços sobre a barriga e pressionou o vazio que sentia ali.

— Você está bem para dirigir? — perguntou Max.

Ela assentiu, e não disse nada.

— Tem certeza?

— Eu não tenho certeza de nada agora.

— Volte para casa e descanse até eu chegar. Vamos cuidar do Caos. — Ele a segurou. — E, Amanda?

Sem ânimo, ela o encarou.

— Desta vez, me escute. Volte para casa.

Ela fechou os olhos por um momento e, depois de assentir para o policial, iniciou a caminhada de três quarteirões de volta ao Buick. Apertou a manta ao redor do corpo trêmulo e se recusou a olhar para trás.

Max observou Amanda se afastar. Seu andar parecia duro, como se ela sentisse dor. Estava descalça. Em janeiro.

A desajuizada.

Deveria ter lhe oferecido uma carona até o carro, mas, naquele momento, não estava se sentindo nada generoso.

Bem, Amanda não era a única sofrendo. Ele não conseguia tirar a imagem de Greg da cabeça, de como o rapaz viu o amado cachorro quase ser morto diante de seus olhos. Não deveria ter sido daquele jeito.

Nada daquilo deveria ter acontecido.

Ali estava Greg, ainda procurando pela mãe, porque não compreendia a morte. E, então, o companheiro tinha sido gravemente ferido... droga, quase *fatalmente* ferido. Max não sabia se Greg entendia o conceito da perda, da morte.

Tomara que a mãe de Max fosse capaz de reconfortar o garoto. Com sorte, ela faria Greg parar de pensar na tragédia que tinha acabado de acontecer.

Amanda, naquele estado emocional, não ajudaria o irmão em nada.

Maldita fosse ela.

Maldita fosse ela! Como pôde ter sido tão descuidada?

Max tinha dito a ela para *voltar para casa e esperar*.

Atravessou a rua, indo até onde Marc estava parado com o braço ao redor de um Greg desesperado. Depois de colocar o rapaz no banco traseiro da viatura, Marc lhe disse que enquanto Max estava com Amanda, Dunn saiu em disparada com Caos – código três, luzes e sirenes ligadas – em direção ao hospital veterinário mais próximo.

Com um balançar entorpecido de cabeça, mandou Marc e Greg para a casa dos pais. Também mandou o motorista, que por pouco não acertou Amanda, seguir viagem.

A outra motorista, que havia atingido o pobre cachorro, esperava ao lado do carro, claramente abalada. Max pegou pouquíssimas informações com a mulher, mas verificou se ela não estava machucada e se não houve nenhum dano ao veículo. Disse a ela que faria um boletim de ocorrência. Com voz inexpressiva e vazia, pediu desculpas pelo inconveniente.

Deixou-se levar pela rotina do trabalho, mas, o tempo todo, sentiu um ferro quente lhe perfurando a barriga.

A visão de Amanda praticamente se jogando na frente daquele carro estava gravada na sua cabeça.

Ela poderia ter morrido.

Max ergueu as mãos. Ainda tremiam. Cerrou os dedos para controlar a fraqueza, e a boca se retorceu de modo severo.

Amanda piscou, tentando clarear a mente.

Tinha ido direto para casa, como Max havia ordenado. Puxou as cortinas para escurecer o quarto e se encolheu na cama, fechando os olhos, tentando manter o mundo longe.

Não ajudou.

A toalha de rosto gelada que havia colocado na testa mais cedo estava quente. Jogou-a no chão, ao lado da cama, desgostosa. Aquilo também não ajudou. O latejar na cabeça não diminuía. Achou que nem mesmo uma cartela inteira de analgésico a aliviaria.

Ouviu um leve bater na porta do quarto.

Sentou-se quando Max entrou no cômodo, o corpo inquestionavelmente tenso preenchendo o pequeno espaço aos pés da cama. A farda dava a ele um ar de autoridade e seriedade, e era impossível ler a expressão do homem.

Ela havia esperado ver preocupação, até mesmo tristeza, no rosto dele. Mas não havia nada ali.

— Greg?

— Não se machucou, mas está arrasado. — As palavras soaram cansadas.

— Caos? — perguntou, cheia de esperança.

— Quando eu estava cuidando de você, o Dunn apareceu e correu com ele para o veterinário. Pelo que ouvi, a situação é crítica. Saberemos mais depois de alguns exames e, provavelmente, de uma cirurgia.

Amanda fechou os olhos, tentando conter as lágrimas.

Teve sorte de Caos não ter morrido na hora. E de ele ainda estar em estado crítico. Qualquer coisa poderia acontecer. Esperava, pelo bem de Greg, que ele não perdesse o cachorro tão pouco tempo depois de perder a mãe.

— Foi uma idiotice. Uma idiotice! Eu te disse para voltar

para casa. *Eu te disse para voltar para casa e esperar.* — Raiva não descreveria a reação; era mágoa, dor e fúria. — Mas você não voltou. Você é uma pirralha mimada que acha que pode fazer o que quiser, que não precisa dar ouvidos a ninguém. Você poderia ter morrido. Poderia ter feito o Greg perder a vida. E você fez o Caos ser gravemente ferido.

— Eu só queria ajudar a encontrar o Greg. — A voz dela estremeceu.

— Quando você vai aprender? Algum dia você vai criar responsabilidade o suficiente para cuidar de alguém além de si mesma?

As palavras dele machucaram. Mas acertaram em cheio. Amanda estava envergonhada e triste. Mas, acima de tudo, decepcionada consigo mesma.

Lutou com a raiva que fervia dentro dela. Raiva de si mesma. Raiva do homem parado na beirada da cama e que a julgava implacavelmente.

Perdeu a luta.

— Para começo de conversa, eu nem queria ter vindo para esta cidade. Eu quero a minha vida de volta! — Ela puxou os joelhos para o peito e os abraçou com força. — Sinto falta da minha vida. Dos meus amigos. De passar na Starbucks de madrugada, ou de ir para a praia tomar sol, ou de chamar um táxi para ir até o centro fazer compras e gastar todo o dinheiro do aluguel. Minha vida agora se resume a fazer compras no Kohl's. O que foi que aconteceu? Como foi que eu acabei aqui? Aqui não é o meu lugar!

— Estou vendo. — Aquelas duas palavras cortaram fundo.

— Saia daqui — gritou, histérica, o cérebro querendo explodir da cabeça. — Saia da porra da minha casa!

A cabeça latejou ao ver Max fechar os olhos e o corpo todo dele estremecer. Uma mistura de emoções atravessou o rosto do homem antes de olhar para Amanda outra vez. Os olhos tinham amolecido, e a rigidez do corpo, desaparecido.

— Amanda...

Não. Não. Não. Não aceitaria a piedade dele. Se Max amolecesse, ela também amoleceria, o que a faria quebrar em mais um milhão de pedacinhos.

Precisava ficar sozinha.

— Vá embora — sussurrou ela.

E ele foi.

Max desceu as escadas correndo, os itens no cinto de serviço batiam em suas coxas e quadris.

As narinas dilataram ao respirar fundo, tentando controlar as emoções... droga, tentando voltar a ter *qualquer* tipo de controle. Enquanto policial, lidava com aquele tipo de incidente quase todos os dias. Mas aquele não tinha sido qualquer incidente. Tinha envolvido a Amanda. Quase a viu ser atropelada por um carro.

O coração parecia ter sido arrancado do peito.

Com passadas longas e pesadas, atravessou a casa pequena e saiu pela porta da frente. Ficou decepcionado ao bater a porta. Apesar de tê-la fechado com força o bastante para sacudir as janelas, não sentiu satisfação nenhuma, nenhum alívio na boca do estômago. Foi na direção da viatura, mas, então, virou abruptamente e voltou. Impediu-se de entrar outra vez e de subir os degraus até o quarto de Amanda.

Não faria aquilo. Não se renderia.

O maxilar ficou tenso. Ela precisava de tempo. Ele precisava de tempo. Para processarem, para se recomporem.

Cerrou os punhos e começou a andar de um lado para o outro na calçada.

Ouviu um farfalhar e olhou para trás. A sra. Myers estava na varanda, inclinando-se sobre o corrimão. É claro, observando-o fazer papel de idiota.

— O que está acontecendo, Max?

Mas que porcaria. Agora não. Rangeu os dentes.

— Nada, sra. Myers. Por que a senhora não volta para dentro? Está frio aqui fora. Não quero te ver doente.

A sra. Myers levou os punhos aos quadris carnudos.

— Sempre parece ter algum barulho vindo dessa casa. Aquela garota só tem arranjado problemas desde que chegou. Alguém precisa tirar o garoto dela.

Max suspirou.

— Ela está fazendo o melhor que pode, sra. Myers.

Era verdade. Amanda *estava* fazendo o melhor que podia. Não era perfeita. A vida não era simples nem ordenada. Alguma coisa errada sempre aconteceria. Mas, que droga... O dia havia jogado sal nas feridas e virado tudo de cabeça para baixo.

Marc se aproximou com a outra viatura. Abaixou a janela do motorista ao estacionar perto da garagem.

— Como o Greg está?

Marc balançou a cabeça, um olhar triste obscurecendo o rosto.

— Nada bem. Muito transtornado. Mamãe está fazendo o possível.

Max cerrou os lábios, e assentiu para o irmão. Em seguida, olhou para o relógio.

— Vou para casa trocar de roupa. Dou uma passada lá assim que eu puder e vejo o que posso fazer.

— Tudo bem. Te vejo à noite. — Marc se afastou sem pressa, dando um breve aceno para a sra. Myers ao passar.

A senhora voltou a atenção para Max.

— O que houve com o garoto?

— Ele está chateado. O cachorro foi atropelado.

— Não posso dizer que seja uma pena, aquela criaturazinha era barulhenta.

Max resmungou e entrou no carro antes de dizer algo de que se arrependeria.

Depois de tomar banho e se trocar, ele foi para a casa dos pais. Assim que se certificou de que Greg estava lidando bem com a situação, saiu na varanda para tomar um ar fresco muito necessário.

O barulho de pneus passando sobre os cascalhos da entrada fez Max ir até a beirada da varanda para ver quem estava chegando. Reconheceu o Buick cinza.

Estava determinado a impedir a entrada de Amanda. A mãe tinha finalmente acalmado um pouco Greg, e ele não queria que todo aquele trabalho fosse desfeito.

Correu pelos degraus em direção ao carro, alcançando Amanda bem quando ela saía. Entrou na frente dela, com os braços cruzados e as pernas afastadas na largura dos ombros.

A mulher não ficou feliz em vê-lo. Bem, ele também não estava muito feliz em vê-la depois de tão pouco tempo.

— O que você está fazendo aqui?

Ela ergueu os óculos de sol apenas o bastante para passar uma mão frustrada sobre os olhos. Max vislumbrou o suficiente para notar que estavam inchados e vermelhos.

— Eu vim buscar o Greg.

— Essa não é uma ideia muito boa.

Ela tentou se desviar.

— Ele precisa de mim.

— Se você quer ajudar o seu irmão, deixe-o passar a noite aqui. Minha mãe vai cuidar dele.

Ela fez uma pausa.

— Mas...

— Deixe os meus pais distraírem o Greg hoje, fazerem o garoto esquecer de tudo o que aconteceu. Meu pai pode levá-lo para casa amanhã.

— Ele tem a casa de repouso... — Vê-la mordendo o lábio, toda indecisa, estava destruindo as barreiras de Max.

— Eu falo para o meu pai deixar o Greg lá amanhã, se o garoto acordar a tempo. — Estendeu a mão, envolvendo as de Amanda com as suas e trazendo-a para perto. Deixou a cabeça cair, e apoiou a testa na dela. — Amanda... o que aconteceu antes... não apenas com o Greg e o Caos, mas entre a gente...

Ela enrijeceu, e se afastou bruscamente.

— Agradeça aos seus pais por mim. E obrigada por levar o Caos ao veterinário. — Ela entrou no Buick de novo. — Acho que é seguro dizer que deveríamos ficar longe um do outro.

Ela estava magoada, Max percebeu. Bem, ele também estava. Mas a mulher não estava pensando direito. E ele não podia deixá-la partir. Não naquela hora. Talvez nunca.

— Você acha, é?

Amanda assentiu, os óculos de sol escorregaram um pouquinho. Apenas o suficiente para que Max pudesse ver as lágrimas novas. Ela empurrou as lentes para cima.

— Bem, e se eu não concordar com você? — Ele cerrou os punhos, lutando contra a necessidade de puxá-la do carro direto para os seus braços. As narinas dilataram. Não, ele não a perderia. — Dane-se! — E estendeu os braços para ela.

. . .

AMANDA OLHOU PARA CIMA, surpresa com a atitude de Max. Antes que pudesse fechar a porta na cara dele, o homem a arrastou para fora do carro e fechou a porta com um chute.

Abriu a boca para protestar, mas arfou quando Max a pegou no colo e começou a andar com passos determinados até o celeiro.

Ela se debateu, empurrando o peito dele.

— O que você pensa que está fazendo?

— O que eu deveria fazer toda vez que você age assim.

Max empurrou a porta do celeiro com o ombro e a jogou, sem qualquer cerimônia, em uma pilha de fardos de feno. E foi trancar a porta.

Amanda se sentou, tendo dificuldade quando as mãos afundaram no feno solto.

— Nem pense em sair daí.

Um arrepio percorreu o seu corpo. Medo? Talvez um pouco... do desconhecido. *Mas não era exatamente medo.* Não importava quantas vezes batessem de frente, ela ainda o desejava.

— Você merece ser colocada no meu colo e levar umas palmadas.

Ela franziu a testa, balançando a cabeça.

— Você não vai fazer isso.

— Não conte com isso.

Max caiu de joelhos ao lado dela, e Amanda começou a se arrastar para longe.

Ele a agarrou pelo cabelo, e o puxão fez Amanda parar imediatamente.

Não soube dizer se ele estava com raiva, frustrado ou outra coisa.

Ela umedeceu os lábios secos.

— O que você quer de mim? — sussurrou Amanda.

— Nada. — Max passou a mão pelo cabelo curto. — Tudo. *Cacete.* — Estendeu as mãos para ela.

— Se você vai fazer alguma coisa, *faça de uma vez* e acabe logo com isso!

Aquilo o fez parar. Max soltou um suspiro.

— Você pediu.

Ele a puxou para o colo pela cintura do jeans.

— Abaixe a calça.

O quê? Não! Ele estava louco!

Mas...

Ela colocou as mãos sob o corpo e abriu o botão do jeans, então desceu o zíper.

Max agarrou as laterais e baixou a calça até metade das coxas. Amanda sentiu o ar gelado no traseiro. O sexo contraiu, e ela lutou para não se esfregar nele.

— Ande logo — gemeu Amanda, e deixou a cabeça cair no feno.

Conseguiu sentir a ereção dura como pedra dele encostada em seus quadris. A mão estava esparramada na bunda dela. Calor contra pele fria. Arrepios se espalharam pelo corpo de Amanda, endurecendo os mamilos até virarem picos rijos.

A mão de Max desapareceu, e ela esperou a queimação ardida surgir. E esperou. Segundos pareceram minutos.

Ela girou um pouco o rosto. O homem estava apenas encarando-a. O rosto indecifrável.

— Você quer que eu te bata, não quer? — Aquilo não foi nem mesmo uma pergunta.

Ela virou a cabeça para longe dele.

— Não.

— Sua mentirosa.

— Eu não...

Paf!

Ela se debateu no colo do homem, o comprimento duro cravando mais no quadril de Amanda.

— Ai! — Ela foi esfregar a ardência, mas a voz dele a impediu.

— Não.

Paf!

A outra nádega queimou. Ela se apoiou nos braços e se virou para olhar. Ambas as nádegas tinham uma marca vermelha nelas.

Amanda olhou para Max, descrente. Os olhos dele estavam escuros; as narinas, dilatadas.

— Você me bateu!

Ele a agarrou pelos quadris e a ergueu apenas o suficiente para que pudesse se mover atrás dela. Abaixou o jeans mais um pouquinho, abrindo espaço entre as coxas.

— Você amou.

— Não!

Max passou o braço sob os quadris de Amanda e puxou a bunda dela para si. Com a mão livre, abriu a calça para se libertar.

— Você amou. Você queria mais.

— Não!

— Estou vendo como você está molhada, Amanda. Eu sei que você me quer aí dentro.

Não. Mas ela não conseguiu dizer em voz alta. Porque era mentira. Ela o queria dentro de si. Os tapas a surpreenderam mais do que machucaram. E tudo aquilo a deixou molhada pra caramba.

Sentia-se vazia. Precisava que ele a preenchesse.

Os dedos de Max acariciaram a vulva, então passaram pelas marcas vermelhas no traseiro. De volta à entrada. Mergulhou-os e espalhou a umidade por lá. Fez aquilo de novo e de novo. Em um ritmo que a estava enlouquecendo aos poucos.

Os dedos foram substituídos pela cabeça do membro. Afagou-a com ele, esfregando a umidade da mulher sobre si, brincando na abertura apenas com a pontinha.

Toda vez que estava bem ali, no lugar exato, ela tentava se empurrar para ele, querendo afundar no comprimento, mas Max se afastava o suficiente para que ela não conseguisse.

Amanda soltou um grito frustrado.

— Você vai me comer ou não?

— Eu vou. — Ele se inclinou e mordiscou o finzinho das costas dela. E a agarrou pelos quadris para mantê-la parada. — Você está pronta para mim.

— Sssim — sibilou ela.

Sentiu a cabeça do pau dele bem ali outra vez. Na entrada. A qualquer momento...

Max perguntou:

— Tem certeza?

— Vá se foder — respondeu ela, mas as palavras logo se transformaram em um longo gemido quando ele entrou bem fundo. Suas costas arquearam com a pressão do comprimento colidindo contra o colo do útero.

Ele não se moveu. Os músculos de Amanda o espremeram, sentindo o quanto ele estava duro. O latejar na base do pau era forte, palpitando contra o clitóris.

Por que ele não estava se movendo?

Quanto mais tempo ficava parado, mais à vontade Amanda sentia de cavalgar. Ela queria gozar. Precisava gozar. Precisava perder a cabeça em um orgasmo e afastar todo o resto que havia acontecido naquele dia.

Tudo o que queria era estar presente naquele momento. Naquele segundo. Naquele milissegundo.

Virou a cabeça para vê-lo. Os olhos dele estavam fechados, a boca, parcialmente aberta, e os dedos, brancos por agarrarem os quadris dela com tanta força.

— Max...

Os olhos dele se abriram, os olhares se encontraram e, finalmente, ele deu a Amanda o que ela queria.

Ele se impulsionou. Estocando. De novo e de novo. Um grunhido dela, outro dele.

Não havia nada romântico naquilo. Era bruto e cheio de raiva. Era do que Amanda precisava; e foi o que ele lhe deu.

Max não desacelerou, golpe atrás de golpe, cada vez mais forte. Ele a estava punindo como podia, descontando as frustrações nela. Amanda aceitava cada estocada, recebendo-as, tomando-o tão fundo quanto ele conseguia ir. Ela mesma estava se punindo.

O homem era implacável. E Amanda começou a chorar. Libertou tudo que havia dentro de si, usando Max para expulsar o horror do dia. Ele a usava com o mesmo propósito.

Não queria pensar em mais nada. Apenas naquele momento; no desejo dele, na vontade dela.

Max ofegava; ele estava perto. Aquilo fez Amanda se sentar com ainda mais vontade, apertando-o com força.

E ela não aguentou mais. Gritou quando os dedos se curvaram e o sexo latejou ao redor de Max. Sentiu um jorro quente entre as pernas. Em um primeiro momento, pensou que fosse Max, mas ele ainda continuou. Uma estocada depois da outra, e logo ficou rijo e gemeu, caindo nas costas dela. Os braços deles estavam trêmulos ao tentar tirar o peso de cima dela, mas o homem falhou, e os dois desmoronaram no feno.

Amanda enxugou as lágrimas e respirou fundo. Queria que Max a abraçasse. Que ele dissesse que tudo ficaria bem. Que Greg ficaria bem; que Caos ficaria bem. Que a vida seria perfeita.

Rolou para longe dele e subiu a calça, ainda de costas para Max.

— Amanda...

Encontrou os óculos de sol no chão do celeiro, onde tinham caído, e os pôs no rosto, escondendo os olhos.

— Amanda!

Sem dizer nada, ela abriu a porta do celeiro e andou com pressa até o carro. Estava com medo de olhar para trás, na direção da fazenda ou do celeiro.

Todo o corpo gritava para ela cair no chão. Mas não poderia. Não conseguiria fazer aquilo, por causa de Greg. Não queria desmoronar na frente de Max. Ele ia se intrometer e cuidar dela, salvá-la.

E, bem lá no fundo, Amanda queria aquilo; queria muito. Mas tinha que se recuperar sozinha primeiro.

Entrou e trancou as portas, aliviada quando o carro ligou assim que girou as chaves.

Engatou a ré e pisou no acelerador, os pneus jogaram cascalho para todos os lados.

Quando olhou pelo espelho retrovisor, viu Max apoiado na porta aberta do celeiro, observando a poeira se erguer enquanto Amanda acelerava para longe.

Capítulo Doze

Amanda se sentou no piso frio de cerâmica ao lado da gaiola de Caos. Os dedos agarraram a porta com barras ao observar a pilha branca e preta deitada lá dentro. Estava arrasada. Foi culpa dela. Foi Amanda quem fez aquilo com Caos. Com Greg. Com todo mundo.

Teve uma longa conversa com o veterinário sobre o cachorro estar ou não fora de perigo, quanto tempo a recuperação levaria, e o que precisaria ser feito depois que ele recebesse alta.

A palavra *alta* deu a Amanda alguma esperança de que Caos ficaria melhor, mesmo se o processo fosse lento. O veterinário tentou alertá-la de que o valor seria exorbitante, mas ela simplesmente balançou a cabeça e o impediu de falar. Não importava. Queria Caos curado e de volta ao normal. Queria Greg de volta ao normal. Apenas um garoto e seu cachorro.

Curvou-se para perto da gaiola e conversou com o animalzinho. De vez em quando, ele girava os olhos na direção dela, ouvindo sua voz. Outras vezes, a ponta da cauda subia e descia.

A intravenosa ainda estava espetada nas patas raspadas. E porque o veterinário não queria que Caos se movimentasse e acabasse arrancando a agulha sem querer, lhe deram tranquilizantes. O border collie era tão ativo que Amanda ficou surpresa pelo medicamento funcionar.

A pata dianteira esquerda estava engessada por conta do osso quebrado, e tiveram que colocar um pino no quadril direito, porque foi deslocado, então havia uma gigantesca cicatriz com pontos ali. O veterinário disse que talvez seria preciso entrarem e saírem de casa com ajuda de uma coleira com apoio no tronco até Caos conseguir se mover sozinho. O cão ainda era jovem; talvez fosse se recuperar mais rápido do que o veterinário pensava.

Amanda assim esperava.

Apesar de ela nunca ter tido um bichinho de estimação, não conseguia imaginar a casa sem aquela criatura caótica.

Visitava o cachorro sempre que Greg estava na casa de repouso e ficava sentada por horas perto da gaiola até os técnicos veterinários se cansarem dela. Às vezes, colocavam outro cachorro ali perto, recém-saído de alguma cirurgia, para que Amanda pudesse acariciar a cabeça do animal enquanto cantava, murmurava ou conversava com Caos. Aquilo a mantinha ocupada, e disseram que também ajudava os cachorros a saírem da anestesia.

Devia ser mentira, mas ela não se importou. Continuou com o que vinha fazendo.

MAX ENTROU no quarto onde os animais em monitoramento eram mantidos. Parou de supetão e deu um passo para trás, se escondendo atrás da porta.

Amanda estava encolhida no chão perto da gaiola de Caos, cantando uma música da Beyoncé para o cachorro.

Muito desafinada, ela nunca seria uma cantora profissional. Mas o coração de Max ficou quentinho por ela não se importar se tinha a voz boa ou não. Tudo o que ela queria era estar ali pelo cachorro machucado, reconfortando-o.

Droga. Ela não parava de surpreendê-lo.

Tinha passado lá para conversar com o veterinário e ver como estava a recuperação de Caos. O veterinário não disse nada sobre Amanda estar ali. A intenção era apenas dar uma olhada no animalzinho.

Um assistente apareceu atrás dele e sussurrou:

— Ela fica aqui um tempão. Seria melhor se não cantasse, ainda mais porque fica aqui horas e horas... — O assistente riu e se afastou.

Sim, Max também não sabia se conseguiria ouvir aquilo por horas.

Ponderou se deveria entrar e falar com ela, pelo menos, fazê-la parar de cantar, ou se deveria ir embora antes que ela o visse.

Sentia falta de Amanda. Sentia falta de tê-la em seus braços... e queria abraçá-la, confortá-la.

Mas também não queria se intrometer. A mulher queria ser independente. Queria assumir responsabilidade pelo irmão e pelo cachorro.

Compreendia a parte da independência. Ele era igual. Tinha sempre sido forte sozinho. Apesar de ter tido o amparo amoroso da família.

Amanda estava começando a aprender a ser forte sozinha. Mas não tinha qualquer apoio familiar, pelo que Max sabia.

Ele queria ser esse apoio... se ela deixasse.

Mas teria que avançar com cuidado, considerando Amanda e os planos ansiosos da mãe para o prender a qualquer pessoa que estivesse na vida dele há mais do que algumas horas.

Percebeu que, graças a Deus, a cantoria havia parado, e a cabeça de Amanda estava apoiada na parte da frente da gaiola, olhos fechados e respiração tranquila.

Ela havia dormido. Max se virou e saiu pelo mesmo caminho de onde veio.

Capítulo Treze

AMANDA OLHOU PARA O RELÓGIO. Tinha uma hora até Greg chegar em casa. Ela quase não tinha se exercitado desde que se mudou para Manning Grove. Um pouco de ioga aqui e ali, mas, na maior parte do tempo, ficava sentada em casa, parecendo uma pedra e comendo tudo o que havia preparado na cozinha. Aquilo acontecia quando... ela não estava no veterinário.

Ao passar correndo pela escola fundamental da região, viu algumas crianças de rosto corado brincando no pátio, todas agasalhadas. Algumas acenaram quando a viram, e ela ergueu a mão um tantinho.

Estava frio o bastante para que a respiração parecesse fumaça saindo de um trem. Estava ofegante por ter ficado muito tempo sem fazer exercício. Subir correndo uma morrinho de nada foi o suficiente para que se lamentasse do esforço. Jurou a si mesma que voltaria a treinar regularmente. Ioga três vezes por semana. Corrida outra três. Talvez isso aliviasse um pouco do estresse de...

Uma caminhonete apareceu ao seu lado e desacelerou

para acompanhar o ritmo de Amanda. Ela virou a cabeça ao ouvir o zumbir de uma janela elétrica se abrindo.

Argh. Não fazia um pouco mais de uma semana que concordaram em se evitar?

Max gritou da cabine:

— O que você está fazendo?

— Tenho mesmo que responder? — Voltou a olhar para os próprios pés. — Vá embora. Estou ocupada. — Estranho, como ele sabia onde a encontrar? Ou ele não sabia? Talvez tenha sido coincidência.

— Entre.

Amanda cerrou os lábios e desviou de uma tampa de bueiro. Apertou o passo. No fim do pátio da escola, viu uma abertura na cerca que dava em um pequeno bosque.

— Vamos, entre no carro.

Seguindo um impulso, Amanda atravessou na frente da caminhonete, o que o fez pisar no freio. Então ela saiu em uma arrancada e encontrou o que estava procurando. Uma pequena trilha no meio do bosque.

Correu com cuidado pela trilha de terra batida ladeada pelas árvores até sair em outra rua. E ali estava a caminhonete estacionada no meio-fio, e Max de braços cruzados apoiado no veículo.

— Você só pode estar de brincadeira.

— Por que você fez aquilo? Eu poderia ter te atropelado — reclamou Max.

Amanda parou na frente dele e levou as mãos aos quadris. A tentativa de parecer irritada falhou quando foi obrigada a se curvar para frente e recuperar o fôlego.

— Você gosta de me desafiar, não é?

— Você sabe que sim — respondeu ela, respirando fundo. Andou em círculos para desacelerar e prevenir uma câimbra. — Eu vivo para te desafiar.

Ele inclinou a cabeça em direção ao carro.

— Vamos, entre na caminhonete. Quero te mostrar um lugar.

Amanda olhou para o relógio outra vez.

— O Greg vai chegar em casa daqui a pouco, e eu ainda não terminei de correr.

— Posso te ajudar com os exercícios aeróbicos mais tarde.

Ela revirou os olhos.

— E o Greg vai ficar bem; meus pais vão buscá-lo hoje.

Ela parou de andar.

— O quê?

Max tinha feito planos para o irmão dela sem consultá-la? Então aquilo tudo não era coincidência. Ele sabia que Amanda estava se exercitando. Talvez o policial tivesse uma conexão direta com a sra. Enxerida.

— Eles estão morrendo de vontade de ver o garoto. Gostaram muito de passar um tempo com ele. E eu quero passar um tempo sozinho com você.

— Ah, e o que eu quero? Não importa?

— Vou dar um jeito nisso também.

Dessa vez, Amanda revirou os olhos *e* balançou a cabeça. Ele era tão cheio de si, se achava tão gostosão. Pensava que ela faria tudo o que ele desejasse. *Droga*, tudo o que ele ordenasse.

— E o que eu ganho com isso?

— Você vai ver. Vamos. — Ele foi até o lado do passageiro e abriu a porta para Amanda.

Ela hesitou antes de contornar a caminhonete.

— Você estava me perseguindo.

— Não estava, não.

— Sei. — Ela entrou no carro. Esperava não estar cometendo um erro. — Não tranque as portas, caso eu tenha que pular. Não ligo que você seja um policial. De vez em quando, esses são os piores. E eu pensando que tínhamos concordado em nos evitarmos...

Max riu e fechou a porta do passageiro.

— Eu não concordei com isso. Mas a gente se evitou por alguns dias.

Alguns dias. Alguns dias que passaram em um piscar de olhos. Bem, talvez o tempo passasse diferente ali.

Dentro de minutos, Max aproximou o carro de um moderno chalé de cedro na saída da cidade. Amanda segurou a respiração ao chegaram. A única forma de descrever aquilo era... de tirar o fôlego. O sol batia na cor vermelho-dourada da madeira, iluminando a casa aninhada em um bosque de pinheiros. Aquilo a fez lembrar dos resorts aas revistas de viagens, mas em uma escala bem menor.

— De quem é esse chalé?

— Você vai ver.

Ele estacionou e a ajudou a sair. A casa era rodeada por imensos pinheiros antigos, alguns ainda cobertos pela última nevasca. O lugar era totalmente cercado por um deque, e janelas enormes se erguiam de ambos os lados de uma chaminé de pedra.

Max levou a mão ao bolso para pegar um molho de chaves.

— É seu — comentou Amanda.

Apesar de ter sido mais uma afirmação do que uma pergunta, Max respondeu:

— É. — Ele destrancou a porta. — Marc mora comigo... por enquanto. Mas, se ele não começar a arrumar a bagunça dele, vai ter que arranjar outro lugar para ficar.

— É lindo — disse ela ao entrar e olhar ao redor. — Mas o que estamos fazendo aqui? Ou, melhor dizendo, o que eu estou fazendo aqui?

— Vou cozinhar para você.

— Parece... delicioso, eu acho. — Ela segurou a camiseta. — Mas estou suada e fedida.

— Pode usar o meu banheiro.

Max a pegou pela mão e a guiou até o quarto principal, nem sequer lhe deu a chance de bisbilhotar antes de arrastá-la, com gentileza, para o banheiro da suíte inquestionavelmente masculina.

— Tem toalhas no armário. Eu não uso xampu, não tenho tanto cabelo assim. Então você vai ter que se virar. Vou pegar algo limpo para você vestir. — Ele se virou para ir embora, deixando Amanda parada no meio do banheiro.

— Ela não deixou nenhum frasquinho?

Max pausou, uma expressão confusa no rosto.

— Quem?

— A sua antiga namorada.

— Eu nunca convidei... deixa, só tome o seu banho.

Amanda fechou a porta. Assim que estava fora de vista, sorriu para si mesma. Até agora, não havia nenhum sinal de presença feminina. Considerou aquilo um bom sinal. Ou talvez não fosse. Talvez fosse um sinal de que nenhuma mulher em sã consciência quis lidar com a personalidade controladora de Max.

Tirou as roupas de corrida e as jogou no chão. Ligou o chuveiro, esperando a água aquecer para poder entrar.

O jato forte da água relaxou os seus músculos cansados. Suspirou ao se virar de um lado para o outro, deixando a água acalmar os nervos por ela estar no chuveiro de Max. No banheiro de Max. Na casa de Max.

Nunca tinha parado para pensar em onde ele morava ou em que estilo de vida levava. A única coisa que sabia era que ele não morava com os pais. Havia apenas suposto que ele morava em um apartamento. Mas aquilo foi uma surpresa; nunca sequer tinha cogitado algo assim.

Mas não deveria ter ficado surpresa. Sabia que Max era um homem determinado que trabalhava duro. Se ele queria algo, corria atrás até conseguir.

O Sentido Aranha dela ganhou vida. *Se ele queria algo, corria atrás até conseguir.*

Mal ouviu a batida na porta do banheiro antes de vê-la abrindo e Max entrar. De repente, o coração acelerou, a pulsação martelando quando ela o ouviu acima do barulho do chuveiro.

— Caramba, está abafado aqui. Quer ajuda para esfregar as costas?

A silhueta embaçada dele mal era visível através da porta opaca do chuveiro, a única barreira entre ele e o corpo nu de Amanda.

— Posso me esfregar sozinha.

— Eu alcanço lugares que você não alcança.

Ela congelou sob o jato de água quente. Os dentes cravaram o lábio inferior.

— Manda?

A voz grossa de Max chamando o nome dela, como se fosse uma carícia, fez os dedos dos pés se curvaram no redemoinho de água. O sabonete escorregou e caiu fazendo um estrondo no chão do chuveiro.

— Amanda, está tudo bem? — Max abriu a porta e parou de supetão. — Você, com certeza, está muito bem. *Caramba.*

Riachinhos escorriam pelo corpo dela, deixando-a ciente de cada centímetros de pele que Max podia ver. Ela parou de olhar para o sabonete caído e encarou Max, que a mirava como se ela fosse a fantasia de toda a população masculina. Ele conseguia fazer aquilo. Conseguia fazê-la se sentir muito desejada... muito, muito desejada. E, naquele momento, havia apenas um homem em cuja fantasia ela queria estar.

Soltou uma respiração trêmula.

— Você vai sair ou eu vou entrar? — Max deu um sorriso torto e apreensivo, como se estivesse se esforçando para se controlar.

— Tanto faz. — Ela esticou o braço para agarrá-lo pela camisa e puxá-lo para o chuveiro. As roupas dele ficaram encharcadas em um instante. Amanda envolveu os braços ao redor do pescoço dele e ficou na ponta dos pés, inclinando o corpo nu contra ele. — Me beije.

Ele curvou a cabeça e murmurou nos lábios de Amanda:

— Estou tão feliz por essas botas serem à prova d'água. — Então, capturou os lábios dela.

Mas explorou as profundezas da boca de Amanda enquanto esfregava os mamilos tesos com os polegares, levando a mulher à loucura. O beijo foi quebrado quando ela arfou. Max afastou ligeiramente a cabeça.

— Sabe, eu amaria te comer no chuveiro, mas vai levar um tempo para eu conseguir tirar esse jeans molhado. Então tenho outra ideia.

Ele a encurralou contra a parede de azulejos e ficou de joelhos.

Não foi para pegar o sabonete.

Apoiou as mãos de Amanda em seus ombros e ergueu a perna dela e também a equilibrou lá.

Max a segurava pela barriga enquanto beijava a parte externa de seu sexo e mergulhava a língua bem fundo, provando-a.

A outra mão a abriu mais, e ele chupou o clitóris até o ventre de Amanda estar em chamas. Os seios pareciam maiores e mais pesados, os mamilos estavam duros. Ela encolheu a barriga e inclinou a pélvis, dando melhor acesso a Max. A água quente do chuveiro combinada com a língua daquele homem fez um gemido escapar. Ela deixou a cabeça cair para o azulejo, e fechou os olhos. Não queria ver a cabeça escura dele entre as suas coxas; queria senti-lo. Queria focar apenas nas sensações que ele causava com os dedos e a língua. Ele a acariciou, mordiscou e chupou. Os dedos brincaram com o clitóris, e deslizaram para dentro, e se curvaram.

Ele tocou bem naquele ponto e o afagou. De novo e de novo. Aquilo fez tanto o maxilar quanto o sexo contraírem devido à sensação bizarra, mas muito excitante. Ele a tocou como um violão, afinando as cordas. Ela mordeu o lábio inferior e choramingou. As costas se arquearam. Max não parava. Os lábios no clitóris, os dedos explorando, acariciando. Ela queria gritar para que o homem parasse, que aquilo estava insuportável. Que não aguentaria mais.

O orgasmo começou nos dedos do pé, curvando-os, e as ondas de choque subiram pelas pernas, entraram em seu sexo e explodiram. Ela gemeu de novo. Os dedos enterraram nos ombros dele enquanto ela tentava não cair. Mas ele se afastou e se levantou, dando a Amanda um roçar de lábios antes de abraçá-la.

Ficou tensa por um segundo, depois relaxou nele e sussurrou:

— Foi tão bom para você quanto foi para mim?

Seu corpo vibrou com a risada profunda de Max.

Enquanto Max enrolava na cozinha preparando o jantar, Amanda aproveitou o tempo para explorar o chalé. Usando uma das camisetas velhas dele e um calção mais antigo ainda, deu uma inspecionada rápida em todos os cômodos.

A casa era linda. Devia ter sido construída há cerca de cinco anos. A mobília era minimalista e rústica, combinando bem com as paredes de toras entalhadas. Havia algumas fotos da família espalhadas pela sala de estar, mas, curiosamente, nenhuma incluía uma mulher além da mãe dele. A cama de Max, que parecia artesanal, era grande e convidativa; pensou em como poderiam fazer bom uso dela mais trade.

Também encontrou o quarto de Marc, era um dos três quartos no segundo andar. Concordou com Max. Na verdade, Greg era mais organizado do que aquele homem. E, pelo que viu, seria difícil superar Marc. Fechou a porta com pressa antes de alguma coisa sair rastejando dali.

A obra-prima de lá era a lareira gigante que se estendia do chão ao teto na sala de estar de pé direito alto. Feita com pedra da montanha, era flanqueada pelas grandes janelas que Amanda tinha visto lá de fora. Imaginou-se deitada na frente do fogo crepitante em uma noite gelada de inverno, olhando por aquelas janelas altas para a neve recém caída presa nos pinheiros enormes.

No que estava pensando? Neve? Odiava o frio.

Miami. Calor. Praias brancas. Água quente. Corpos sexys em trajes de banho minúsculos. Cor. Cultura.

Era naquilo que deveria estar pensando. Não em neve. Queria mesmo passar outro inverno ali naquela cidade desolada? Um tilintar vindo da cozinha invadiu seus pensamentos.

Aquilo nunca daria certo. Max era um homem de Manning Grove. Policial de uma cidade pequena. Ela, uma mulher de Miami. Uma cidade grande. Uma... o quê? Uma baladeira de cidade grande? Amanda não tinha resposta. Não sabia de mais nada.

Em Miami, ela não tinha rumo. Vivia apenas o momento.

Agora, era responsável pelo irmão. Finalmente tinha um propósito. Podia ser um caminho que não tinha, nem teria, escolhido para si mesma, mas, ainda assim, uma direção.

Um baque ainda mais alto veio da cozinha, então, um xingamento abafado.

Deixando os pensamentos de lado, Amanda foi até a cozinha.

— Precisa de ajuda?

Max estava curvado sobre a pia, sacudindo alguma coisa com vontade.

— Não. Saia daqui. Te chamo quando estiver pronto.

— E para onde você quer que eu vá? Essa casa é, tipo, um cômodo gigante. E eu com certeza não vou voltar lá para cima; aquele andar deveria ser demarcado como uma zona perigosa.

— Por que você não vai dar uma volta lá no deque? Ele contorna a casa toda. A comida não vai demorar muito para ficar pronta.

— Tudo bem. É bom que a espera valha a pena. — Pegou o casaco de Max ao lado da porta e o vestiu. As mangas ficaram tão longas que ela nem sequer enxergava as mãos. Puxando o casaco para mais perto do corpo, abriu a porta de correr ali perto e saiu, dando um pouco de paz a Max. Jogou-se na espreguiçadeira e esperou.

Cinco minutos depois, a cabeça dele apareceu à porta.

— Está pronto.

O estômago dela respondeu com um ronco estrondoso.

As rugas ao redor dos olhos de Max ficaram evidentes naquele sol de fim de tarde. Amanda percebeu que elas ficavam mais aparentes quando ele estava satisfeito. E relaxado, diga-se passagem.

Ele se aproximou e lhe ofereceu a mão para ajudá-la a se levantar da cadeira. Assim que ficou de pé, ele a puxou para os braços, segurou o seu rosto e lhe deu um beijo de leve no nariz.

— Poderíamos pular o jantar.

— Mas você se esforçou tanto. Vamos comer. Estou com fome. — A barriga vazia reclamou outra vez.

— Eu também. Não só de comida. — Max a pegou pela mão e a levou para dentro de casa, em seguida, ajudou-a a tirar o casaco. Ficou surpresa quando viu a mesa com tampo de madeira de demolição. Estava muito bem arrumada com pratos de porcelana; com velas iluminando a decoração. Um par de taças grandes, cheias de vinho tinto, brilhou sob a luz das velas.

Ficou tocada pelo esforço que ele tinha feito. Teve certeza de que aquilo era algo raro: Max preparando um jantar romântico. Ele até mesmo puxou a cadeira para ela.

Amanda abriu o guardanapo no colo, e se perguntou o motivo, já que vestia um calção velho. E decidiu jogar o tecido para o lado do prato.

— O que vamos comer?

— Ensopado de esquilo.

— O quê?

— Estou brincando. Preparei alguns filés de caça, batatinhas assadas e uma salada.

Amanda franziu a testa.

— O que seria um filé de caça?

Sem olhar para ela, Max disse:

— É tipo bife.

Ele descobriu os pratos e serviu Amanda; depois, a si mesmo. Ergueu a taça de vinho.

— Vamos fazer um brinde.

Amanda o imitou e ergueu a taça.

— A... — começou Amanda, quando a porta da frente foi aberta. Marc entrou, largando a mochila de trabalho ao lado da porta, fechando-a com uma batida.

— Oi, Max! Por que todas as luzes estão... *Ah.* — Marc parou de repente. Com um sorrisinho, o homem analisou a cena. — Desculpa, eu não sabia que... — Deu de ombros, sem saber o que fazer. — Opa.

Max pousou, com um cuidado exagerado, a taça de vinho intocada.

Amanda observou diversas emoções atravessarem o rosto de Max antes de ele falar. As palavras foram ditas bem devagar:

— Pensei que você estivesse no segundo turno hoje.

— E estava. O chefe me mandou para casa mais cedo. Dunn queria mais turnos. — Marc se aproximou da mesa e olhou para os pratos. — Esses filés vieram do meu gamo?

— Gamo? — Amanda achou não ter ouvido direto.

— Sim — Max respondeu.

— O que é um gamo? — Ela lançou um olhar enviesado para Max, quem, do nada, começou a achar a taça de vinho muito interessante.

A explicação veio de Marc:

— Um veado macho.

— Quer dizer que ele ia me fazer comer veado? Igual ao Bambi? — Olhou para os dois homens, descrente. — Marc, você atirou no Bambi?

— Não, eu atirei no pai do Bambi.

— Ah, por favor, não vamos entrar em uma discussão sobre caça. Agora não é a hora. — Max se levantou e agarrou o irmão pelo braço, arrastando-o para longe da mesa. Entre dentes cerrados, ele disse: — Suma daqui.

Marc riu antes de dizer em voz alta:

— Acho que dar uma volta no quadriciclo.

— Dê uma volta bem longa.

— Longa quanto? — Marc cutucou o irmão mais velho. — Acho que você não vai demorar...

— Marc — Max rosnou.

— Tudo bem, entendi. Estou indo. — Marc lançou um olhar de despedida para Amanda. — Ah, adorei a roupa. O shortinho não está cobrindo tudo.

Respirando fundo, Amanda puxou a camiseta enorme sobre o colo. Max empurrou Marc na direção da porta.

— Tudo bem! Estou indo. Caramba.

Max estendeu a mão.

Marc a olhou, hesitante, encarando o irmão mais velho da porta.

— O que foi?

— A sua chave da casa.

— O quê?!

Max se absteve de dizer qualquer coisa e apenas balançou a mão.

— Droga. — Marc enfiou a mão no bolso, tirou uma chave do molho e a colocou na palma da mão de Max. — Como eu vou entrar?

— Eu destranco a porta quando for... seguro.

— E o que eu vou fazer...

Max fechou a porta com uma bancada e a trancou. Voltou para a mesa e se acomodou outra vez na cadeira. Deu a Amanda um sorriso pesaroso.

— Desculpa. Não vamos ser incomodados de novo. Pelo menos, não por enquanto.

— Não precisava ter mandado o seu irmão embora. Ele também mora aqui.

— Só porque sou generoso. Mas não estou me sentindo assim agora. Então, vamos comer.

— Eu não sei, não — ela falou, olhando para o filé agora morno no prato, parecendo um animal atropelado. Ela não via problema em comer carne. Amava carne. Jamais seria vegetariana nem vegana, apesar de a maioria dos amigos em Miami serem. Mas ela, não. Amanda amava um hambúrguer bem grande e suculento. Mas veado? Aquele pobre animalzinho de quatro patas, incrivelmente fofo, de olhos gigantes...

— Experimente. Prometo que você vai amar. — Ele voltou a erguer a taça de vinho. — Mas, primeiro, o brinde.

Amanda ergueu sua taça em resposta.

— A uma trégua.

Sim, Amanda concordava com aquilo.

— Tudo bem. — As taças tilintaram quando bateram na borda uma na outra.

Ele fez sinal para que Amanda experimentasse a comida.

Ela pegou a faca de carne e, ainda meio hesitante, cortou. Colocou um pedacinho na língua, mastigou com cuidado, examinando. Surpresa com a textura macia e pouco gordurosa, teve que admitir que estava delicioso. E estava morrendo de fome.

Max a observou comer com cautela, e relaxou assim que Amanda terminou o prato em tempo recorde.

— E aí?

— Nada mal.

— Mentirosa.

— Tudo bem, estava ótimo. Mas ainda não sei se estou confortável sabendo o que comi.

— Se você gostou, espere até provar salame de veado.

— Vou esperar.

Max riu. O ronco baixinho enviou uma onda de calor pelo corpo dela. Toda vez que ele ria, ou sorria, ou simplesmente erguia os cantinhos da boca, Amanda ficava surpresa. Ele costumava ser sério com tudo. Era revigorante vê-lo animado.

Max tomou um gole de vinho antes de perguntar:

— Então, como o Caos está?

Ela lhe lançou um sorriso torto.

— Eu sei que você passou lá para dar uma olhada nele. Um dos assistentes me disse que você apareceu algumas vezes.

— Você levou o Greg?

Amanda balançou a cabeça.

— Não quis que ele ficasse triste. Mas estou atualizando o garoto, e ele está ansioso para o Caos voltar para casa.

— Aposto que sim — murmurou ele. — Você sabe quando vai ser?

Ela passou o dedo ao redor da borda da taça de vinho.

— Não, queria eu. O Greg me faz a mesma pergunta várias vezes por dia. Parece um disco riscado.

— Você quer que eu busque o Caos quando ele tiver alta?

Amanda observou o homem diante dela.

— Por que você faria isso?

Ele estendeu a mão sobre a mesa para cobrir a de Amanda.

— Só quero ajudar.

O afago do polegar de Max nas juntas dos seus dedos a distraiu.

— Eu dou um jeito. Vou buscar o Caos enquanto o Greg estiver na casa de repouso, assim o cachorro tem um tempinho para se ajeitar antes de meu irmão chegar em casa.

— Bem... se você precisar de ajuda...

O policial queria que ela precisasse dele. Viu isso em seu rosto.

— Obrigada. Mas vamos ficar bem.

Foi gentil da parte dele oferecer ajuda, mas, de novo, estava se intrometendo em algo que Amanda poderia resolver sozinha. Tinha que provar a si mesma que conseguia lidar com aquelas responsabilidades. Mesmo que o acidente tenha deixado claro que ainda tinha um longo caminho a percorrer. Mas, se sempre deixasse Max ajudar, nunca avançaria. Não queria continuar dependendo das pessoas.

Nem mesmo do policial diante dela.

À medida que o conhecer melhor, não conseguia imaginá-lo com outra profissão. Mas nenhuma maçã caía muito longe da árvore, e ele, com certeza, estava seguindo os passos do pai. Assim como os irmãos. Exceto pela parte de sossegarem, é claro.

— Você virou policial logo que saiu da marinha?

— Sim. Me alistei no último ano do ensino médio. Ajudei os meus pais na fazenda logo que me formei, depois fui para Parris Island, para o campo de treinamento. — Ele fez uma careta. — Foram as treze semanas mais difíceis da minha vida. — Seu olhar ficou vago, como se estivesse se lembrando da experiência.

— Você quis desistir?

— Nunca. — Ele apertou os dedos dela.

Não conseguia imaginar Max desistindo de algo na vida.

— Não fui até lá só para acabar desistindo. O meu pai foi fuzileiro. E eu com certeza seria também. Além disso, eu sabia que os meus irmãos seguiriam o mesmo caminho. Tive que dar o exemplo.

Ele parecia o tipo de cara que gostava de dar o exemplo. Provavelmente seria um ótimo chefe de polícia algum dia.

— Você foi reposicionado?

Ele piscou. Talvez estivesse surpreso por Amanda ter demonstrado interesse. Ou talvez não quisesse falar daquilo.

— Sim. Passei um tempo no Iraque.

— Você ficou com medo?

— Bem, não foi nada divertido. Cumpri quatro anos lá, depois dei o fora. Infelizmente, o meu irmão continua querendo voltar. A licença dele no Natal foi curta demais. Ele já serviu bastante tempo. Não sei por que não cai fora enquanto ainda está vivo.

— Do jeito que a sua mãe fala, ela se preocupa muito com ele. — Quando Max lhe lançou um olhar curioso, ela percebeu que quase tinha mandado tudo pelos ares. — Quer dizer, ela parecia muito preocupada com o Matt quando ele estava em casa no Natal.

— Todos nós ficamos preocupados. O Oriente Médio o mudou. Acho que mudou o Marc e eu também, mas não como mudou o Matt. Tem um bom trabalho esperando por ele aqui, não sei por que ele não aproveita. — Max pigarreou e voltou ao outro assunto. — Então, quando eu saí da marinha, tirei algumas semanas de férias antes de mais uma turma começar na academia municipal de polícia em Harrisburg.

— E quanto tempo levou?

Ele a olhou, curioso.

— Não está achando o assunto chato?

Amanda balançou a cabeça.

— Vinte e quatro semanas. Foi mamão com açúcar comparado com Parris Island. Eu não acreditei na choradeira que ouvi de alguns dos cadetes.

— Você acha que é algo que eu aguentaria?

Max soltou a mão dela e se reclinou. Um misto de emoções atravessaram o seu o rosto antes de ele dizer:

— A academia? Com certeza. Você aguentaria. Quer virar policial?

— Ah, nem pensar. Estou apenas brincando com você. — Mas não deixou de notar o suspiro que escapou dos pulmões do homem quando ele relaxou.

Max achava mesmo que ela aguentaria a academia, ou estava apenas sendo possessivo e superprotetor não querendo que ela se tornasse policial?

Ele empurrou a cadeira para trás e se levantou.

— Venha. Me ajude a limpar.

Amanda se levantou e o seguiu até a cozinha espaçosa, carregando uma pilha de louça suja. Enquanto ela começava a lavar tudo, Max saiu e voltou, trazendo consigo as taças de vinho, depois de tê-las enchido até a boca, é claro.

Ela esticou a mão cheia de espuma para aceitar uma das taças e tomou um longo gole. Então voltou a atenção para a pia, entregando as louças enxaguadas para que Max as colocasse na lava-louças. Quando terminaram, ela lavou as mãos. Amanda se virou, e, na mesma hora, ele lhe entregou uma toalha.

— Obrigada pelo jantar... e por mais cedo. — Ela sorriu com timidez, e tomou outro bom gole do vinho.

Max estendeu a mão, tirando a taça de Amanda.

— Vamos acabar com os agradecimentos. — Ele ergueu uma das mãos dela e beijou a palma. — Obrigado.

— Pelo quê?

— Você vai ver. — Ele se aproximou, curvando a mão atrás do pescoço dela sob o longo cabelo ondulado, trazendo-a para perto. Inclinou-se para acariciar os lábios de Amanda com a pontinha da língua, saboreando o resíduo ácido e frutado. — Acho que o vinho fica mais gostoso em você.

— Deixe-me experimentar — disse ela, com a voz rouca. Estudou cada movimento enquanto ele levava a taça aos lábios, deixando uma trilha de vinho brilhando lá. Ela ficou na ponta dos pés, esticando o corpo para o dele, sentindo os ângulos masculinos. Amanda cobriu a boca de Max com a sua, lambendo e acariciando. Afastou-se um pouco, a respiração deles se misturando. — Hum. Você tem razão.

Ele voltou a encher as taças e a guiou pela sala de estar até o quarto. A única luz era o sol se pondo além da janela, dando ao cômodo um tom rosado.

Ele a levou para a cama e a fez se deitar. Ajoelhou no colchão para tirar, bem devagar, a camisa velha e o calção que ela vestia, certificando-se de que os dedos, as juntas e o braços roçassem aqui... e ali. Assim que a mulher ficou nua, ele se sentou sobre os calcanhares para observá-la.

Amanda ergueu os braços, um escudo ineficaz.

— Não.

Uma sobrancelha se ergueu.

— Por quê?

— Você ainda está vestido. Não é justo.

— Posso dar um jeito nisso. — Max desceu da cama e tomou seu tempo se despindo para ela, garantindo que a mulher não perdesse nada. Nenhuma planície dura, ângulo afiado ou superfície macia. Quando terminou, ficou parado, todo orgulhoso e totalmente ereto, um fato que Amanda achou difícil ignorar. Ela mordeu o lábio. Max era todo esculpido e muito, muito difícil de se resistir.

Mas ela já sabia disso.

Ele pegou vinho na mesinha de cabeceira e disse:

— Deite-se. Quero apreciar mais um pouco de vinho.

Ele inclinou a taça sobre o umbigo dela e o encheu até a boca. Capturou com os lábios o que entornou de lá, afagando a pele delicada da barriga de com a língua. Em seguida, mergulhou um dedo no umbigo e espalhou o líquido quente pelo corpo da mulher como uma pintura a dedo. Toda linha que Max criava, ele apagava com a língua.

Sentiu-se presa, não queria se mover enquanto o observava com olhos semicerrados. Mal conseguia suportar a tortura. Mas resistiu tocá-lo, enfrentou a necessidade de ordenar que ele a preenchesse. Queria que o tormento durasse mais um pouco. Só mais um pouquinho... até o limite.

Max estava com dificuldades para se segurar, como ficou evidente pelas narinas dilatadas enquanto lutava para respirar. Amanda o sentiu tremer ligeiramente no que ele tentava se refrear. Os dedos exploravam os locais quentes e molhados dela, e a língua pintava imagens sobre a pele ardente. Afagou o seio com a bochecha, e virou o rosto o suficiente para puxar o mamilo para dentro da boca. Max deu uma puxadinha de leve com os dentes até Amanda gritar.

O ofegar e o choramingar dela o fizeram se mover com mais velocidade, mais urgência, até ele não conseguir mais aguentar. Até ela não conseguir mais aguentar.

Elevou-se sobre ela e se entregou.

Max deu a Amanda o que ela queria no chuveiro mais cedo. Não que ela estivesse reclamando. O homem era habilidoso com a língua, os lábios e os dedos. Mas não havia nada como a pressão do corpo dele no dela, preenchendo seu vazio com estocadas longas. Ela inclinou os quadris para ele ir mais fundo, acompanhando seus movimentos, estocada atrás de estocada.

Agarrou o traseiro de Max, os músculos tensos se flexionaram sob seus dedos. Cada roçar da pélvis em seu clitóris a fazia gemer e o sexo, florescer com mais e mais desejo. Queria Max ainda mais fundo, caso fosse possível.

Ela se arqueou com ainda mais força contra ele.

— Você está tão aberta. Estou te sentindo pulsar ao meu redor — ele falou, com a voz gutural.

Eu também, ela pensou. Não conseguiria se fartar daquele homem.

Geralmente, eram água e óleo; hoje, eram o mesmo fluido. Misturados.

Com cuidado, Max deu uma mordidinha na parte carnuda do seio, então o acalmou com a língua. Ele fez sua magia nos dois seios, mordiscando e lambendo, evitando as protuberâncias duras dos mamilos. Queria a boca dele homem bem ali; choramingou e se agitou sob ele, tentando fazer a boca de Max se aproximar mais.

Ele se apoiou nos braços e olhou para ela. Olhou-a de verdade. Amanda não conseguiu desviar os olhos. O olhar dele era soturno, incompreensível. Um arrepio a percorreu.

Não poderia desejar mais aquele homem do que desejava naquele momento.

Max finalmente cedeu e chupou um dos mamilos, provocando-o com a língua, puxando-o com os lábios.

Uma descarga de energia surgiu em seu ventre, bem fundo na barriga, indo direto para o seu sexo.

Ela arfou ao sentir as ondas começarem.

— Eu vou gozar.

Max grunhiu e acelerou ainda mais. Rebolou nela, esfregando-se no clitóris inchado.

Ela perdeu o controle, e soltou um gemido bem longo. A cabeça de Max caiu ao lado da dela, os lábios próximos da orelha de Amanda, e ele gemeu.

— Porra.

Mais uma estocada, e Max se acalmou dentro dela, a base do pau pulsando em seu sexo enquanto ele alcançava o orgasmo.

— Cacete — disseram os dois ao mesmo tempo, e riram da reação similar.

Cacete mesmo.

Ele deslizou para o lado e a puxou para seus braços.

Com o brilho do sol que se punha e o resplendor de um sexo maravilhoso, Amanda soltou um longo suspiro contente e se espreguiçou, como um gato, da cabeça aos pés. Estava cheia: do jantar e de Max. Seu aperitivo e sua sobremesa.

Essa noite tinha sido muito diferente daquela no celeiro. Era como se fossem duas pessoas diferentes. Nada de raiva. Nenhuma frustração. Estavam relaxados, sem discutir. Foi estranho. Eram *mesmo* como óleo e água, e Amanda estava à espera do inevitável.

***

Max abriu a porta do banheiro e viu Amanda praticamente escondida na cama. Lutou com a vontade de voltar para lá e se enterrar fundo nela outra vez. Queria fazê-la miar e chora-mingar como mais cedo. Mas...

Balançou a cabeça, clareando os pensamentos.

Levou as roupas de corrida, agora secas, até Amanda, e largou-as ao pé da cama.

— Suas roupas estão secas o bastante para vesti-las agora.

Amanda o ignorou, aconchegando-se ainda mais e dando um suspiro.

— Amanda.

Um "o quê?" abafado soou entre os lençóis.

— Como assim, o quê? Está ficando tarde.

Ela afastou o lençol e se sentou. Olhou para o relógio digital na mesinha de cabeceira.

— Ainda são oito horas. Por que não liga para os seus pais? Aposto que não se importariam se o Greg dormisse lá.

— Não. — De jeito nenhum ligaria para a mãe e pediria para o Greg passar a noite com eles. Era a última coisa de que Max precisava. Já era ruim o bastante o fato de que Marc, agora, tinha motivo para atormentá-lo. Seria inevitável. Mas não precisava que a mãe soubesse detalhes da sua vida *pessoal*. E ela, com certeza, não precisava saber que os dois estavam dormindo juntos. Exatamente o que ela pensaria, caso ele pedisse para Greg passar a noite lá.

A mãe faria perguntas. E o importunaria. Mandando-o sossegar. Se casar. Ter filhos. Max soltou um resmungo mental. *Não, obrigado.*

— Como assim não? Não, você não quer sobrecarregar os seus pais, ou não, você não quer que eu passe a noite aqui?

Max percebeu que aquele poderia ser um assunto deli-cado. Mas não havia como fugir. Não importava o que dissesse, seria mal interpretado. Talvez pudesse não dizer nada.

— Já falamos disso.

— E?

— E o quê? E a minha mãe, esse é o "e".

Por mais maravilhosa que Amanda ficasse na sua cama... Aquilo parecia certo demais, confortável demais. Como se o lugar dela fosse ali. Seu peito ficou apertado. Não estava pronto para aquilo. Não estava pronto para nada permanente. Não estava preparado para alguém tão jovem... não, jovem não. *Juvenil.* Juvenil? Imatura, ingênua, talvez. Passou a mão pelo cabelo curto.

Poderia ter sido um erro tê-la trazido para a sua vida. Tê-la deixado entrar. Tê-la deixado entrar em sua casa: na sua privacidade, em seu espaço pessoal. A dor se espalhou por suas têmporas.

— Acho que você precisa se vestir, e precisamos buscar o Greg.

Amanda rolou para fora da cama, recolheu as roupas e se vestiu depressa. Abriu a porta do quarto com tudo e deu longas passadas para fora de lá.

— É sério, você não quer que ela comece a escolher o nosso aparelho de jantar — gritou logo atrás dela. Parou abruptamente quando viu Marc diante de Amanda, o dedo sobre os lábios e um conjunto de chaves extras balançando no dedo. Max tinha se esquecido das chaves extras. *Merda.*

— Marc, você pode me levar para casa?

Marc abriu a boca, mas não emitiu som nenhum. Parecia um animal assustado pelo brilhos dos faróis. Bem provável que o veado que comeram mais cedo tenha ficado assim.

— Não — respondeu Max no lugar do irmão, surgindo atrás de Amanda. — Eu te levo para casa.

— Não. Eu não quero te *atrapalhar*. Marc, você pode me levar para casa?

Olhou feio para o irmão, esperando que Marc fosse

esperto o bastante para não se envolver no conflito entre ele e Amanda.

— Hum...

— Não. Eu levo — insistiu Max, a voz indicando a perda de paciência.

Amanda o encarou.

— Não, você não vai me levar. — Ela se virou para Marc e o olhou, suplicante. — Por favor?

Marc olhou sobre a cabeça da mulher para o irmão. Max deu um ligeiro balançar de cabeça.

— Hum, acho que não é uma boa ideia.

Aquele era o irmão dele! Tinha entendido o recado.

— Não me importo se vocês acham que é uma boa ideia ou não. Marc, você vai me levar para casa. Se não, eu vou andando.

De jeito nenhum ela iria a pé para casa.

— Você não pode...

Marc ajudou o irmão.

— É muito longe...

— Amanda, está ficando escuro...

— Querem ver? — Com passos determinados, saiu marchando pela porta.

— Tá bom, tá bom! Eu te levo para casa — gritou Marc, saindo em seu encalço.

Max ergueu as mãos e suspirou, observando o irmão correr atrás de Amanda. Ficou parado à porta, sem saber o que fazer, enquanto os outros dois entravam na caminhonete de Marc e iam embora.

— Merda — sussurrou. A teimosia dele tinha estragado tudo. De novo.

Bateu a porta com força. Então se recostou nela, xingando a si mesmo.

Ao se afastar, andou de um lado ao outro. Tinha que

consertar a situação. Estava furioso por não conseguir se expressar como desejava quando estava com a mulher. Não sabia como lidar com aquilo. Não sabia se *conseguia* lidar com aquilo. Mas, independentemente, não queria que Amanda saísse de sua vida.

Tinha que ligar para ela.

Quando a encontrou mais cedo, ela estava correndo, então sabia que ela não estava com o celular. Além disso, não queria ter aquela conversa com ela com Marc por perto. Aquilo apenas abriria as portas para uma zombaria sem fim por parte dos irmãos, tanto dentro de casa, quanto na delegacia.

Então ligou para a casa dela; deixaria apenas uma mensagem. Como esperado, caiu na secretária eletrônica, mas ele desligou. Tinha que pensar no que dizer. Tinha que acertar de primeira.

Ligou de novo. Desta vez, deixou o bip tocar.

— Manda, desculpa. Eu... — Xingando, apertou o botão de desligar.

Ligou outra vez. *Bip.*

— Amanda, eu sei que você está brava. — *É claro que ela está brava, seu babaca.* E voltou a desligar.

Bip.

— Mandy, você pode retornar a minha ligação? Preciso conversar com você. — Max desligou outra vez.

Merda. Ele era um idiota.

— Temos que parar na casa dos seus pais para pegar o Greg — disse Amanda, no caminho para a cidade.

O olhar surpreso de Marc foi a única resposta.

Dirigiram em um silêncio incômodo até a casa dos pais

dele. Amanda ficou sentada e irritada na caminhonete, e Marc entrou rapidinho para buscar o Greg. Ela se acomodou no meio do banco inteiriço, abrindo espaço para o irmão.

Não conseguia decidir se estava mais irada ou magoada com as falas de Max.

Marc fez conversa fiada com Greg a caminho da casa dos Barber. Assim que chegaram, o garoto correu até a entrada, mas Marc agarrou o braço de Amanda.

— Espere. — Ele pigarreou. — Não sei o que aconteceu lá em casa, mas sei que você está morrendo de raiva.

— Para dizer o mínimo.

— Bem, sim. Eu conheço o meu irmão. Ele consegue ser muito burro de vez em quando. Caramba, todos nós conseguimos. Mas acho que ele... *sente* alguma coisa por você. Nunca o vi agir assim antes. Nunca. Quer dizer, eu já vi o Max saindo com mulheres e... bem, você sabe. Mas ele nunca levou ninguém para casa. Nunca convidou ninguém para ir à casa dos nossos pais. Acho que ele está com medo... não, com medo não... sentindo-se encurralado? Não! — Marc acertou a testa com a palma da mão. — Não foi isso o que eu quis dizer. Você entende o que eu estou querendo dizer?

— Sim, mas e daí?

— Bem, eu só queria que você soubesse.

— Agora eu sei. Obrigada pela carona.

Antes que ela pudesse fechar a porta, Marc disse mais uma coisa:

— Ah, e a propósito, ele tem razão. Você não vai querer que a nossa mãe fique sabendo, porque ela vai *mesmo* agir como se vocês fossem se casar. Se você acha que o Max é teimoso, você não conhece a nossa mãe.

Amanda observou Marc se afastar antes de deixar Greg entrar na casa com a chave extra que ela havia escondido sob o capacho antes de sair para correr. Tinha certeza de que

Max não teria gostado daquela ideia. A parte policial dele acharia perigoso. Previsível. Era o primeiro lugar em que um intruso olharia.

Mas quem se importava com o que Max pensava?

— Posso fazer um lanchinho? — perguntou Greg, afoito.

— É claro.

Ela foi com o irmão até a cozinha e lhe serviu um copo de leite. Fez Greg se sentar à mesa, e pegou um recipiente cheio de brownies feitos por ela. Tirou a tampa e colocou o pote na frente de Greg, que, dentro de segundos, ostentava um bigode de leite.

Quando Amanda se virou, notou a secretária eletrônica piscando. O número quatro brilhava como um farol. Quem havia deixado quatro mensagens? Nem Carlos nem a mãe tinham o número da casa. Clicou no botão do identificador de chamas e rolou pelas últimas quatro chamadas.

Bryson, M.

Bryson, M.

Bryson, M.

Bryson, M.

Amanda encontrou o botão que estava procurando.

Deletar.

Deletar.

Deletar.

Deletar.

Virou-se para Greg e se afundou na cadeira em frente ao irmão.

— Posso comer um brownie? — Ou dois?

Capítulo Catorze

Mary Ann olhou para Amanda, que dava o seu melhor para ignorar o toque insistente do celular ao fundo. Quando o aparelho não estava tocando, era a vez do telefone fixo.

— Querida, você não vai atender?

— Não, vai direto para a caixa postal. — Da sala de estar, um *bip* soou. — Ou para a secretária eletrônica. Viu?

Com um ligeiro dar de ombros, Mary Ann trouxe o livro de receitas para mais perto, e colocou um dedo sobre a página.

— Aqui está dizendo para você peneirar a farinha antes. Já que você não tem uma peneira, vai ter que fazer de outro jeito. Me dê uma xícara daquela farinha.

Amanda tirou a tampa do pote e mergulhou o copo medidor na farinha, criando uma baforada de poeira branca. Engasgou-se ao inalar parte daquilo. A força da tosse criou uma nuvem ainda maior. Franziu o nariz, tentando não espirrar.

Entregou a xícara para Mary Ann, que balançou a

cabeça. Diversão contorceu os lábios da senhora enquanto ela virava a farinha em um escorredor.

— Agora, vou segurar isso em cima da tigela e dar leves batidinhas. Não queremos que vire uma nuvem. Isso vai peneirar a farinha bem o suficiente...

O celular tocou de novo.

Mary Ann largou a peneira improvisada para firmar as mãos nos quadris.

— Amanda, como você sabe que não é importante? Alguém deve estar querendo muito falar com você.

Mary Ann tinha razão. Amanda não poderia mais adiar aquilo. Em algum momento, teria que lidar com a *pessoa* que estava ligando. E poderia muito bem ser agora. Pegou o celular na mesa da cozinha.

— Vou atender lá na sala.

Se preparou no caminho até o outro cômodo, e atendeu. Não precisava ver o nome de quem ligava para saber que era o Max.

— O que foi? — Naquele momento, ele nem sequer merecia a cortesia de um "alô?".

Por um instante, houve apenas silêncio.

— Oi. Hum, estou surpreso por você ter atendido.

— Bem, achei melhor atender antes de você acabar com a bateria do meu celular.

— É, bem, sei que você sabe que eu estive te ligando, por conta de todas as mensagens que eu deixei.

— É mesmo? Não ouvi nenhuma delas.

— Manda, eu sei que você está chateada, mas...

— Mas nada.

— Me escute.

— Eu te escutei, Max. E não gostei do jeito que falou.

Ela ouviu um longo suspiro do outro lado da linha. Então, Max disse:

— Eu não vou conseguir fazer isso pelo telefone.

— Nem eu, então pare de ligar.

— Estou indo aí. — Ele estava determinado.

Amanda pensou na mãe dele no outro cômodo.

— Agora não é uma boa hora. — Ele não ficaria chocado ao descobrir quanto tempo as duas passavam juntas?

— Nenhuma hora vai ser boa. Chego aí em dez minutos. — Ele desligou antes que Amanda pudesse dizer qualquer outra coisa.

Ela olhou para a cozinha. Que ele aparecesse, seria bom o homem passar vergonha na frente da própria mãe.

Naquele dia, Max disse que não queria que a mãe descobrisse o que estava acontecendo entre eles. Bem, agora ele não conseguiria evitar.

Voltou para a cozinha para terminar de aprender a fazer um bolo red velvet.

Nove minutos e vinte e dois segundos depois, Max tocou a campainha.

Nervoso, ele esfregou as mãos suadas no jeans.

Respirou fundo quando Amanda abriu a porta. Ela vestia uma regata rosa e legging preta. O longo cabelo estava preso em um rabo de cavalo. Sem um pingo de maquiagem, ela o lembrou de uma líder de torcida. Uma bem ousada.

Estendeu o dedo indicador para tirar o pozinho branco da ponta do nariz da mulher.

— Você não está se metendo em problemas, está? — Ele esfregou um dedo no outro e os levou ao nariz para cheirá-los. — O que é isso?

Amanda revirou os olhos.

— Fala sério. É farinha.

— Eu sabia.

— Aham. — Quando Amanda se virou, ele a seguiu para dentro da casa. — Então, o que você quer, Max?

— Não gostei de como as coisas ficaram naquela noite.

Assim que chegaram à sala, Amanda foi até a antiga escrivaninha, agindo como se nunca tivesse visto o móvel. Ela soltou um suspiro longo e profundo.

— Nem eu.

— Então o que vamos fazer a respeito disso?

— Olha, foi você que teve de vir até aqui. O que *você* vai fazer a respeito disso?

Ele a girou para si, avaliando-a. Um instante depois, soltou-a e se afastou.

— Me desculpar. Dizer que sinto muito por ter sido tão idiota. Dizer que eu queria que você tivesse ficado; eu queria mesmo. Mas...

— Mas?

— Mas... você ouviu a minha mãe no Natal. Tudo o que ela faz é importunar nós três para nos casarmos e termos filhos. Eu não quero dar... falsas esperanças a ela.

— Então, basicamente, está dizendo que não tem interesse em nada permanente. — Ela se endireitou, esticando um pouco mais a coluna. — Bem, talvez eu também não tenha. Não sei quanto tempo vou ficar aqui em Manning Grove. Assim que eu convencer o Greg de que ele vai ser mais feliz em Miami, vamos embora.

Não era aquilo o que Max queria ouvir. Ela só estava fazendo barulho. Porque de jeito nenhum ele a deixaria partir. Nunca. Aquele era o lar dela agora. Era o lar de Greg. Ela tinha que ficar. Max gostava de passar tempo com ela, quando não davam nos nervos um do outro. E gostava de quando davam *prazer* um ao outro.

— Não. — Ele balançou a cabeça. — Não. Eu gosto de

você, Amanda. De verdade. Pensei que isso estivesse claro. Mas, seja lá o que aconteça entre nós... seja lá o que esteja acontecendo entre nós, eu quero fazer isso no meu tempo. Não no da minha mãe. Você entende?

— Ah, sim. Entendo muito bem não querer que outra pessoa tome decisões por você.

— Eu mereci. Eu sei. — Ele chegou mais perto para segurar os quadris de Amanda, trazendo-a para si. — Mas eu sei de uma coisa... — Max roçou os lábios em sua têmpora, entrelaçou os dedos no rabo de cavalo, e o puxou de leve até a cabeça dela inclinar para trás, expondo o pescoço. Encostou o nariz na base do pescoço de Amanda, e se moveu para tomar seus lábios. Ela tinha um gosto tão bom...

— Querida, temos que terminar de preparar a cobertura de cream-cheese... — Mary Ann parou. — Ah! Ah, Max! Oi, amor. Pensei que eu tivesse ouvido vozes.

— Mãe! — Ele deixou os braços caírem, afastando-se de Amanda feito um raio. Calor rastejou pelo pescoço dele. O homem pigarreou. — O que você está fazendo aqui?

— Como assim? Eu venho aqui o tempo todo. A Amanda não te contou?

Ele fechou a boca escancarada, então lançou um olhar a Amanda antes de responder:

— Não.

— Estou ensinando a moça a cozinhar. Estamos nos divertindo muito juntas. Ela vai ser uma ótima esposa.

Max resmungou. Era exatamente aquilo que estava tentando evitar: a mãe ver Amanda como alguém que daria uma ótima nora. E, pior ainda, a mãe parecia achar que a estava treinando para ser uma ótima esposa. Aquilo não era nada bom. Era uma catástrofe.

— Você veio como? Não vi o seu carro lá na frente.

— O seu pai me deu uma carona.

O pai sabia o que a mãe estava fazendo e não avisou a ele? Teria uma conversinha com o homem mais tarde.

Max se aproximou da mãe, segurando seu cotovelo com firmeza.

— Vou te levar para casa.

A mãe sacudiu o braço dele para longe.

— Não. Amanda e eu temos que terminar o bolo red velvet.

— Vocês podem terminar outro dia.

Mary Ann olhou para o filho, descrente.

— Não, Max. O seu pai vai vir me buscar. Mas eu posso voltar para a cozinha e dar uns minutinhos de privacidade a vocês dois. — Ela piscou para ele, com ar de entendida.

Max cerrou os dentes. A mãe voltou para a cozinha com a crença errada de que os dois precisavam ficar sozinhos.

Max sussurrou, furioso:

— O que você está fazendo?

— Cozinhando.

— Há quanto tempo isso está acontecendo? Quanto ela sabe? — A voz dele se ergueu, então falhou, como a de um adolescente.

Droga!

— Sobre nós? — Amanda deu de ombros. — Ela não é burra, Max.

Ficaram parados, encarando um ao outro, em uma disputa: azul gélido contra verde-esmeralda. Os segundos se passaram em silêncio.

— Querida, você está vindo? — chamou Mary Ann, do cômodo ao lado.

Ostentando um olhar firme e mordaz, um sorriso vingativo cruzou o rosto de Amanda.

— Sim, Ma. Já estou indo.

Max foi o primeiro a quebrar o contato visual quando levou as mãos ao peito.

— Ma? — O que era aquela dor aguda no peito? Estava tendo um ataque cardíaco. — Por que você está chamando a minha mãe de Ma?

— Ela disse que eu podia. São as iniciais dela. Mary Ann... Ma, entendeu?

O buraco no chão estava crescendo, e Max poderia muito bem pular ali naquele instante. A mãe estava saindo com a mesma mulher com que ele tinha dormido. A mulher com quem ele tinha dormido estava chamando a mãe dele de "Ma".

— Isso é muito errado. Eu... preciso me sentar. — Afundou no sofá ali perto, apertando o alto do nariz.

— Não, não é. É ótimo. Ela é uma mãe incrível, e você deveria ter orgulho dela.

— Ah, eu tenho. — Orgulho dela ter encontrado alguém para moldar e transformar na futura esposa do filho. Orgulho de ela ter enfiado o nariz em algo que não lhe dizia respeito. Ei, aquilo soava familiar. Quantas vezes Amanda o havia acusado de fazer exatamente a mesma coisa? Tal mãe, tal filho? Ele fez uma careta.

— Ela tem passado o tempo livre me ensinando a cozinhar porque *eu pedi*. — Amanda balançou a cabeça. — Tudo o que eu precisei fazer foi pedir. E quer saber? Ela ficou radiante quando pedi.

— Você poderia ter pedido para mim.

— Para me ensinar a cozinhar?

— Não, caramba. Você deveria ter me perguntado se eu me importava com o fato de a minha mãe... — Max parou, vendo a expressão de Amanda mudar. *Ah, merda.*

Ele se levantou rapidamente e a segurou pelos braços

antes de levar um tapa na boca. Suspirando, ele a soltou. Se Amanda lhe desse um soco no queixo, teria sido merecido.

Tinha ido até lá se desculpar por ter sido um idiota, mas ali estava ele de novo... se comportando como um idiota. Estava se tornando um hábito. Um hábito a que precisava pôr um fim.

— Amanda, eu vim me desculpar pela outra noite, e eu me desculpei. Mas, agora, estou me desculpando pelo que acabei de dizer. E me deixe resolver isso logo: me desculpe por toda estupidez que eu fizer ou disser no futuro. Pronto, acho que deve ser suficiente.

— Se você acha que um simples pedido de desculpa vai servir de Band-aid para todos os seus... os *seus* problemas... bem, não vai. Suas desculpas chegaram um pouco tarde demais. Se você acha que pode fazer ou dizer o que quiser, que pode ser mandão, que pode tentar controlar a minha vida e, depois, pedir desculpa quando me quiser na sua cama... achar que tudo vai estar resolvido... não é bem por aí. Não é. Jamais será. Nunca.

— Sabe, precisamos falar mais sobre isso quando a *minha mãe* — as sobrancelhas dele subiram — não estiver no cômodo ao lado, a cinco metros de nós. — Ele apontou o dedo algumas vezes para a cozinha.

— Tudo bem.

— Tudo bem o quê?

— Podemos falar disso mais tarde.

— Ah. — Max não esperava que ela fosse concordar. Foi inesperado. Espere um momento. Talvez fosse uma pegadinha. Ou uma armadilha. Com cuidado, perguntou: — Certo, quando?

— Hoje à noite. Depois que o Greg for dormir.

— E quando vai ser isso?

— Volte por volta das nove.

Mary Ann colocou a cabeça para fora da cozinha.

— Max, docinho, por que não vem nos ajudar a terminar o bolo?

Pânico tomou conta dele.

— Preciso ir, mãe! — gritou. Para Amanda, sussurrou: — Te vejo às nove. — Deu uma última olhada na roupa de "líder de torcida" dela. — Não se troque.

Então saiu correndo; tinha que sair antes de ser convencido a usar um avental.

<hr>

Depois de garantir que Greg estava aconchegado na cama, Amanda ficou mais alguns minutos ao lado dele, conversando até que, após um bocejo, ele caiu no sono.

Tinha acabado de descer quando ouviu uma batidinha de leve na porta.

Aquela foi uma das poucas vezes em que soube, de antemão, que veria Max. Estava ansiosa desde quando ele foi embora mais cedo. Na verdade, o resto da aula do bolo red velvet foi um desperdício, já que Amanda não conseguiu prestar atenção. Mary Ann desistiu e levou o bolo sem cobertura para casa. Terminaria a receita sozinha.

A pulsação acelerou quando foi receber Max.

Assim que abriu a porta, ficou hipnotizada por alguns segundos. Ele vestia um jeans gasto, tão gasto que estava quase branco, que lhe caía muito bem. E, sob a jaqueta de couro, ela notou a camiseta preta e confortável que, Amanda tinha certeza, exporia aquela tatuagem, a que sempre chamava a sua atenção. Enquanto a inspeção subia para os ombros largos, viu que Max não tinha se livrado da barba de mais cedo, o que era muito sexy. A única coisa que o impedia de parecer um rebelde completo era o corte severo de agente da lei. Não havia cabelo o bastante ali para Amanda passar a mão nem para agarrar quando...

— Pronto? — Ele ergueu uma sobrancelha e sorriu. — Quer que eu tire a roupa aqui na porta mesmo, ou posso entrar primeiro?

Ela respondeu com um sorriso e deu um passo para trás, mas não foi longe o suficiente para que Max tivesse espaço. Ele teve que se virar e esbarrar nela ao entrar em casa.

— Ah, como você é malvada. Eu vim aqui para *conversarmos*, lembra?

Ela trancou a porta.

— Lembro. Vamos ao jardim de inverno, assim não acordaremos o Greg.

Ao caminharem pela cozinha, ela assentiu para a área telada.

— Pode ir. Vou pegar um lanche.

Dentro de minutos, ela tinha posto alguns cookies em um prato e os levado para lá.

Max estava relaxado na namoradeira, com as pernas esticadas e os tornozelos cruzados. Tinha ligado apenas uma das luminárias, dando ao cômodo uma iluminação suave... e romântica.

Amanda balançou a cabeça para clarear os pensamentos.

Ele olhou para o prato, faminto.

— Manteiga de amendoim?

— É.

— O que aconteceu com aquele bolo red velvet que você estava fazendo mais cedo?

— Sua mãe o levou para a noite das garotas no bingo.

Não quis contar que Mary Ann o tinha levado inacabado, reclamando de brincadeira de dois certos pombinhos.

Antes que Amanda pudesse sequer colocar o prato na mesinha lateral, Max pegou um. Mordeu com entusiasmo. A mastigação desacelerou, e ele se esforçou para engolir. Pigarreou.

— Esses não são que nem os outros.

— Como assim?

— Bem, não quero ser rude, mas... hum... não estão tão gostosos quanto aqueles que você levou à delegacia. É outra receita? — Lançou a ela um olhar esperançoso.

— Não... — Ela mordeu o lábio inferior, perguntando a si mesma se deveria fazer o que estava prestes a fazer. — Tenho algo a confessar.

Um policial. Uma confissão. Max se endireitou, alerta.

— Mande bala.

Amanda tinha que contar a verdade.

— Aqueles cookies...

— Sim?

Ela se virou para esconder a culpa.

— Bem, não fui eu quem os fez.

— Ah. E? Não tem problema.

— E... — Não era como se ela tivesse intencionalmente o alimentado com cookies estragados. Não é?

— E?

Tudo bem, talvez tivesse, mas ele havia sobrevivido e nunca precisaria saber a verdade.

— Foi a sra. Enxerida... a sra. Myers quem os fez.

— Bem, estavam uma delícia. Obrigado por dividi-los conosco.

Amanda não conseguiria. Não conseguiria admitir que o deixou ingerir cookies cobertos por baba de cachorro. Aquele segredo a acompanharia até o túmulo.

— De nada. — Ela se virou para encará-lo. — Talvez eu ainda não seja a melhor das cozinheiras, mas juro que posso fazer o melhor jarro de Alabama Slammers da sua vida.

Ele olhou para ela, surpreso.

— É sério? Você sabe fazer Alabama Slammers?

— É claro. Fui bartender por três anos. E eu era boa. Foi divertido. Eu trabalhava em uma casa noturna famosa, ganhei um *bom* dinheiro, conheci pessoas legais e algumas celebridades... e beber de graça tinha lá os seus encantos.

— Eu consigo te imaginar preparando drinques, ainda mais com roupas que nem essa. Você deve ter ganhado muita gorjeta. Temos os ingredientes para um Slammers?

— Com certeza. Coloquei um cadeado em um dos armários da cozinha. Já volto.

Quando ela se virou para ir, Max a segurou.

— Amanda, pode levar o prato.

Ela pegou os cookies.

— Agora você sabe o porquê de eu ter pedido ajuda para a sua mãe. — E voltou para a cozinha.

Destrancou o armário improvisado de bebidas e tirou o Southern Comfort, o gim e o amaretto.

Ouviu a voz grossa de Max às suas costas.

— Quer ajuda?

Ela se virou e encontrou Max com o ombro encostado no batente entre os dois cômodos.

— Pode ser. Pega dois copos grandes naquela armário ali. Ah, não, primeiro pega o gelo no freezer.

Ela afastou o liquidificador da parede e o ligou na tomada.

Max a impediu.

— Você não pode usar isso!

Amanda riu.

— Ah, é verdade. O pobre do Greg pularia da cama. — Desligou o aparelho e o empurrou de volta para a parede. Abriu um armário ali perto e encontrou um misturador. — Vou fazer batido, então.

— Batido, não misturado — disse ele, em uma imitação

terrível do sotaque do James Bond. Max deslizou o balde de gelo para perto do misturador. — O que mais?

— Hum. Suco de limão. Está na porta da geladeira.

Quando ela terminou de misturar a bebida, despejou-a em um jarro grande e a levou ao jardim de inverno, Max trouxe dois copos enormes.

Ele se reacomodou na namoradeira, enquanto Amanda, depois de encher os copos, se sentou na cadeira de balanço.

Max tomou um gole.

— Agora, sim. Muito melhor que aqueles cookies de manteiga de amendoim.

Amanda tomou um gole. Tinha que concordar.

— Hum. Que delícia.

Ficaram em silêncio por alguns minutos ao saborearem os drinques e contemplarem um ao outro, o álcool ajudou a relaxá-las bem rápido. Antes que ela percebesse, o copo de Max estava vazio, e Amanda esticou o braço para enchê-lo de novo.

— Mais?

— Sim, obrigado. Então... — Os olhos azuis de Max a pregaram na cadeira de balanço. — Alguma daquelas *celebridades* deu em cima de você?

— Talvez.

— E? — instigou ele.

— E eram como todos os outros. Humanos.

— Pelo que eu vejo na televisão, não sei se eu chamaria todos eles de humanos.

— Chame-os do que você quiser. Eu recebia uma boa dose de atenção.

— E você saiu com alguns deles?

— Não. Eu tinha um namorado. Acredite ou não, eu sou muito leal. Na verdade, tão leal que considero um defeito.

Max franziu a testa.

— Por quê?

Amanda só balançou a cabeça.

— Não importa. Pensei que fossemos falar de nós. — Ela terminou a bebida. O álcool forte começava a aquecer sua barriga, dando-lhe uma tontura agradável.

Max foi encher o dele outra vez.

— Íamos. Vamos — corrigiu-se.

— Tudo bem, então comece. — Ela o observou entornar a terceira rodada de Slammers. Max estava lutando contra as emoções. Ele precisava que a bebida o incentivasse a falar do relacionamento? Isso se sequer pudessem chamar o que tinham de relacionamento.

Ele fez uma careta e se remexeu, desconfortável.

— Não sei por onde começar.

— Tudo bem, então eu começo. Olha... — Ela cruzou as pernas e, com um dos pés, colocou a cadeira de balanço em movimento, tentando traduzir os pensamentos em palavras.

Talvez o Alabama Slammers não tivesse sido a melhor das ideias. A cabeça estava um pouco vaga. *Dane-se, vou falar tudo...*

— Não sei se posso lidar com as suas indecisões. Não sei lidar direito nem com as minhas. Não sei o que vai acontecer no futuro. Não sei onde vou parar. Não sei o que eu quero fazer: se fico aqui em Manning Grove ou se volto para Miami.

— Então você está dizendo que espera que eu aceite a sua indecisão, mas não pode aceitar a minha?

— Não sei. Estou confusa pra caramba. Você me deixa frustrada. Minha mãe é controladora demais. Não preciso de um homem assim.

— Eu não posso fazer nada. Eu sou assim. É por isso que sou policial. Não sei se algum dia vou conseguir mudar. — Ele deu de ombros, indiferente. — É culpa da genética, por assim dizer.

— Que bobagem. É uma explicação preguiçosa. Culpa da genética... *Faça-me o favor.*

— Então não acredite em mim. Mas acredite nisto: eu te disse para ficar com essa roupa, e você ficou. Acho que você gosta do meu jeito, só não quer admitir.

Será que Max tinha razão? Será que ela precisava de alguém controlador em sua vida o tempo todo?

— Me poupe. Talvez eu tenha ficado com a roupa porque pensei que não valia a pena me arrumar para você.

Max riu da mentira descarada. Encheu o copo pela quarta vez, esvaziando o jarro.

— Olhe, vamos fazer um acordo. Outra trégua? Vamos concordar em levar as coisas mais devagar, e vermos onde vai dar.

— Outra trégua?

— Que tal chamarmos de acordo desta vez, já que falhamos no que chamamos de trégua? Prometo tentar não ser tão controlador...

— Mandão, arrogante...

— Tudo bem, tudo bem. E você dá uma chance para Manning Grove... e para mim.

— Max, não posso te prometer que vou ficar. Mas o que você acha disso: não vou dizer que com certeza vou embora?

— É bom o suficiente. Agora, quanto a minha mãe...

— Não, isso não está no "acordo". Eu posso passar quanto tempo eu quiser com a sua mãe.

Max se reclinou, olhos fechados e lábios pressionados.

— Max — alertou Amanda. — Você quer estragar tudo antes de nem sequer ter começado?

— Não. Mas quero que você a desencoraje se ela começar a escolher convites e fitas de cetim.

Amanda tentou ficar séria.

— Combinado.

— Se ela começar a te levar em viagens de três horas até a loja de brinquedos para bebês em Harrisburg, quero que você fuja, encontre o telefone mais próximo e ligue para o 911.

Os lábios de Amanda estremeceram.

— Eu tenho um celular.

— E tudo o que fizermos no privado fica longe dos ouvidos dela.

— Combinado.

— E...

— Chega, Max. Eu entendi. Não vou contar para ela o quanto você me deixa excitada. E como você me faz gemer quando tenho um orgasmo.

O sorriso dele se contorceu.

— Bem, você pode contar essas coisas para mim.

— Quer que eu faça outro jarro?

Max balançou a cabeça e estendeu a mão.

— Venha aqui, você está longe demais.

Ela o estudou por um momento antes de levantar da cadeira de balanço e se juntar a ele na namoradeira. Acomodou-se em seu colo.

— Melhor assim?

Max a envolveu com os braços e a puxou com mais força contra o peito.

— Pode apostar que sim.

Ela deitou a cabeça no ombro do homem, aconchegando o nariz em seu pescoço. Sentiu a pulsação forte de Max em sua bochecha.

Era tão bom estar nos braços dele. Ela circulou a tatuagem com o dedo. *Semper Fi.* Mary Ann fez questão de dizer a Amanda que aquilo significava "sempre fiel".

— Você sempre quis ser policial?

Ele tinha uma das mãos no quadril da mulher, e a outra, na coxa, acariciando-a lentamente, indo e vindo.

— Sim.

Amanda esperou um momento e, quando ele não disse mais nada, incentivou:

— Por quê?

A voz profunda dele ecoou no peito.

— Sempre fiquei maravilhado com o meu avô e o meu pai. É por isso que segui os passos dele. É por isso que nós três seguimos. A marinha primeiro, para servir ao nosso país, depois, a polícia, para servir à nossa comunidade.

— Proteger e servir, certo?

Orgulho transpirou das palavras dele.

— É o lema da família Bryson.

Ela subiu o nariz para se aconchegar atrás da orelha dele.

— Bem, você pode me proteger e me servir quando quiser.

— Planejei fazer isso desde o primeiro minuto que você se queixou comigo naquele estacionamento, quando chegou na cidade.

Ela ergueu a cabeça, levantando-se com a mão pressionada no peito de Max.

— Você só estava querendo me levar para cama.

— É verdade... — disse ele, devagarinho.

Amanda agarrou uma almofada ali perto e bateu nele.

— Ei! Você não me deixou terminar. É verdade, mas, quando você me viu de farda, você quis um pedacinho. — Ele abriu bem os braços, como se estivesse se oferecendo a ela.

Amanda o acertou de novo.

— Tá bom, sei.

— Você não pode dizer que não me quis. — Ele estendeu as mãos, e os longos dedos emolduraram o rosto da mulher quando Max se inclinou para beijá-la. Foi apenas um roçar, o que a deixou querendo mais.

— Não, eu não quis.

— Você teria me beijado se eu tivesse rasgado a multa?

— Não.

— Mentirosa.

— Por vinte e cinco dólares? Se manca. Eu quis pegar aquela vareta retrátil de metal que você carrega e te acertar na cabeça.

Max riu.

— O meu bastão?

— Sei lá o nome.

— Só porque você estava sexualmente frustrada.

— Até parece.

Ele cutucou a lateral dela de leve.

— Admita.

— Não.

— Fala sério.

— Tudo bem. Você tem razão. Eu fiquei sexualmente frustrada por não conseguir transar com você no meio da cidade, no estacionamento *gratuito*, no asfalto, ao lado de uma sacola esparramada de brinquedos de cachorro, enquanto Greg via tudo. Satisfeito?

O sorriso dele cresceu.

— Muito.

— Que bom. Agora me beije de novo. — Ela agarrou a parte de trás da cabeça de Max e a puxou para baixo até os lábios estarem a centímetros de distância. — E me beije com vontade desta vez.

O beijinho de antes foi facilmente esquecido quando ele tomou a boca de Amanda, e espremeu a mulher contra o corpo. Era isso o que ela havia esperado. Gemeu na boca de Max, enrolando a língua na dele. Sentiu uma pontada e rebolou em seu colo, reparando que o corpo de Max endureceu.

Ele se afastou um pouco, e passou um dedo sob a cintura da calça preta justa.

— Sabe, eu bebi demais para dirigir. Acho que vou ter que ficar por aqui até ficar sóbrio.

— Hum. Talvez eu *devesse* preparar outro jarro para garantir que leve um tempinho até isso acontecer.

— Nada disso. Quero ter certeza de que vou me lembrar de tudo o que eu fizer com você.

— Você tem razão. Quero ter certeza de que você vai *conseguir* fazer tudo o que quiser comigo.

— Então vamos selar esse novo acordo com outro beijo?

— Não, melhor ainda... — Amanda se desenrolou do colo dele e o pegou pela mão, guiando-o escada acima.

Enquanto os degraus rangiam, Amanda sussurrou:

— Precisamos fazer silêncio.

Lá em cima, ele respondeu:

— Não sei se vai ser possível. Você guincha que nem um porco.

Amanda segurou a risada e lhe deu uma cotovelada nas costelas.

— Ai!

— Shh! — Ela o puxou para o quarto principal e, sem perder tempo, encostou a porta atrás deles.

A mulher se apoiou na porta e o observou esfregar as costelas. Seus dedos eram longos e fortes, e ela sabia o que podiam fazer, no quanto eles a enlouqueciam. Sentiu um friozinho na barriga ao pensar naquilo.

Max se esticou na cama e estendeu uma mão a ela.

— Parece que sou um adolescente tentando transar na casa dos meus pais sem ser pego.

Amanda se virou para girar a tranca.

— Você vai conseguir ficar quieto? — perguntou a ele.

Um sorriso imoral atravessou o rosto de Max.

— Ah, com certeza. Mas duvido de que você vai conseguir.

— Isso foi um desafio?

Ele riu baixinho.

— Pode apostar. Topa?

Amanda tirou a regata rosa, passou-a pelos ombros, pela cabeça e, então, jogou-a no chão.

Os lábios de Amanda se curvaram em um sorriso enquanto ela ergueu as mãos para acariciar os seios. Segurou o peso deles e os apertou. De propósito, manteve os olhos longe de Max ao beliscar cada um dos mamilos e, em seguida, ao girar os montinhos duros entre os dedos. Soltou um dos seios, para que a mão livre pudesse deslizar barriga abaixo e mergulhar no short. Jogou a cabeça para trás enquanto tocava a própria umidade, o próprio calor.

Impaciente, contorceu-se para tirar o short, então se apoiou na porta do quarto, abrindo-se profusamente com os dedos para que Max pudesse ver o quanto estava pronta. Devagarinho, Amanda afagou o clitóris, circulando-o, fazendo-o inchar.

Ainda não havia olhado para ele. Concentrou-se em si mesma, levando-se à loucura. Porque, se fizesse aquilo, sabia muito bem que também levaria Max à loucura. Umedeceu os lábios, e o observou através da cabeleira.

Sim.

Os olhos estavam grudados nela. Max se acariciava sobre o jeans. A camiseta já tinha sumido, e a pele bronzeada vestia um brilho leve, detectável mesmo sob a luz fraca.

— Estou tão pronto para você — disse a ela, a voz baixa e rouca.

— Estou vendo.

— Você está pronta para mim?

Amanda caminhou a curta distância até a cama e subiu, montando-o.

— Não sei. Quer me testar para ter certeza?

Ele deslizou um dedo entre os lábios inchados do sexo dela. O brilho na pele de Max deixou os dois sem qualquer sombra de dúvida. Ela estava molhada e pronta.

Amanda levou o braço às costas e abriu o botão e o zíper do jeans dele.

— Isso precisa sair daqui.

Dentro de segundos, os sapatos e as meias de Max tinham sido mandados para longe, e ele arrancou a calça e a cueca sem tirar Amanda do colo.

— Quero você por cima. — As palavras dele soaram cheias de desejo.

— Esse era o plano.

— Ah, é mesmo?

Ela se reacomodou, a cabeça do membro mal provocando a sua abertura. O homem estremeceu contra ela. E, em um rápido erguer dos quadris, Amanda o recebeu profundamente dentro de si.

Max soltou um silvo longo e baixo, envolvendo os dedos ao redor das curvas dos quadris dela. Amanda fechou os olhos, saboreando a sensação de estar toda preenchida. Eles se encaixavam com perfeição.

A pressão em seu ponto G foi intensa, quase insuportável. Ele atingia todos os lugares certos.

Os dedos de Max espalmaram o seu traseiro, e ele estocou ainda mais fundo. Amanda prendeu um gemido e colocou a mão no peito dele, mantendo-o no lugar.

— Me deixe no controle. — Ela não estava fazendo um pedido.

Uma série de emoções cruzou o rosto dele. Amanda viu a luta interna de Max enquanto ele tentava aceitar que outra pessoa estivesse no controle. O homem soltou um longo suspiro e assentiu ligeiramente. Era duro para ele, mas ele estava duro por ela.

Amanda o agarrou entre as coxas e o cavalgou com vontade. Teve que se esforçar para ficar em silêncio e quase perdeu o controle, mas Max tapou a sua boca. Mordendo um dos dedos dele, Amanda lutou para não o morder com força. Ela se erguia e se abaixava, subindo até ele estar quase fora, depois descia até ele estar profundamente dentro dela. Max precisou virar o rosto e abafar os gemidos com um travesseiro. Os músculos no pescoço se retesaram, e um calor o percorreu das bochechas até o peito. Max estava lutando, tanto quanto Amanda, para não gritar.

Ela estava tão molhada que não havia fricção, nada que a desacelerasse enquanto o cavalgava. As coxas se flexionavam, o sexo o espremia a cada subida e descida. E aquele lugarzinho... Amanda inclinava a pélvis o suficiente para que Max o atingisse. De novo e de novo. Um jorro de calor escorreu dela e sobre ele.

— Porra! — disse Max, abafando-se no travesseiro.

Ela se divertiu com o poder que tinha sobre aquele homem. Mesmo se apenas por um curto período, Amanda controlou os pensamentos e o corpo de Max. Sentiu-o tenso, e ficou imóvel imediatamente.

Não. Não. Não. Ela não estava pronta para Max gozar.

Ela se inclinou e mordeu um dos mamilos dele. A cabeça do homem girou com tudo para olhar para ela.

— Ainda não — avisou Amanda. Mordeu o outro mamilo com força o bastante para deixar uma marca, e ele se arqueou contra ela.

Mas a dor bastou para distraí-lo. Para atrasar a libertação.

— Você não vai gozar antes de mim.

Ele estreitou os olhos, as mãos apertando o quadril de

Amanda e, em um girar veloz, ela estava de costas, com Max acima dela, observando seu rosto.

Um gritinho havia escapado da mulher por conta do movimento e da troca de poder inesperados. Mas não alto o suficiente para acordar Greg.

— Você quer gozar? Mas o que te faz ter tanta certeza de que é você quem decide se vai gozar ou não? Talvez dependa de mim.

Amanda agarrou Max pela nuca e o puxou para baixo. Encostou os lábios nos dele por um segundo, então, se afastou apenas o suficiente para dizer:

— Me faça gozar.

Ele a esmagou contra si e entrou com força, grunhindo a cada movimento. Foi rápido e intenso, exatamente o que ela queria. Amanda inclinou os quadris até Max encontrar aquele ponto outra vez, o sexo ficou mais molhado a cada estocada, mais e mais molhado até...

Max capturou a boca de Amanda, abafando um gemido agudo. E, menos de um segundo depois, ela sentiu o disparo de Max dentro de si. Depois que o latejar diminuiu, ele se abaixou ao lado dela e a abraçou com força. Amanda adormeceu com a o movimento lento e regular do subir e descer do peito de Max.

***

Ela rolou, suspirando. Espreguiçou-se e, ainda com os olhos fechados, esticou a mão até o outro lado da cama. Estava vazia e gelada.

Ela sabia. Sabia que Max não ficaria ali a noite toda. Era pressão demais para ele. Depois que Amanda dormiu, ele deve ter sentido as paredes se fechando e fugiu dali em meio segundo.

Bem, e lá se foi o acordo entre eles. Max tinha encontrado um jeitinho de levar a mulher para cama outra vez. Não que ela tivesse dificultado as coisas.

Sentou-se. O cabelo estava todo emaranhado. Uma sensação quentinha vibrou pelo corpo quando ela se lembrou de que Max havia arrebentado o elástico, libertando o rabo de cavalo na noite anterior.

As roupas ainda estavam largadas onde ela as havia deixado, espalhadas pelo quarto na pressa do momento. O coração voltou a acelerar quando se lembrou de como ele tinha...

Balançou a cabeça. O homem teimoso tinha conseguido o que queria e, então, seguido em frente, de volta aos hábitos de solteiro.

Vestiu uma legging e a nostálgica camiseta dos Ramones, e desceu para preparar o café da manhã de Greg. Antes mesmo de chegar ao último degrau, ouviu barulhos vindo da sala. O garoto já estava assistindo aos seus desenhos.

Ela foi desligar a televisão e parou no meio do caminho, em choque.

Max e Greg estavam sentados no sofá com as pernas em cima da mesinha de centro, cada um com uma tigela de cereal no colo, rindo das palhaçadas do ratinho do desenho animado que corria em círculos na televisão.

Pelo menos Greg tinha um pano de prato enfiado na gola da camiseta fazendo vezes de babador. A peça improvisada já tinha impedido o leite e o cereal de cair na camisa e no colo dele.

Max não tinha ido embora. Na verdade, tinha passado a noite toda ali. E...

Ela parou na frente da televisão.

— Você o deixou comer na frente da TV?

Max pelo menos teve a decência de olhar para Amanda com vergonha.

— Não é nada demais.

— É, Manda, não é nada demais — imitou Greg.

Amanda franziu a testa para o irmão.

— Tudo bem. Mas só desta vez.

Max tinha mesmo ficado.

— Por que você não vai pegar uma tigela e se senta com a gente?

— Hum, tudo bem. — Ele ainda estava ali. E havia dado comida para o irmão dela. Amanda entrou na cozinha, incerta se deveria estar se sentindo feliz ou desconfiada.

Olhou para a variedade de caixas de cereal que tinham sido tiradas do armário e estavam espalhadas pelo balcão. A gaveta de talheres ainda escancarada. Abriu a geladeira. A garrafa de leite estava vazia lá dentro. Bem, talvez houvesse o suficiente para tomar um gole. Talvez.

Tirou o galão quase vazio e o encarou.

Max tinha ficado.

Ela franziu a testa. *Por quê?*

— Desculpa. — Ela se assustou com a voz de Max no ouvido.

— Você já se desculpou por tudo de antemão ontem, lembra?

— Eu não queria ter passado por cima de você e deixado o Greg comer na frente da TV, se isso é algo que você não quer que aconteça.

— Podemos dizer que é uma ocasião especial.

Max se colocou atrás dela e envolveu os braços ao redor de sua cintura.

— Eu diria que foi mesmo uma ocasião especial.

Amanda se virou e enganchou um dedo na gola da camiseta dele, puxando-o.

Bem como havia imaginado. Ele tinha um punhado de marcas de dentes desfigurando o peito das tentativas de Amanda abafar o som do êxtase durante a noite.

Mordidas de amor, pensou ela.

— Feridas de guerra — disse Max, sorrindo. E a soltou. — Vamos. O Greg está esperando.

Ela pegou outra garrafa de leite, e se serviu uma tigela de cereal de mel antes de seguir Max até a sala.

Quando os três estavam acomodados no sofá, assistindo ao Pernalonga, Max se virou para Amanda.

— Ah, aliás, eu usei a sua escova de dente.

Capítulo Quinze

Max mal podia esperar para estacionar a viatura, se livrar do incômodo cinto de serviço e arrancar a farda. Precisava vestir um jeans confortável e uma camiseta velha, e arranjar uma cerveja. O turno parecia que nunca teria fim. Manning Grove tinha estado quieta. Morta, na verdade. Teve apenas um incidente com um gato perdido, e Max advertiu um adolescente por ter ultrapassado o sinal vermelho. Mas o dia longo e entediante finalmente estava chegando ao fim.

Assim que virou na esquina com a Main Street, voltando para a delegacia, ouviu um chamado agudo.

— Eiii, você!

Max girou a cabeça e resmungou. O dono do Manes on Main o chamava com um aceno. Encostou no meio-fio, e Teddy veio correndo até o carro preto e branco, um tanto ofegante.

O policial decidiu sair e esticar as pernas depois de ter se apertado ali dentro pela maior parte das últimas oito horas.

— E aí, Teddy? Algum problema? — Ele deu a volta pela traseira da viatura e, quando chegou à calçada, apoiou-se no para-choques traseiro. Então apoiou o antebraço na coronha da arma no coldre.

— Não, policial. Que tal um corte? Por conta da casa.

Uma sobrancelha se ergueu quando Max olhou, cheio de suspeita, para Teddy.

— Parece que eu preciso de um barbeiro? — Ele passou a mão pelo cabelo muito bem aparado.

O sorriso sabichão de Teddy deixou tudo bem claro. Max franziu a testa.

Parece que eu preciso de um barbeiro?

Barber. Amanda. As conexões que o cara fazia para pegá-lo de calça curta.

Droga.

— Na verdade, sim. Você está um pouco desgrenhado. E eu sei o porquê.

— Aposto que sabe. Você vem sendo a melh... — Ele parou de falar abruptamente.

Teddy riu.

— Continue. Pode falar. Eu sou a melhor amiga da Amanda. — Ele chegou mais perto para encostar o dedo indicador no distintivo de Max antes de murmurar: — Olha, você sabe que ela está segura comigo. Do contrário, você já teria vindo aqui bater na minha porta feito um gorila ciumento. — Teddy lançou um sorriso zombeteiro para Max enquanto endireitava a postura e dava um passo para trás, tirando um maço de cigarros do bolso da frente da camisa. Pegou um e o acendeu, dando uma longa tragada antes de continuar. — Sabe, ela é a melhor coisa que me aconteceu desde que voltei para a cidade.

Para mim também, quis responder Max. *Para mim também.*

— Por que você continua aqui, Teddy?

— Por que *você* continua aqui?

— Família. — Max deu de ombros. — Eu amo este lugar. Não tem nenhum outro em que eu preferia estar.

— Mesma coisa para mim.

— Mas você foi embora.

O colega de ensino médio de Max tinha ido para Nova York logo depois da formatura. Teddy foi embora como um garoto tímido de dezoito anos e voltou sendo um homem que não tinha vergonha de ser gay. E aquilo tinha colocado a cidade conservadora em seu devido lugar.

— Você também — rebateu Teddy.

— Só pelo tempo em que servi à marinha e, depois, quando fui para a academia de polícia.

— Bem, eu saí daqui para me encontrar e ter novas experiências, se é que você me entende. Depois, voltei para a minha família.

Max olhou surpreso para o cabelereiro.

— Mas os seus pais nem falam com você.

Depois de ter "saído do armário", os pais de Teddy o evitaram, cortando-o por completo da vida deles.

Max achava que não conseguiria ter uma vida daquelas, sem o amor e o apoio constante dos pais. Nem mesmo sem a lealdade dos irmãos. E ele não achava justo os pais de Teddy serem tão cruéis com seu único filho.

Os olhos de Teddy ficaram tristes.

— Mas eles vão... um dia. E quando isso acontecer, saberão exatamente onde me encontrar.

Max apoiou a mão no ombro de Teddy, sabendo que aquele consolo jamais seria suficiente. O rapaz colocou a mão em cima da do policial, dando um leve aperto. Max afastou a mão, tentando não parecer tão evidente.

E Teddy lhe abriu um sorrisão, voltando ao seu eu enérgico.

— Eu sei que você está comprometido, mas e os seus irmãos? Sabe, eu amo um cara de farda. E sem farda também.

Max riu, mas se recusou a cair na armadilha de Teddy.

— Se algum dos garotos Bryson, algum dia tiver curiosidade...

Max corou e pigarreou. Olhou ao redor para se certificar de que eram os únicos nas imediações.

— Hum, se tivermos curiosidade, alugaremos um filme. — Ele agarrou o cinto de serviço e o ajustou bruscamente, apenas para se lembrar de que era todo homem.

— Você pode pegar um dos meus emprestado. Pornô gay é difícil de se encontrar por aqui. Ou posso te recomendar um site.

Max não tinha certeza se Teddy estava falando sério, mas decidiu que era mais seguro supor que sim.

— Talvez seja melhor assim; caso contrário, acho que a cidade entraria em colapso. Você sabe o rebuliço que causou quando abriu o salão. E ainda bem na Main Street.

— Sim, nunca vou me esquecer daquelas reuniões municipais. — Teddy suspirou, como se estivesse se divertindo com as lembranças.

Mas Max sabia a verdade. Sabia o duro que Teddy tinha dado para ser aceito de novo em Manning Grove.

— Não é incrível como as pessoas se adaptam quando expandem os horizontes?

— Sim, demorou um pouco, mas estou me dando bem. E, agora, com a Amanda por aqui, tenho uma boa amiga com quem sair e fofocar e... Max, eu não quero que ela vá embora.

Conseguiu ouvir o desespero na voz de Teddy. Sabia bem de onde ele vinha. O homem diante dele precisava tanto daquela mulher quanto Max. Talvez não do mesmo jeito, mas, ainda assim...

Teddy largou a bituca na calçada e a apagou com o sapato.

— Você iria atrás dela, caso ela fosse embora?

Max não poderia, não queria, responder àquilo. Em vez disso, disse:

— Não tem nada para ela em Miami.

— Ah, mas ela não percebeu isso ainda. Ela te falou da mãe?

A pergunta o pegou desprevenido. Aquele assunto ainda não tinha surgido nas conversas com Amanda. E devia haver uma razão para Teddy tê-lo mencionado.

— Na verdade, não.

— Nós tivemos algumas conversas bem interessantes...

Max o interrompeu, impaciente:

— E o que tem a mãe dela? — Se ele precisasse saber de algo... Se houvesse algo que ela estava escondendo dele, queria saber o que era. Tinha algo que ela compartilhou com o melhor amigo, mas não com Max.

— Vou deixar a Amanda te contar. Não tenho esse direito.

O policial bufou.

— E desde quando você se importa com isso?

Teddy deu de ombros e sorriu.

— Digamos que a Amanda e eu nos entendemos muito bem. Temos as nossas dificuldades com a família. Tivemos as nossas batalhas. Falando em família, sei que a relação dela com a sua mãe te deixou desconfortável.

Max xingou .

— O que ela *não* te contou?

— Um dia, você vai perceber o quanto a conexão com a sua mãe é importante para a Amanda.

— Bem, minha mãe está em êxtase agora. — Max olhou

para o relógio e endireitou a postura. — Eu tenho que ir. O meu turno acaba daqui a pouco; vão precisar do carro.

— Max...

Ele parou por um momento antes de ir para trás do volante.

— Sim? — O homem se acomodou no assento de vinil enquanto o outro se inclinava pela janela aberta.

— Está nas suas mãos, sabe... convencê-la a ficar. Dar a ela um motivo.

Max agarrou o volante com força.

— Certo. — Teddy não pedia muita coisa.

— Estou contando com isso. — Teddy deu um tapinha no teto do carro quando Max arrancou.

GREG ESTAVA ANIMADO. Os olhos revirando, a voz ressoando. Os braços se agitavam descontrolados. Tinha sido um bom dia. Amanda havia decidido surpreender o irmão ao buscá-lo na casa de repouso, em vez de deixar o ônibus levá-lo para casa.

Sendo sincera, ela tinha estado entediada e quis uma desculpa para sair de casa. Mas ficou satisfeita com a reação de Greg. Não apenas animação exalava do irmão, mas Donna disse que Greg, por acaso, tinha aprendido três letras do alfabeto naquele dia.

Três. O, C e Z.

E aquilo era algo muitíssimo importante.

Donna estava extremamente feliz com o progresso do rapaz.

Greg estava animado.

Amanda estava muito contente.

Se Greg tivesse a menor das chances de ser capaz de ler e

escrever, a irmã queria ter certeza de que ele aprenderia. Era evidente que o rapaz nunca conseguiria viver sozinho; ela sabia. No entanto, ainda queria que ele fosse tão independente quanto possível. Aquilo era algo que Dolores também desejou em vida.

Então tolerou a euforia de Greg enquanto tentava dirigir, ocasionalmente desviando de um movimento descontrolado do punho esquerdo do irmão.

A duas residências de distância da casa, ela notou uma Mercedes prata estacionada em frente da garagem. O coração acelerou. Apesar de não reconhecer o carro, foi engolida pelo medo.

Decidiu estacionar perto do meio-fio em vez de tentar entrar na garagem. As duas pessoas sentadas no veículo poderiam estar na casa errada.

Se ela tivesse sorte.

No assento do motorista, manteve a mão sobre a fivela do cinto de Greg, impedindo-o de sair correndo do carro.

— Vamos, Manda! — reclamou o rapaz. — Temos visita.

— Estou vendo — murmurou Amanda, encarando os dois ocupantes do veículo misterioso. Ela apertou os olhos. — Merda.

Greg ecoou o xingamento, berrando como um papagaio:

— Merda! Merda! Merda! Merda!

Amanda fez careta por causa do erro cometido.

— Shh, Greg. Chega. Temos visita, mas não vou te deixar sair do carro até você parar de dizer essa palavra.

— Por quê?

— Porque é uma palavra feia. Eu não deveria ter dito. As pessoas não gostam de ouvir palavras feias.

— Ah, mas você diz isso o tempo todo. Que nem "porra".

Ela nem sequer conseguiu responder. Para sua consternação, os ocupantes do carro tinham notado o Buick cinza, e ambas as portas do Mercedes se abriram com tudo. Amanda mordeu o interior da bochecha ao observá-los descer do carro rebaixado.

Uma loira bem-vestida e estilosa e um latino de pele escura.

Pânico aflorou dentro dela, e Amanda quis sair dirigindo. Nem percebeu que a mão tinha escorregado da fivela do cinto do irmão até Greg já estar se estrebuchando para fora do carro.

Ela se preparou e o seguiu, relutante. Quando chegou ao trio, Greg estava pulando de um pé ao outro e falando centenas de palavras por minuto; ainda pior, salpicando a palavra *merda* por toda parte. A mãe e Carlos o encaravam com olhos arregalados. A mãe, finalmente, notou a aproximação da filha.

— Querida! — A voz de Anne era tão melosa que poderia dar diabetes em alguém. — Ah, querida, como eu estava com saudade! — Ela apertou os ombros de Amanda com as garras pintadas de vermelho e bem-cuidadas, enquanto se inclinava para frente e dava beijinhos no ar, os quais nunca chegaram às bochechas da filha.

— Oi, mãe. Carlos. É um prazer vê-los aqui. Estavam pela vizinhança?

Carlos deu um passo para frente, tentando cumprimentar Amanda com um beijo de verdade. Ela virou a cabeça a tempo. E os lábios roçaram sua bochecha.

— *Mi corazón* — disse ele, mansamente.

Meu coração. Minha bunda, pensou ela. O apelido a fez perder a paciência.

Sob o olhar irritado de Amanda, o vermelho subiu pela tez escura do homem. Ele *deveria mesmo* ficar envergonhado por fazer parte daquela farsa. Mas ali estava ele, ao que pareceria, não sentiu vergonha o suficiente para ficar em Miami.

A mãe deve ter pressionado o homem, ou lhe prometido algo. Ou alguém. Anne era habilidosa ao ponto de arrancar sangue de pedra.

Greg ainda era um pacotinho de energia, pulando mais perto do Mercedes.

— Ah. Ah, querido, não toque no carro. É alugado! — Anne acenava uma mão coberta de joias na direção de Greg, como se isso fosse enxotar o rapaz. Amanda não deixou de notar a joia nova, que mais parecia um pedregulho, no dedo anelar da mãe. O padrasto deveria estar fazendo a mulher feliz. E falindo por causa daquilo.

Amanda se aproximou e segurou a mão de Greg, prendendo-o ao seu lado.

— Então, o que vieram fazer aqui?

Anne deu um sorrisinho fraco a ela.

— Não podemos entrar?

— Não.

— Bem, que grosseiro da sua parte. Igualzinho a se recusar a atendar às minhas ligações. Pensei que eu tivesse te dado educação.

Amanda mordeu o lábio para se impedir de dizer algo de que se arrependeria mais tarde.

— Nós viemos te levar para casa.

— Para casa?

— Sim, já que você ignorou as nossas inúmeras mensagens, Carlos e eu não tivemos escolha a não ser vir para cá. — Ela tirou uma pasta da bolsa Louis Vuitton, e a entregou a Amanda. — Aqui está a sua passagem.

Amanda encarou aquele insulto, e não lhe passou despercebido que ali havia apenas uma passagem, não duas.

— Carlos, por favor, leve o Greg ali para o canto.

— Mas, Mandy... — Ele olhou para Greg com desgosto. Aquilo deixou Amanda ainda mais enfurecida.

— Vá logo. — Quando ele abriu a boca para protestar, ela sibilou: — *No discuta.*

Projetando o maxilar, ele pegou Greg pelo braço e o afastou dos degraus da entrada. Greg, ingênuo com relação à tensão, ficou contente por passar um tempinho com seu novo "amigo".

O olhar de Amanda oscilou entre eles e a mãe, mas fez uma careta ao notar a sra. Enxerida na varanda, ouvindo e observando o espetáculo que criavam.

A mãe agarrou o braço de Amanda com força, sacudindo a filha.

— Mandy, o que houve com você? Por que está tratando o Carlos desse jeito? Por que você está tratando a mim, sua própria mãe, desse jeito? Nós viemos te levar para casa. Estamos com saudade. Você abandonou a sua família de verdade.

Amanda afastou o braço com um puxão.

— Minha família de verdade? O Greg *é* a minha família de verdade. Ele é meu irmão.

— Ele não é seu irmão por completo. Ele é...

— Pelo menos, ele me ama incondicionalmente. Sem segundas intenções. Ao contrário de você.

A mão de Anne disparou. De repente, a cabeça de Amanda estava flutuando, e um zumbido alto ensurdeceu a orelha esquerda. Os diversos anéis nos dedos da mãe amplificaram a ardência do bofetão. Greg soltou um grito de pânico.

— Eu te dei tudo o que você sempre quis, na hora que você quis. Eu sei o que é melhor para você.

Amanda ergueu a mão; colocou a palma gelada na bochecha quente, acalmando a ardência. A mãe lhe deu um tapa! Greg gritava o nome dela, se debatendo contra Carlos.

Em algum lugar ao longe, ouviu a porta de tela da sra. Myers bater com tudo.

— Droga!

— Mandy! Desculpa, mas eu faria isso de novo para enfiar um pouco de juízo na sua cabeça. Seu lugar não é aqui. Você tem o resto da vida pela frente! Quer ficar presa a um retar...

— Não. Não ouse dizer isso.

Amanda olhou para a mãe com nojo. As narinas se dilatavam a cada respiração, o único sinal do seu esforço para manter a compostura. Lutou contra as lágrimas. A mãe a tinha machucado. Fisicamente. Emocionalmente.

A mãe a tinha decepcionado outra vez.

Luzes piscaram e sirenes soaram, um carro branco e preto acelerou pela rua, deslizando e estacionando bem perto da garagem. A porta se abriu com força, e Marc correu até Amanda e a mãe, colocando-se entre as duas.

— Amanda! Você está bem?

Amanda assentiu, sem saber o que dizer. Mal notou Marc erguendo a mão e falando no microfone do ombro. Vozes caóticas soaram ao redor, mas ela não sabia dizer quem tinha dito o quê.

A situação não era apenas ruim – e constrangedora, já que tudo estava acontecendo bem na frente da casa –, mas ficou ainda pior quando outra viatura parou cantando pneu. Daqui a pouco, chegaria a imprensa.

Max correu até ela. Ele segurou Amanda pelos ombros e a virou para si. Colocou um dedo sob o queixo dela, inclinando-o para dar uma olhada melhor.

A expressão de Max endureceu, e os olhos azuis e frios foram para Greg, depois pousaram em Carlos. As costas ficaram mais eretas.

— Ele fez isso com você?

Amanda, sem dizer nada, balançou a cabeça.

— Você tem certeza...

Anne se afastou de Marc para encarar Max.

— Fui eu, policial. Ela é a minha filha, e eu tenho todo o direito de bater nela.

— Você tem todo o direito de ir para a cadeia por violência doméstica.

— Por ter dado um tapa na minha própria filha? Eu vim levá-la para casa, e ela está sendo teimosa.

— É mesmo? — disse Max, rangendo os dentes.

— Sim, Mandy... Querida, eu dei um jeito em tudo. Você vai ver. Você vai ser muito mais feliz. Conversei com aquele advogado... qual é o nome dele? O sr. Wells. Ele está preparando tudo para que o garoto vá para uma boa instituição.

— Você fez o quê? — Amanda balançou a cabeça, incapaz de absorver as palavras da mãe.

— Vão cuidar bem do Greg. Ele não vai passar necessidade. E você irá para casa, e anunciaremos o seu noivado com o Carlos.

— Vão anunciar o quê? — As sobrancelhas de Max abaixaram no que o homem olhou para Carlos, que, de repente, ficou um pouco mais pálido. E voltou a encarar Amanda. E logo voltou a atenção ara Anne. — Eu acho que não, senhora. Não vou deixar a Amanda ir embora.

— Como assim? — Ela olhou da filha para Max, vendo o braço protetor do homem envolvendo os ombros de Amanda. — Mandy? Você tem dormido com esse... esse *policial?* — Quando Amanda não confirmou nem negou, a mãe ofegou. — Você está de brincadeira comigo? Você vai desistir de tudo o que o Carlos e a família dele poderiam te dar... por isso? Por esse trabalhador braçal? — Anne cuspiu "trabalhador braçal" como se as próprias palavras tivessem sujado a língua dela.

— O que isso tem a ver com qualquer coisa, mãe? Você prefere que eu me case com um homem que não amo só porque a família dele é rica. Você quer que eu seja igualzinha a você?

Carlos se posicionou ao lado da mãe de Amanda, lançando um olhar nervoso para os dois homens maiores. Homens que também eram policiais.

— Anne.

— Carlos, eu tenho tudo sob controle.

O sotaque dele estava mais pesado do que nunca, algo que Amanda sabia que acontecia quando ele mentia ou quando estava nervoso.

— Anne, acho melhor irmos embora.

— Não vou embora sem a minha filha.

Max se colocou diante de Amanda, protegendo-a da vista deles.

— Você não tem escolha. Se não saírem daqui agora mesmo, vou levar os dois sob custódia.

Amanda saiu de trás de Max para encarar Anne. Aquela mulher era a mãe dela; Amanda tinha que assumir o controle da situação. Pela primeira vez na vida, percebeu que precisava estar no controle. Não outra pessoa.

— Mãe, é melhor você ir.

— Mandy, por favor. Não jogue a sua vida fora. Eu só quero o melhor para você.

Amanda fechou os olhos, em seguida jogou a cabeça para trás, soltando uma risada amarga. Voltou a focar a mulher mais velha.

— Nossa, mãe, você tem um jeito engraçado de demonstrar isso — disse ela, tocando a bochecha que ainda ardia. — Do mesmo jeito que você pensou ser melhor eu não comparecer ao funeral do meu pai? Igual a como você achou melhor não me contar que o meu pai tinha morrido até dias *depois* do funeral, para que eu não pudesse vir? — Ela confrontou

Carlos. — Sabia disso, Carlos? Sabia que essa mulher foi capaz disso?

Carlos balançou a cabeça, triste.

— Não. *Lo siento, mi corazón.*

— Tenho certeza de que sente — Amanda colocou para fora, com tom de deboche. — E não me chame assim.

Max estudou o rosto de Amanda, a preocupação estava estampada na tez do policial.

— Você quer que eu a prenda? Eu tenho todo o direito de fazer isso. Ela deixou uma marca.

— Não. — Foi então que Amanda percebeu que Marc e Greg tinham desaparecido. A viatura de Marc não estava mais lá. A garagem não estava mais bloqueada. Os intrusos poderiam ir embora.

— Senhora, hora de ir. E vou te dar este aviso: se eu te vir aqui de novo sem a permissão da Amanda, vou te prender. É uma promessa.

Amanda observou a mãe em choque agarrar o braço de Carlos para recobrar o equilíbrio. Ele a levou até o carro, ajudando-a a se acomodar no assento do motorista. Enquanto ele mesmo se endireitava, Amanda gritou:

— Carlos!

Ele olhou para ela.

— *Nunca deseo ver o oír de usted otra vez.*

Ele inclinou a cabeça, compreendendo, antes de deslizar para o assento do passageiro.

Amanda ficou congelada no lugar até o Mercedes prata desaparecer rua abaixo.

Ela soltou um suspiro vacilante. E começou a tremer descontroladamente. Odiou aquilo. Odiou a fúria esmagadora que sentiu naquele momento. Odiou o fato de a mãe ter conseguido fazer aquilo com ela.

Não foi nem tanto o tapa, mas o descaramento de ter

pensado que Amanda largaria tudo e voltaria correndo quando ela chamasse. Ou quando a comprasse. Dinheiro não era tudo. Amanda estava aprendendo isso.

Max se aproximou para abraçá-la e aninhou a cabeça da mulher sob o queixo. Ela se apoiou na farda azul-escura, reconfortada pela firmeza e pelo cheiro dele. Respirou fundo, tentando controlar as emoções.

A voz dele soou baixa e um tantinho rouca em seu ouvido:

— O que você disse a ele?

Ela se acalmou enquanto Max acariciava suas costas.

— Que eu nunca mais quero ver nem ouvir falar dele. — A mão de Max parou, e ele se soltou dela.

— Vamos entrar. Têm olhos demais por aqui.

Amanda concordou e o seguiu para dentro de casa.

Assim que ele fechou a porta, pegou-a pela mão e a levou até o sofá.

— O que aconteceu com o Greg?

— Ele está com o Marc.

— Ah. — Afundaram no sofá. Amanda se apoiou em Max, precisando sentir a energia dele. Estava exausta. — O que eles estão fazendo?

— O Greg está tendo uma aula de direção.

— Uma o quê? — Levou uns segundos para a ficha dela cair. E logo ficou preocupada. — É seguro?

— Amanda, estamos em Manning Grove. Não em Miami.

ERA EGOÍSTA DA PARTE DELE, mas ficou feliz por Marc ter levado Greg consigo. Max queria ficar sozinho com Amanda. A aula de direção era segura. Marc era responsável e um bom policial; o garoto estaria em segurança.

Mesmo assim, esperou que aquela acabasse sendo uma noite tranquila em Manning Grove.

Voltou sua atenção para a irmã de Greg. A bochecha dela ainda estava vermelha e um pouco irritada.

— Tudo bem? Quer um pouco de gelo?

Amanda levou os dedos até a bochecha.

— Estou bem. Você não tem que voltar para o trabalho?

— Na verdade, estava no finzinho do meu turno. Mas, agora, quero conversar com você.

— Sempre que você diz isso, acabamos pelados.

Ele riu baixinho. Ela tinha razão.

— Infelizmente, desta vez vai ter que ser diferente. Ainda estou em serviço até devolver a viatura e tirar a farda. — Ele afastou do rosto dela uma mecha teimosa de cabelo castanho-avermelhado e a prendeu atrás da orelha. — Por que eles vieram aqui pessoalmente?

— Eu me recusei a atender às ligações dos dois.

— Quem era?

Amanda entendeu o que Max estava perguntando.

— Um ex-namorado.

— Sua mãe mencionou um noivado.

— Nos sonhos dela.

— Por que ela quer que você se case com ele?

— Porque o Carlos e a família têm dinheiro. Não apenas dinheiro, mas dinheiro *antigo*. E acho que a minha mãe pensa que dinheiro é mais importante que amor. Não, eu não acho; eu tenho certeza.

Max quase ficou surpreso por Amanda não concordar com a filosofia da mãe. Mas, então, ele não conseguiu evitar notar o quanto ela tinha amadurecido desde que chegou a Manning Grove; parecia que os meses tinham sido anos.

— Vocês namoraram?

— Durante toda a faculdade. Mas, depois que o peguei

me traindo com a minha melhor amiga duas vezes, dei-lhe um pé na bunda.

Carlos não a merecia. Max poderia não ser rico e ser um "trabalhador braçal", a bruxa tinha dito aquilo como se fosse um insulto, mas qualquer um podia ver que ele era um partido melhor que o Carlos.

Caso ele estivesse tentando ser um partido, claro.

Mudou o assunto.

— No que você é formada?

— Administração. Foi outra coisa que a minha mãe controlou. Ela insistiu para que eu me formasse nisso. Esperava que eu conhecesse um empresário rico. — Amanda suspirou. — Eu queria ter me formado em Design de Moda. Por isso acabei trabalhando como bartender depois da faculdade, em vez de tirar vantagem do meu diploma. Foi divertido e a deixou irritada.

Aquilo soava tanto com algo que a Amanda dele faria, retribuindo na mesma moeda. A Amanda *dele*...

— Então você teria vindo para o funeral do seu pai se tivesse sabido?

— É claro! Até podemos não ter sido próximos, mais uma coisa que a minha mãe controlou, mas ele ainda era o meu pai. Quando descobri que ela nunca me repassou o recado... Tenho certeza de que a Dolores esperava que uma mãe fosse contar para a filha que o pai morreu. Não foi culpa da Dolores.

— Sabe, mesmo depois de todos esses anos sendo policial e fuzileiro, nunca ouvi nada tão cruel.

Amanda voltou os olhos arregalados e vidrados para ele.

— Foi cruel mesmo, não foi?

O coração de Max acelerou. Esticou a mão e, com o polegar e o indicador, voltou o rosto dela na direção do seu.

Aquela mulher o deixava sem fôlego.

Estudou o rosto dela.

— Max — sussurrou Amanda.

Ele roçou os lábios nos dela. E de novo. Os lábios de Amanda se abriram, dando a ele acesso completo. As línguas dançaram uma com o outra. Ele enterrou as mãos no cabelo da mulher, na tentativa de trazê-la ainda mais para perto.

Beijou os cantinhos da boca de Amanda, então se afastou um pouco antes de perder a cabeça por completo.

— Fico feliz em saber que o amor é mais importante para você do que o dinheiro — murmurou nos lábios dela.

— Por quê?

Como poderia responder àquilo? Por que tinha amolecido tanto? Não podia responder. Não tinha amolecido.

Max desembaraçou os braços deles e se endireitou.

— Tenho que voltar para a delegacia. Vou comprar algo para comermos e volto para cá. Vou pedir para o Marc trazer o Greg depois do turno.

Ao sair da casa, as emoções o acertaram bem na testa, como um tijolo.

Estava perdido. Completamente perdido.

Capítulo Dezesseis

O TOM MELÓDICO COMEÇOU SUAVE; e quanto mais tocava, mais alto ficava. Levou alguns segundos para Amanda localizar o celular, mas finalmente o encontrou sob a almofada da NASCAR do irmão, a qual tinha sido jogada ao acaso no sofá.

Não teve dúvida de que o irmão havia brincado com o celular dela outra vez. Teria que esconder o aparelho dali em diante. Esperava que não fosse receber a conta do próximo mês com ligações caríssimas para a Itália. Que nem no mês passado.

Olhou para o número que ligava para ela. Não o reconheceu, mas conhecia o código de área. Flórida.

— Alô?

— Querida...

A voz do padrasto era inconfundível.

— Oi, Norman. — Esperou, segurando o fôlego, para descobrir por que ele estava ligando. Ainda mais depois do que ocorreu da última vez em que tinha visto a mãe. — Está tudo bem?

Talvez ele quisesse resolver a situação. O padrasto faria qualquer coisa por Anne. Amanda não conseguia entender o porquê.

— É a sua mãe.

— É claro que era. *Lá vem...*

— Ela não está bem.

...o sentimento de culpa.

— O quê? Ela ainda está chateada depois do que aconteceu quando ela apareceu aqui e tentou assumir as rédeas da minha vida de novo?

— Não. Bem... sim, ela está chateada com isso. Mas, não, não é por isso que estou ligando. A sua mãe está doente.

Amanda fez uma pausa.

— Como assim? Ela parecia ótima quando veio aqui.

E foi há apenas um mês.

— Ela está muito doente, Amanda. Os médicos a mandaram para casa. Eles não têm mais o que fazer.

A mão de Amanda tremeu. Ela se sentou no sofá.

— Sim, sei. — Não acreditava. Aquilo era apenas outro truque da mãe. Tinha que ser.

— Querida, eu já menti para você antes?

Sendo sincera, poderia dizer que o padrasto nunca mentiu para ela. Mas a mãe tinha se casado com ele há pouco menos de dois anos, e Amanda não esteve presente em seis daqueles meses. Não era como se ela estivesse apta a saber do que ele era capaz. Afinal de contas, o homem tinha se casado com Anne, isso não lhe dava muita credibilidade.

— É sério mesmo?

— Eu não teria te ligado se não fosse. Você precisa vir para cá imediatamente.

— O que ela tem?

— Te explico quando você chegar. Venha logo para casa. Ela quer te ver.

A culpa veio com força. Ela estava dividida. Poderia ser uma armadilha, mas e se não fosse? Poderia viver consigo mesma se não fosse e algo terrível acontecesse com a mãe?

Seria descabido pedir os laudos médicos como prova antes de gastar quatrocentos dólares em um voo de última hora para Miami?

Amanda suspirou.

— Tudo bem, vou pegar o primeiro voo que eu conseguir.

Desligou antes que o padrasto pudesse sequer se despedir.

Rolou os contatos do celular até encontrar o número que queria. Ligou para a casa dos Bryson.

— Ma. É a Amanda.

— Amanda, querida! Como você está?

— Desculpa te ligar de repente, mas tenho um favor para te pedir.

— É claro, o que houve?

— Minha mãe está muito doente, e eu preciso ir para Miami. Você me faria um grande favor e cuidaria do Greg e do Caos até eu voltar?

— É claro! Vai ser um prazer.

Por que a mãe dela não poderia ser como Mary Ann? Amorosa, aberta... confiável?

— Alguém vai precisar buscar ele na casa de repouso. Não sei quanto tempo vou ficar lá.

— Querida, não tem problema. Não temos nada para fazer a não ser observar essas árvores crescerem. Vamos amar a companhia, já que os garotos não estão mais em casa.

— Obrigada. O Greg vai amar. Vou deixar uma mala para ele lá na casa de repouso quando eu estiver a caminho do aeroporto.

— Vá com Deus, Amanda. Não se preocupe; cuidaremos muito bem daquele garoto.

— Eu sei que vão. Obrigada, Ma.

Depois de uma rápida ligação para a casa de repouso, Amanda subiu correndo a escada. Tinha que fazer três malas: uma para ela, uma para Greg e outra para Caos. Já estava odiando as quatro longas horas que levaria para chegar ao aeroporto.

***

AMANDA SE SENTIU SORTUDA por encontrar um voo naquela noite, saindo da Filadélfia, que não estava lotado e com apenas uma escala curta em Atlanta. Aliviada, pousou em Miami sem quaisquer intercorrências. Odiava viajar de avião.

Apesar de já passar da meia-noite, o calor sufocante e fora do comum a atingiu assim que saiu do terminal e chamou um táxi. Costumava amar aquele calor. Agora, parecia algo miserável. Úmido. Opressivo...

Foi uma viagem de quarenta minutos até o condomínio da mãe. O porteiro não reconheceu Amanda no banco traseiro, mas deixou o táxi entrar de qualquer maneira.

Ao avançarem pelo bairro, começou a se sentir enojada com o desperdício de dinheiro naquelas casas desproporcionais. Nunca tinha se sentido assim. Agora, vivendo em Manning Grove, o excesso era óbvio. Ninguém precisava de tudo aquilo para ser feliz.

Assim que o táxi chegou à casa que tinha uma trilha de tijolinhos no formato de ferradura e estacionou no jardim meticulosamente aparado do terreno de mais de três mil metros quadrados, ela se perguntou por que uma residência tão grande era necessária para apenas duas pessoas. Duas pessoas que, diga-se de passagem, quase nunca estavam em casa.

E o que deixou Amanda ainda mais enojada era que aquela casa era uma das menores do bairro. A casa em que viva com Greg em Manning Grove era praticamente do tamanho da garagem da mãe.

Ao se inclinar para pagar o taxista, um dos funcionários desceu correndo para tirar a única bagagem dela do porta-malas.

— Srta. Amanda?

— Sim.

— Me acompanhe. Seu pai está esperando.

— Ele não é o meu pai — murmurou ela.

Sabia que não faria bem algum apontar aquilo para o funcionário, pois era provável que nenhum deles se importava com esse pormenor. Seguiu o homem uniformizado, outro gasto ridículo, de quarenta e poucos anos até o imenso hall de entrada.

O padrasto, vestindo um roupão, a cumprimentou com um beijo rápido na bochecha e um tapinha fraco nas costas. A mente de Amanda foi direto para os abraços apertados e fortes de Ron Bryson no Natal passado. Tinha se sentido mais em casa lá, como uma convidada, do que se sentia nessa casa.

— Você chegou rápido. Se eu soubesse que viria hoje à noite, teria mandado um carro.

Era possível que a mãe estivesse doente e, provavelmente, morrendo. É claro que tinha vindo rápido.

— Bem, você disse que era urgente.

— E é. É mesmo, minha querida.

— Cadê a minha mãe?

— Está na cama. Dormindo. Por que não vai se acomodar no seu quarto e descansar um pouco? Você pode vê-la pela manhã.

Amanda olhou para o seu relógio Bulova, de ouro e

diamantes, tão descabido em Manning Grove, mas até que conservador no novo ambiente. Eram quase *duas* da manhã.

— Tudo bem, você tem razão. Não quero atrapalhar o sono dela. Te vejo pela manhã.

Amanda subiu a escadaria sinuosa antes de o padrasto conseguir lhe dar outro beijo na bochecha.

Encontrou o quarto "dela" e percebeu que um dos funcionários já tinha deixado sua mala ali. A mãe havia designado aquele quarto como sendo o de Amanda quando compraram a casa, apesar de a filha nunca ter morado ali. Outra ilusão da mãe. Olhou ao redor e notou, desgostosa, que *alguém* havia espalhado fotos de Carlos por todo o cômodo.

Não conseguiria dormir com os olhos escuros do homem a encarando de todas as direções, então deu a volta e estapeou todas as molduras de cara para baixo. Depois disso, trocou de roupa e, com um suspiro longo e exausto, se rastejou para a cama.

Estava acabada.

— Oi, mãe.

— Oi! Bem a tempo do jantar. — Mary Ann se aproximou e inclinou o rosto na direção do filho. Obediente, Max se abaixou para deixar a mãe beijá-lo.

— O cheiro está ótimo; o que você está preparando?

— Frango com mel.

O estômago de Max roncou em resposta.

— Uau, e qual é a ocasião? Faz um tempão que você não prepara esse prato. Você disse que a receita faria o papai parar no hospital.

Mary Ann acenou a mão para o filho.

— Bem, nós temos visita.

— É mesmo? — Max franziu as sobrancelhas. — Quem?

— Espere. Você não sabe? — Uma emoção atravessou o rosto da mãe, mas ela a deteve antes que Max pudesse interpretá-la.

Ele olhou para a mesa com tampo de madeira e notou mais um lugar posto.

— Eu deveria saber?

Teriam convidado Amanda para que examinar a relação dos dois? Amanda tinha prometido que não diria nada para a mãe dele.

A voz retumbante do pai precedeu a chegada dele na cozinha:

— O jantar está pronto, senhora?

Mary Ann sorriu ao ouvir o termo carinhoso do marido.

— Esse garoto aqui e eu estamos famintos; trabalhamos duro o dia todo podando aquelas árvores.

Ron atravessou a porta da cozinha e parou.

— Pensei ter visto a sua caminhonete lá fora. Sempre tem espaço para mais um à mesa. — Ron se virou, olhando para trás, e gritou: — Venha, garoto. Pare na pia e lave essas suas mãos sujas antes de jantar.

Greg passou por Ron. As sobrancelhas de Max se ergueram ao olhar para o jovem, surpreso. Ele vestia uma camiseta rasgada, tinha mais de uma mancha de terra no rosto, as mãos estavam cheias de terra, e ele cheirava a pinheiro.

Sem mencionar que também parecia um.

A mãe de Max apareceu e começou a tirar as agulhinhas da camiseta e do cabelo desgrenhado de Greg.

— O que vocês fizeram? Brigaram com as árvores? Agora, vá se lavar.

Greg sorriu e fez o que lhe foi ordenado, alargando ainda mais o sorriso ao passar por Max.

— Max... Max! Eu estava podando árvores.

— Estou vendo, parceiro.

Ele se virou para os pais, que pareciam muito nostálgicos, parados um ao lado do outro observando Greg lavar as mãos com água e sabão. Max viu seu desejo ávido por netos.

Fez careta para o comportamento dos pais e abaixou a voz antes de perguntar:

— O que ele está fazendo aqui?

— Max, achei que você soubesse. Achei que ela tivesse te contado.

— A Amanda? O que ela deveria ter me contado?

— Que ela teve que sair da cidade.

De repente, o pânico apertou seu peito. Aquela era a última coisa que ele esperava.

— Como assim? Para sempre?

— Não, seu bobinho! A mãe dela está doente. Ela teve que ir correndo para Miami.

Ele pegou o celular para verificar se havia alguma mensagem ou ligação perdida.

O telefone estava sem bateria. *Droga.* Não era a primeira vez, e ele estava cansado daquela porcaria de aparelho sempre o deixando na mão. Compraria um novo amanhã de manhã.

Tinha certeza de que Amanda havia tentado falar com ele. Era o que ela teria feito, não era? Ainda mais porque as coisas entre eles estavam indo muito bem nesse último mês.

Mas, não importava o que tivesse acontecido, Max estava grato pelos pais terem abrigado Greg temporariamente.

— Quando ela foi?

— Ontem, tarde da noite. Disse que ia pegar um voo de última hora.

Ele balançou a cabeça.

— O estado da mãe dela é sério?

— Não sei, filho. Pensei que você tivesse falado com ela. Ela não nos deu muitos detalhes. Disse que não sabia quando voltaria. Mandou uma mala enorme junto com o garoto, ele tem roupas o suficiente para o mês todo.

O mês todo. A mãe devia estar exagerando.

Max jantou, impaciente. Sentia-se tão agitado quanto Greg. Nem sequer aproveitou uma das suas refeições preferidas. Não conseguia tirar Amanda da cabeça. Preocupou-se com ela viajando sozinha.

Droga, preocupou-se com ela estar em qualquer lugar perto daquela mãe ardilosa e de seu cachorrinho, Carlos.

Esperava que Amanda não estivesse se metendo em problemas.

Capítulo Dezessete

Amanda passou o dia ao lado da mãe. A mulher foi simpática, falou bastante e pareceu estar boa o suficiente para assistir a todas as suas novelas diurnas.

Não agia como se estivesse doente. Não mesmo. O cozinheiro lhe serviu todas as refeições na cama, e , vez ou outra, o padrasto de Amanda ia ver como a esposa estava.

Anna amou a atenção. É claro.

Aquilo deu nos nervos de Amanda. Não conseguiu evitar se perguntar se a mãe estava "morrendo" como tinha dito. A mulher não parecia muito doente. Anne não tinha nem mesmo o nariz entupido.

Estava com apetite e as bochechas estavam coradas e, com certeza, passou um bom de um tempo no telefone, fofocando com as amigas do clube de campo.

Bebeu um monte de suco e foi várias vezes ao banheiro. Sem qualquer assistência.

Toda vez que Amanda perguntava para a mãe qual tinha sido o diagnóstico, ela inventava uma desculpa diferente para não saber qual era, inclusive a de não conseguia pronunciar, o nome da doença. Mas sabia que era, ou que pelo menos poderia vir a ser, fatal. Engraçado como o médico não tinha ligado nenhuma vez para ver como a mulher estava. E não havia qualquer enfermeira na casa? *Até parece.*

Não que Amanda quisesse a mãe morta, mas Anne lhe pareceu bastante saudável.

Assim que se sentou ao lado da cama dela, Anne estava igual a uma rainha com a sua camisola dourada resplandecente, Amanda começou a se irritar.

Quis tanto voltar para Miami, mas agora que estava ali... queria ir embora.

Por incrível que pareça, não estava só sentia saudade de Manning Grove, mas também de um certo homem grande e frustrante de farda azul. E de Greg.

A cabeça de Norman apareceu à porta.

— Amanda, você tem visita. — A cabeça desapareceu e, segundos depois, a porta se abriu com tudo. Gritinhos de deleite ecoaram pelo cômodo, e Amanda fez uma careta.

As três amigas entraram no quarto, se revezando para abraçá-la.

Não deixou de notar o sorriso astuto da mãe.

— Mandy! Estávamos com saudade. — *Meghan.*

— Estamos tão felizes por você estar em casa. — *Allison.*

— Estava na hora de você acordar para a vida e voltar para a realidade. — *E Darcie.*

— Sim, voltar para o mundo real.

Enquanto as três tagarelavam, Amanda simplesmente ficou parada ali, encarando as amigas, assombrada.

— O que vocês estão fazendo aqui?

— Ué, Amanda, ficamos sabendo que você estava em casa. Deveria ter nos ligado! Não poderíamos perder a oportunidade de nos reunirmos. Oi, sra. Bingman.

— Oi, garotas! Entrem, entrem. Sentem-se. — Ela deu um tapinha no colchão macio. —Podem se sentar na cama.

As três mulheres se acomodaram na beira da cama.

— Como você está? — perguntou Allison.

— Muito melhor agora que vocês, meninas, estão aqui.

Amanda olhou de soslaio para a mãe, algo frio se espalhou por suas veias. Não poderia mais negar que tinha caído em uma armadilha. Era tão ruim assim Amanda ter tido esperanças de que, um dia, Anne agiria como uma mãe de verdade? Uma mãe que amava a filha não importa o que acontecesse? Por que continuava fazendo isso consigo mesma? Lá no fundo de sua mente, uma voz cínica respondeu: *porque você é uma idiota!*

Darcie se inclinou na direção de Amanda.

— Mandy, você tem que sair com a gente hoje. Nós vamos dançar!

Meghan se intrometeu:

— Você não pode dizer não. É sexta-feira!

— É, não vamos te deixar aqui.

— Estou com a limusine do papai — cantarolou Allison. — Então todas poderemos beber.

Com toda a seriedade que conseguiu reunir, Amanda respondeu:

— Não posso. Minha mãe está doente. Não posso deixá-la.

— É claro que pode, querida. Vou ficar bem. Saia e se divirta.

Aquela era a exata reação que esperava. Pela primeira vez, a mãe não a decepcionou.

— Vamos, Mandy, tem uma boate nova muito legal. Eles servem martinis de tudo quanto é sabor.

— Você ama martini. Lembra de quando você bebeu

quatro martinis Godiva de chocolate em uma hora e o Carlos teve que te levar para casa, porque você...

Amanda as interrompeu abruptamente:

— Sim, eu lembro. — Apesar de que gostaria de esquecer. Não precisava ser lembrada em detalhes da própria estupidez.

— E o Carlos vai se encontrar com a gente.

Outro peão no jogo na mãe. Amanda ficou surpresa por ter demorado tanto para o nome dele ser mencionado. Na verdade, ficou surpresa por ele não ter simplesmente "aparecido" lá; talvez a mãe tivesse percebido que aquilo estragaria o teatrinho na mesma hora.

— Mandy, ele está com saudade. — Allison fez beicinho.

— Venha com a gente.

O olhar de Amanda foi da mãe para as amigas.

Pressionou os lábios.

— Eu ligo para vocês mais tarde. Minha mãe precisa descansar.

As mulheres ficaram decepcionadas. Amanda não deixou de notar os olhares fugazes que lançaram para a mãe, que estava recostada em inúmeros travesseiros como se fosse a Rainha da Inglaterra. Na verdade, parecia mais a Rainha do Drama.

Amanda se esquivou das últimas tentativas duvidosas de fazê-la sair com as garotas. No fim, acabaram indo embora.

Quando o quarto voltou a ficar em silêncio, Amanda se virou para Anne. Deu o melhor de si para manter a voz calma e equilibrada.

— Quem ligou para elas?

— Pedi para o Norman avisar as meninas. Pensei que seria divertido você se reunir com as suas amigas. — Depois de uma pausa, ela continuou: — E com o Carlos.

Amanda alisou o edredom, ergueu-o até a cintura da mãe

e o prendeu ao redor da mulher com uma delicadeza exagerada. Mansa, ela perguntou:

— Mãe, você já não se intrometeu o suficiente?

— Mandy, você sabe que eu quero apenas o que é melhor para você.

Amanda descerrou os dentes, mas apenas o bastante para dizer:

— Você não para de dizer isso, mas tem certeza?

— É claro.

Ela foi até o aparador, onde tinha suco, copos limpos e alguns frasquinhos de comprimidos, e os encarou com a visão desfocada.

— É por isso que está fingindo estar doente?

A resposta da mãe demorou muito. Levou tempo demais.

— Eu não estou fingindo.

Amanda inclinou a cabeça para cheirar o jarro de suco. Pegou o frasco de cristal lapidado e o levou aos lábios.

A queimação da vodca desceu pela sua garganta e esquentou a barriga.

— Hum. Vodca e suco de laranja. — Pousou o jarro com cuidado e, sem pressa, se virou para encarar a mãe. — É isso que o médico receitou?

Enfim, a mãe ficou um pouco pálida.

— Querida...

— Que droga! — Amanda deu meia-volta e saiu de lá feito um furacão. As fotos no corredor sacudiram com o bater da porta.

Tinha ouvido o bastante.

Tinha aguentado o bastante.

Deu de cara com o padrasto no topo da escada.

— Tem algum dedo seu nisso? — acusou-o Amanda.

— O quê?

— Nada! — Desviou e passou por ele, tentando controlar

a raiva. Amanda cerrou os dedos, reunindo toda a sua força de vontade para se impedir de empurrar Norman escada abaixo.

— Aonde você vai?

Ela deu uma risada seca.

— Dar uma volta antes que eu a estrangule. — Parou nos degraus. — E a você também.

Então, desceu a escada e saiu pela porta.

<hr>

MAX ABRIU os contatos que havia acabado de passar para o celular novo. O nome de Amanda estava no topo da lista. Clicou nela e apertou o botão Ligar. Não tinha nem sequer saído do estacionamento da loja de celulares. Estava ansioso demais para falar com ela.

Depois do segundo toque, pensou que teria de deixar uma mensagem de voz. Queria muito ouvir a voz dela.

Ela atendeu no terceiro toque.

— Alô?

— Alô? — ecoou Max. A mulher soou estranha.

— Quem é?

— É o Max, quem mais seria? Tudo bem?

— Max? Ah. — O tom amargo foi reconhecido na mesma hora. — Você é aquele policial, não é?

Aquele policial.

Anne. A mãe de Amanda.

Droga.

— Cadê a Amanda? Eu quero falar com ela.

— Minha filha não é problema seu. E ela está ocupada.

Os dedos espremeram o celular com força, e Max soltou um longo suspiro.

— Cadê ela? Por que você está com o celular dela?

— Ela não é problema seu.

Quantas vezes tinha ouvido a mesma coisa da própria Amanda? Mas tudo era diferente agora. As coisas estavam indo tão bem... Ou, pelo menos, era o que ele pensava.

— É sim.

— Ela não quer falar com você. Ela me deu o celular quando viu que era você. Ela não quer mais te ver. Não quer mais nada com você.

— Você está mentindo.

— Não, ela está sentada bem aqui. Amanda, quer falar com ele? — Houve uma breve pausa do outro lado. — Ela está dizendo que não. Voltou para casa de uma vez por todas. Está aonde ela pertence.

— Quero ouvi-ladizendo isso.

— Ela se recusa a falar com você. O que foi, querida? — A pausa foi mais longa daquela vez. — Ah, ela quer que eu te diga que ela vai anunciar o noivado com o Carlos.

Max hesitou. Não devia ter escutado direito.

— Ela não abandonaria o Greg.

— Vamos garantir que ele encontre uma boa casa.

Uma boa casa? Como se ele fosse um animal que morava em um abrigo?

— Ela não...

— Nos deixe... deixe-a... em paz! Ela não te quer mais. Você não é bom o suficiente para ela.

E desligou.

Xingando, Max atirou o celular novo com tudo no assoalho do carro. Esmagou-o com o calcanhar da bota em um monte de pedacinhos pontiagudos.

Tudo ao redor dela era exagerado. Casas enormes, carros gigantes e gostos caríssimos.

Tudo desnecessário. Tudo inútil, exceto para impressionar.

Continuou a caminhar pelos quarteirões e pelas ruas sinuosas do condomínio, tentando amenizar a raiva que sentia da própria mãe.

Tinha caído nos joguinhos de Anne. Tola. Estúpida.

Pensou em Mary Ann e em toda a generosidade da mulher. Disposta a ajudá-la sempre que pedia. Sem segundas intenções. Sem joguinhos. Tudo sempre sincero.

Por que Amanda não podia ter uma mãe daquela?

Pensou nas diferenças entre Carlos e Max.

Carlos: Infiel. Mimado. Maria vai com as outras. Facilmente manipulado por Anne.

Max: Íntegro. Poderoso. Sem nenhum pingo de indecisão no corpo. Tudo bem, exceto quando se tratava do relacionamento dos dois. Mas tinha melhorado desde que declararam "trégua" no mês passado.

Ele sempre aparecia quando ela precisava. Era natural para ele lidar com Greg. E Greg também o amava.

Greg *também* o amava.

Parou de caminhar e fechou os olhos. *Caramba*. Ela o amava. Ela amava o Max! Não queria viver sem ele.

Voltaria para a aquela casa, arrumaria a mala e seguiria viagem até seu lar.

Lar.

Manning Grove.

Greg.

Max.

Não havia mais nada para ela ali em Miami.

Nada que ela queria. Ou precisava.

Voltou correndo para a casa. Cada passo determinado que dava era um passo em direção ao seu lar.

Ao entrar em silêncio, atravessou a sala de estar. A mãe estava ali. Fora da cama. Perfeitamente maquiada, banhada a joias e vestindo um terninho elegante de marca, bebericando o que parecia ser... um Cosmo!

Amanda parou no meio do caminho, voltando a fervilhar de raiva.

— Está se sentindo melhor, mãe? Foi uma recuperação milagrosa?

— Querida, você sabe que eu fiz tudo aquilo por você. Eu estava desesperada para te tirar daquele... daquele lugar. Eu precisava te lembrar do que você estava perdendo. Te lembrar do que você tinha aberto mão. Não quero que você volte. Olhe para tudo o que você pode ter aqui. Dinheiro, amigos, um lar conosco, tudo o que você quiser...

Tudo o que ela quisesse.

Não queria nada da mãe. Nada mesmo.

Tudo o que ela queria estava no Norte.

Amanda cortou o discurso da mãe:

— Esse aí é o meu celular?

Anne olhou para o celular em suas mãos, quase como se não tivesse notado que ainda o segurava. A boca se abriu e se fechou antes de ela responder. Então a mãe ergueu o queixo como uma criança insolente.

— Tocou, e eu atendi.

— Quem era? — perguntou Amanda, com cautela. — Era o Max? — Arrancou o celular dos dedos da mãe e verificou o histórico de chamadas. Era.

— É esse o nome dele?

— O que você disse a ele?

— Contei a verdade: você está em casa agora. Ele não é bom o suficiente para você.

— Mãe, você não reconheceria a verdade nem se ela te desse um tapa no meio da cara.

Anne ignorou o rompante da filha.

— Eu disse a ele que você voltou com o Carlos.

Amanda afundou no sofá, e deixou a cabeça cair nas mãos.

— E o que ele disse?

Anne ficou em silêncio por um tempo. Amanda sentiu o sofá afundar enquanto a mãe se se sentava ao seu lado. Ela colocou a mão sobre a de Amanda, como se tentasse suavizar o golpe.

— Ele disse: foi tarde.

Foi tarde. Amanda riu histericamente. Foi tarde! Aquelas palavras nunca teriam saído da boca do policial Max Bryson. Ele poderia ter dito: "Ela pode ir se ferrar", ou "Dane-se", ou qualquer outra coisa que fosse um xingamento, mas jamais "foi tarde".

De repente, a mãe soou desesperada.

— Amanda, é verdade. Ele disse que nunca mais quer te ver. Desculpa, Mandy. Sei que você tem uma quedinha por ele, mas acabou. Ele gostou de saber que você precisava de algo a mais na vida. Que você merece apenas o melhor.

— Não... — Amanda encarou a mãe, o calor subiu pelo seu pescoço. — Não. O Greg precisa de mim. Estou indo embora.

Correu até o quarto e jogou as roupas na mala. Chamou um táxi, e passou os contatos do celular até encontrar o nome de Max. Clicou em ligar.

O telefone dele tocou e tocou. O homem não estava atendendo. Max não queria falar com ela. Não o culpava.

Ouviu a voz dele no correio de voz. Queria deixar uma mensagem, mas ficou com medo.

O coração doía. De repente, sentiu-se muito sozinha.

— Estou voltando para o meu lar — sussurrou, antes de desligar.

"Existe uma linha tênue entre o amor e o ódio" Teddy lhe disse certa vez. Ambas são emoções ardentes. Ela amava Max. Não negaria mais.

Precisava dele. Precisava voltar para a Pensilvânia.

TEVE MAIS dificuldade para encontrar um voo saindo de Miami em cima da hora do que teve na Filadélfia. Acabou tirando um cochilo agitado em um banco de plástico nada confortável na área de embarque até conseguir pegar o avião.

Amanda não se lembrava de já ter pegado um voo tão ruim. Entre a turbulência de revirar o estômago e ser esmagada no meio de um homem enorme com um bafo horroroso e outro que não parava de dar em cima dela, estava com os nervos à flor da pele. Imaginou que o aspirante a pretendente não havia entendido o significado do olhar feio que ela lhe lançou: não estava interessada. Agora, o olhar feio estava inclusive tendo espasmos.

Por mais tentada que estivesse a comprar um drinque com a aeromoça, não conseguiu se obrigar a gastar oito dólares em uma mísera bebida de 120ml. E, de qualquer forma, precisaria de dez vezes aquela quantidade para se acalmar. Ou para apagar.

Com a sorte que tinha, ficaria agressiva, e o agente de bordo teria que apagá-la a força. Ultimamente, parecia que aquela era a única reação que ela recebia dos agentes da lei.

No segundo em que pousaram, tentou ligar para Max outra vez. Ainda nenhuma resposta.

Ou o telefone estava desligado, ou ele a estava ignorando.

Por causa do trabalho, Amanda sabia que o homem

nunca desligava o celular, então, aparentemente, ele não queria falar com ela. Desespero e aflição fervilharam dentro dela.

Enquanto esperava pela mala, ligou mais três vezes. Não lhe restava mais um pingo de paciência.

Ao arrastar a mala pelo aeroporto, desviando de inúmeras pessoas, a mala retorceu e uma das rodinhas desencaixou. Observou, sem ter o que fazer, o pedacinho de plástico preto, aquela *merda* de rodinha, disparar pela multidão para nunca mais ser vista.

Droga!

Enfiou o puxador para dentro da mala com força, agarrou a alça lateral e a carregou até o assento mais próximo. Caiu com tudo na cadeira, e segurou a cabeça.

Não ia chorar. Não ia chorar.

Não ia chorar.

Algum mal-educado se sentou ao seu lado e lhe deu uma cotovelada. Aquela era a última coisa de que precisava. Tinha certeza de que havia outros assentos nos quais o indivíduo poderia ter sentado a bunda gorda. Por que ao lado dela? Por que não viam que ela estava tendo uma crise?

Recostou-se, tirou o cabelo do caminho e olhou para a figura borrada ao seu lado.

Droga de lágrimas!

Piscou, tentando clarear a vista. Ia dizer poucas e boas para aquela pessoa. Ao esfregar os olhos, a pessoa agarrou o seu pulso.

— Eu não sabia o que pensar.

Amanda abriu a boca.

Max a interrompeu:

— Não, me deixe falar. Eu não sabia o que pensar. Você deixou o Greg com os meus pais; você simplesmente foi embora. Fiquei magoado por você ter ido embora sem me avisar do que estava acontecendo. Pensei que você sentisse algo por mim.

Ele não tinha recebido todas as mensagens que ela mandou?

— Eu sinto. — A visão clareou, e a própria angústia foi refletida no rosto dele.

Max abaixou a cabeça e a balançou devagar.

— Mas você não demonstra.

— Demonstro, sim!

Frustrado, ele passou a mão pelo cabelo curto.

— Eu tentei te ligar, mas a sua mãe disse...

Amanda resmungou, e secou o nariz.

— Eu sei. Eu sei o que ela falou. Não era verdade.

— Não? — Ele agarrou a mão esquerda dela e a ergueu para analisar o dedo anelar. Vazio.

Amanda apertou a mão dele, querendo nunca mais soltar. Queria se certificar de que aquilo era real. Max estava mesmo ali, e aquilo não era sua imaginação pregando peças.

— O que você está fazendo aqui? Como você me encontrou?

— Eu estava indo para Miami para te trazer de volta para casa. Te trazer de volta para mim. Eu não ia te deixar ir embora assim tão fácil.

— Mas como você me encontrou aqui? O aeroporto é gigante; tem um milhão de pessoas...

— Por acaso. Uma rodinha bateu no meu tornozelo. Eu deveria ter notado que era sua. Minha Amanda, sempre causando problemas. — Ele lançou um sorriso torto para ela. — Tenho certeza de que vai ficar roxo.

Destino.

Era o destino.

— Max...

Ele colocou um dedo sobre os lábios dela.

— Espere, eu ainda não terminei. — O homem enxugou uma lágrima solitária na bochecha dela com o polegar áspero e quente. — Amanda... eu te amo. Eu quis negar o fato... mas não posso. Eu te amo, e quero que você volte para casa comigo.

— Com você... — A ideia de um lar de verdade, de criar um lar *de verdade* com Max, fez com que ainda mais lágrimas escapassem. Ela não era de chorar!

— Sei que você não está feliz em Manning Grove, nunca vai ser igual a Miami. É um sacrifício que você vai ter que fazer...

— Não...

— Mas prometo que vou te fazer feliz. Espero que isso baste. — Ele ergueu a mão esquerda dela e beijou o dedo anelar. — Estou tão feliz por você não estar usando o diamante do Carlos. — Sem soltá-la, ele ficou de joelhos diante dela.

Ele enfiou a outra mão no bolso da camisa e pegou uma caixinha preta.

— Não vai ser um anel tão grande quanto o que Carlos poderia comprar, mas... — Ele abriu a tampa.

Um lindo diamante delicado cintilou em sua casa aveludada.

— Foi o primeiro anel de noivado da minha mãe. Se não for grande o bastante, posso comprar um maior depois.

— Max — sussurrou ela. — O tamanho não importa. — Amanda corou e riu. — Você entendeu o que eu quis dizer.

Max também riu, então ficou sério.

— Vai usá-lo?

Que tipo de proposta era aquela?

Mas, antes que ela pudesse perguntar, ele sufocou seus lábios com os dele, inclinando a cabeça para tomar a sua boca por inteiro. Ela o afastou.

— Estamos em público! — reclamou ela, aos sussurros.

— Não me importo. Quero que todos saibam que você é minha. Que eu te amo. — Ele virou o rosto e berrou: — E, sim, eu quero que você se case comigo!

Um tapinha pesado no ombro fez Amanda girar a cabeça e olhar para uma senhorinha atrás dela.

— Diga sim, querida. — E, com isso, abriu um sorriso para Amanda e saiu mancando com a bengala.

Ele a estava pedindo em casamento no Aeroporto Internacional da Filadélfia no meio de centenas, não, de milhares, de estranhos.

— Por favor? — implorou Max.

Amanda olhou para baixo, para o homem que amava, o homem com quem queria passar o resto da vida, o homem de quem precisava desesperadamente... o homem que estava ajoelhado no chão sujo do terminal.

— Caramba — murmurou ela.

— Vou considerar isso um sim — disse Max, e deslizou o anel no dedo dela. Serviu perfeitamente.

Era impossível, pensou Amanda. Não tinha como ele saber o tamanho de anel dela.

Destino, foi essa a palavra que voltou a piscar em sua mente.

Estava destinada a ficar com aquele homem. Por mais que tivessem brigado, o destino venceu.

— Vamos para casa.

Ele pegou a mochila, a mala estragada e a mão de Amanda.

Enquanto ele a guiava pela multidão, ela perguntou:

— Por que você não atendeu o celular? Tentei te ligar uma dezena de vezes.

— Eu... o perdi.

Perdeu. Sei. Igualzinho como Amanda tinha *perdido* a placa do Buick.

— Bem, então, quando você o encontrar, vai ouvir uma dúzia de mensagens minhas. Podem soar um pouco malucas. Eu estava tendo um dia *muito* ruim. — Sorriu para ele e lhe apertou a mão. — Mas está tudo melhor agora.

A o DIRIGIREM para a clareira da Bryson's Tree Farm, notaram os pais de Max, junto com Greg e Caos, relaxando no grande balanço da varanda. O balançar parou quando o trio avistou a caminhonete.

Max estacionou o Chevy e, antes que Amanda pudesse descer da cabine, Greg tinha aberto a porta e tentava arrastá-la de lá. Caos, com a pata da frente ainda engessada, mancava devagar, dando latidos agudos e felizes.

Ela gritou.

— Calma, amigão; me deixe abrir o cinto.

Max se esticou pelo assento para soltar o cinto de Amanda.

A mulher conseguiu respirar por apenas meio segundo antes de Greg a apertar com força.

— Fiquei com saudade, Manda! Fiquei com saudade!

Amanda o abraçou também, inspirando o cheiro de pinho fresco do irmão. Passou a mão pelo cabelo bagunçado dele.

— Também fiquei com saudade. Você se divertiu?

— Sim, me diverti muito. — Ele a soltou e se afastou. — Fizemos árvores de Natal!

— É mesmo?

Ron se aproximou e deu um abraço apertado em Amanda.

— Bem-vinda de volta.

— É bom estar de volta — respondeu ela, sentindo aquilo bem no coração.

Amanda viu os olhos de Ron encontrarem seu dedo anelar, mas, antes que ela pudesse dizer algo, ele lhe deu uma piscadela.

Notando a troca de olhares, Max rapidamente encarou a mãe, pigarreando.

— Mãe, eu sei qual presente você sempre quis no Natal. E sei que está meio cedo para o Natal, mas... — Ele se inclinou e sussurrou no ouvido dela: — Ela disse sim.

O rosto de Mary Ann se iluminou, e lágrimas se acumularam em seus olhos. Com um gritinho alegre, ela correu para abraçar Amanda.

— Ah, meu Deus! Ah, meu Deus! Esse é o melhor presente de Natal que eu já ganhei. — Ela parou e olhou, cheia de ansiedade, de Max para a barriga lisa de Amanda, então se virou outra vez para o filho. — Bem, a não ser que vocês tenham algo a mais para me contar?

Max grunhiu alto.

— Bem, então mãos à obra, filho! Vocês só têm seis meses até o Natal.

— Mãe!

* * *

**Não deixe de ler o próximo livro da Série:
Irmãos de Farda: Marc**

* * *

Assine a newsletter de Jeanne para saber mais sobre seus próximos lançamentos, vendas e muito mais! **http://**

www.jeannestjames.com/newslettersignup (em inglês)

Irmãos de Farda: Marc

Estes são os homens de Manning Grove: três irmãos policiais que moram em uma cidadezinha onde encontrarão as mulheres que vão transformar a vida de cada um deles. Esta é a história de Marc...

O Policial Marc Bryson acha que mulheres deveriam passar bem longe do trabalho na polícia. Quando seu irmão mais velho, Max, é promovido ao posto de comandante da delegacia da cidade, a primeira coisa que ele faz é contratar uma mulher recém-formada na academia. Em seguida, faz de Marc seu instrutor.

Determinada a seguir os passos do falecido pai, Leah Grant vai enfrentar o que for preciso para virar policial. E isso inclui provar ao instrutor – que só a quer na cama, não nas rondas –

que ela merece se tornar um membro permanente da força policial.

Trabalhando em uma função predominantemente masculina, Leah desafia a ideia errada que Marc tem sobre mulheres fazerem parte da linha de frente. Mas embora se esforcem para separar o trabalho da química inquestionável entre eles, as coisas não param de esquentar e de ficar cada vez mais picantes. E depois de serem pegos no flagra, esses dois terão que andar na linha.

Será Leah capaz de provar a Marc que ela é tão boa no trabalho quanto é na cama?

**Não deixe de ler o próximo livro da Série:
Irmãos de Farda: Marc**

Irmãos de Farda: Marc

Irmãos de Farda, Livro 2

Capítulo Um

— O QUE você quer dizer com "uma mulher"? — O cabo Marc Bryson faltou pouco cuspir sobre a mesa do comandante que estava coberta pela papelada muito bem empilhada e perfeitamente espaçada na superfície imaculada.

O Comandante, que por acaso era seu irmão mais velho, ergueu a sobrancelha.

— Esperava que, na sua idade, você soubesse o que é uma mulher, Marc. Mas, pensando bem, você nunca levou nenhuma quando invadiu e ficou enfiado na minha casa.

— Ah, muito engraçado. Não invadi nada. Eu pagava todo mês pela minha estadia.

Max Bryson bufou.

— Que seja. Mas voltando ao assunto... — Marc continuou.

— Não tem nada de voltando ao assunto — Max o interrompeu sem piedade. — Ponto final. Eu a contratei, e você vai ser o instrutor dela.

Marc não queria ser Instrutor de Armamento e Tiro de uma mulher. De jeito nenhum, mas nem pensar. Mulheres não deveriam trabalhar na polícia. Nunca nessa vida.

— Por que *eu* tenho que treinar a garota? Por que você não escolheu o Dunn?

— Porque sou eu quem manda aqui.

Que droga. E seu irmão mais velho mandou e ponto, galera. O colega e policial Tommy Dunn não seria o instrutor da novata porque ele era bonzinho demais, então mimaria a mulher e não a treinaria para a realidade do trabalho. Mas Marc, sim. E mais, Dunn não era credenciado para ser IAT. Se bem que aquilo era apenas um pequeno detalhe, não era?

Merda. Marc não pegaria nada leve com uma mulher que tinha acabado de sair da academia. O irmão sabia que ele era contra a presença feminina na segurança pública. Se ela quisesse ser tratada de igual para igual, então Marc não teria problema nenhum em ser exigente e inflexível com as regras, mesmo ela sendo uma mu... uma nova recruta. *Entendido.*

Mas não precisava ficar feliz com aquilo.

— Deixa eu te lembrar: você é cabo agora. Eu te avisei, quando aceitou a promoção, que, com o aumento do salário, você também teria mais responsabilidades — chiou Max.

Ficou bem claro que o comandante estava se divertindo com aquilo. Ele não dava a mínima para como Marc se sentia com a nova "responsabilidade". Se o irmão mais velho tinha a chance de encher o seu saco, ele enchia.

Brigar seria inútil. Marc suspirou sua derrota em alto em bom som.

— Quando ela começa?

Max olhou para o relógio preto G-Shock no pulso.

— Assim que o Dunn terminar de fazer a liberação do equipamento dela.

Marc levantou a cabeça de supetão e pensou que teria de enfiar os olhos de volta nas órbitas.

— Hoje?

Max riu.

— Algum problema, cabo?

Marc respirou fundo outra vez. Estava sempre caindo nas armadilhas de Max. Precisava agir como se aquilo tudo não o incomodasse. Do contrário, Max pegaria ainda mais pesado. Irmãos mais velhos eram uns babacas. O poder que ganhou ao virar Comandante lhe subiu à cabeça. Não sabia como a esposa o aguentava.

Ah, verdade. Amanda não aguentava as merdas dele. Um passo em falso, e a mulher o fazia ficar de joelhos. *Paf!* Marc olhou para o chão quando riu.

— Algo engraçado, irmão?

— Não. Você a entrevistou, Max... então como ela é? — Esperava que não fosse de frescura, mais preocupada em quebrar uma unha do que cumprir o dever policial. Mas também não queria uma fera. Uma mulher que pareceria capaz de quebrar Marc no meio.

— Não importa como ela é. Fique de olho nas suas prioridades. Ela se formou com honras na academia de polícia. É isso que importa.

— Comandante, pronto — gritou Tommy Dunn, assim que surgiu do corredor. O corpo grande e desengonçado preencheu a porta. Marc não conseguiu ver a nova *agente* da polícia.

Pelo jeito, nem Max.

— Por que você não sai da frente e a deixa entrar? Volte para a patrulha. Tenho certeza de que o gato da sra. Johson precisa ser resgatado de novo.

O homem ruivo arrastou os pés.

— Pode deixar, Max.

Marc balançou a cabeça e riu baixinho. Esperou. Dunn nunca aprendia.

Max pigarreou alto e olhou feio para Tommy.

— O que foi que você disse?

O rosto de Dunn empalideceu, o que pôs ainda mais em evidência as incontáveis sardas que cobriam seu rosto.

— Quer dizer, *Comandante*. Desculpa, Comandante. — Com um resmungo, Dunn recuou e logo deu uma arrancada ao dar de cara com a pessoa atrás dele. Desculpou-se e saiu apressado.

Marc se reclinou na cadeira, cruzou os braços e os tornozelos e aguardou, a carranca era a primeira coisa que se via nele.

Depois de alguns segundos sem qualquer sinal da novata, Max ladrou:

— Grant, entre aqui!

Uma figura apareceu na porta aberta e assumiu uma posição de sentido, o corpo rígido e firme. Marc fez a inspeção preliminar, começando pelos pés. Ela usava botas militares pretas, a farda azul-escuro que eles usavam no verão, um cinto de serviço que parecia pesar mais do que ela toda e, quando o olhar de Marc subiu, o tronco dela pareceu desproporcional. *Mas que droga é essa!?*

Parecia haver algo muito errado com o colete à prova de balas sob o uniforme.

Marc se levantou e ficou parado com as pernas afastadas, apontando para o peito da mulher.

— O que aconteceu com o seu colete?

Um rubor subiu pelo colarinho justo da camisa até as bochechas enquanto a mulher encarava o dedo de Marc.

— Senhor, está grande demais, senhor.

Dane-se aquele "senhor" dobrado. Não passava de uma asneira que a academia incutia nos recrutas. Durante o tempo naquele lugar, você poderia ir ao mercado no fim de semana e se veria fazendo uma pergunta para o garoto que fazia a reposição que começaria e acabaria a com um "senhor". *Senhor, onde ficam as ameixas, senhor?* O adolescente te olharia como se você fosse a criatura mais bizarra da face da terra.

— Vou pedir um colete novo para você — disse Max. — Mas fique com esse por enquanto. Não quero que saia daqui sem ele. Está no nosso Regulamento.

— Senhor, sim, senhor.

— Ah, pelo amor de Deus, pare com esse eco de "senhor" — vociferou Marc. Tudo bem, talvez tivesse sido um pouco agressivo para o primeiro dia, mas estava irritado. Só um pouco. Aquela coisa toda de IAT era pura bobagem. E, agora, tinha sido obrigado a treinar alguém que, provavelmente, desmaiaria ao ver sangue e se esconderia quando as coisas dessem errado. — E saia da porta. Entre direito na sala.

Ela se apressou para o meio da sala de Max, calcanhares um ao lado do outro, punhos colados às coxas, cabeça erguida, olhos encarando o horizonte e focados em algum lugar acima da cabeça do Comandante.

— Falando nisso, Grant, este cabo aqui vai ser o seu instrutor.

Marc semicerrou os olhos para o sorriso enorme que o irmão pregou no rosto. Então notou o olhar de soslaio que a mulher lhe lançou antes de se fixar mais uma vez no horizonte. Rodeou-a de perto, olhando-a de cima a baixo. Verificou o camisa do uniforme enfiada na calça, o vinco nas mangas, que tinha que estar no centro do ombro, passando bem pela costura na bainha. E estava. Marc deu a volta para ficar bem na frente dela, a menos de um passo de distância. Estar perto demais era um teste. Ela se afastaria ou se manteria firme?

Deu um peteleco na plaqueta de identificação dela com o indicador.

— Sua plaqueta está torta. Arrume-a. Você leu o regulamento?

Enquanto, com dedos trêmulos, ela prendia outra vez a plaqueta preta e prata que dizia *GRANT*, Marc se perguntou se Max tinha dado a ela uma cópia do Estatuto dos Policiais-Militares e do Procedimento Operacional Padrão.

— Senhor...

— Cabo — corrigiu-a Marc, bruscamente.

— Cabo... — Seus olhos saltaram para a plaqueta dele. Ela demonstrou confusão, mas escondeu o sentimento no mesmo instante. — Bryson. Eu estudei o POP, o Estatuto e o Regulamento Disciplinar como foi pedido.

Ora, ora. Max estava se saindo muito bem. Bom para o irmão mais velho. E bom para a recruta. Mas ela teria que se esforçar muito mais para impressioná-lo.

— Todos os dias, enquanto você estiver em treinamento, espere ser inspecionada assim. Acostume-se. E certifique-se de que está tudo em ordem antes do turno começar.

E, mais uma vez, ele a estudou da cabeça aos pés. Mas, dessa vez, foi mais uma inspeção da mulher em si, não da farda. Ela tinha cerca de um metro e setenta. Devia pesar uns cinquenta e cinco quilos, no máximo. E era *jovem*. Talvez vinte e cinco anos. Jovem o bastante para achar que poderia fazer alguma diferença no mundo. Grandes chances de se decepcionar.

Marc respirou fundo, preparando-se para o que exatamente, ele não sabia. Mas foi um erro. Um grande erro, pois inspirou o aroma inconfundível dela. Não era perfume, nada disso. Era suave, floral. Não conseguiu evitar e cheirou mais um pouco, tentando não dar tão na cara. Era o xampu, sabonete ou a loção corporal. Algo que chamou sua atenção. O cabelo escuro estava preso em um coque volumoso e bem apertado, nem um fio estava fora do lugar. Isso o fez se perguntar quanto ao comprimento que tinha quando solto. Os cílios pesados rodeavam olhos castanhos surpreendentes. Deveria ter sido sua imaginação, mas eles pareciam ter lampejado cores diferentes, de dourado a castanho a verde, tudo dentro de um anel escuro. Tinha que ser, porque íris não mudavam de cor. O nariz era fino e reto, as maçãs dos rosto eram altas e avermelhadas por conta da inspeção detalhada. E os lábios...

Droga. Marc deu um passo para trás e pigarreou.

Max invadiu seus pensamentos:

— Grant, por que você não espera lá na sala de patrulha? Seu instrutor vai te buscar daqui a alguns minutos para te mostrar as coisas. Feche a porta ao sair, por favor.

— Obrigada, sen... *Comandante.* — Ela se virou e marchou, toda dura, para fora da sala.

A calça de poliéster do uniforme não caía bem em ninguém, homem ou mulher, mas, de alguma forma, ela conseguiu fazer a bunda firme parecer bonita naquela roupa. Um suspiro quase escapou dos lábios do homem.

— Gostou? — perguntou Max.

— O quê?

— Você está arrancando as roupas dela com o olhar.

— Não — murmurou. Estava tão óbvio assim? Não quis verificar, nem sequer deu uma olhadinha, mas, *talvez,* estivesse com um volume a mais em algum lugar do corpo.

— Seja profissional. Não me faça te denunciar, ou coisa pior, por ter feito idiotice.

— Por que ela tinha que ser tão...

Max desceu a palma no tampo da mesa, assustando Marc.

— Não foda com tudo, *cabo.* Já temos pouca gente, e eu preciso dela. *Nós* precisamos dela. Com o Matt do outro lado do oceano e o Comandante Peters aposentado, temos um problemão. Se não quiser continuar dobrando os turnos, então faça tudo o que puder para garantir que ela seja bem treinada, que seja útil para a delegacia. Quanto a você estar preso a ela pelos sessenta dias do treinamento, não posso fazer nada. É sua responsabilidade até o nosso irmão voltar para solo americano. E mesmo quando isso acontecer, acho que a cabeça dele não vai estar boa o bastante para treinar outro policial.

Quando o irmão mais novo voltasse do serviço na Marinha, era possível que, de qualquer maneira, fosse precisar de um curso de reciclagem.

Gostando ou não, Marc teria que passar os próximos dois meses sendo a sombra da nova recruta. Estava ferrado pra caramba.

Disponível aqui: mybook.to/Marc-PT

Se você gostou deste livro

Obrigada por ler Irmãos de Farda: Max. Se você gostou da história do Max e da Amanda, por favor, tire um tempinho para deixar uma avaliação no seu site preferido e/ou no Goodreads. Assim, outros leitores conhecerão os Irmãos de farda. Avaliações são sempre bem-vindas, e algumas palavras vindas de você podem ajudar muito uma autora independente como eu!

Os livros de Jeanne em português

Também por Jeanne St. James (em inglês)

Encontre aqui minha ordem de leitura completa (em inglês): https://www.jeannestjames.com/reading-order

* Disponível em audiobook (em inglês)

Livros autônomos

Made Maleen: A Modern Twist on a Fairy Tale *

Damaged *

Rip Cord: The Complete Trilogy *

Everything About You (A Second Chance Gay Romance) *

Reigniting Chase (An M/M Standalone) *

Brothers in Blue Series:

Brothers in Blue: Max *

Brothers in Blue: Marc *

Brothers in Blue: Matt *

Teddy: A Brothers in Blue Novelette *

Brothers in Blue: A Bryson Family Christmas *

The Dare Ménage Series:

Double Dare *

Daring Proposal *

Dare to Be Three *

A Daring Desire *

Dare to Surrender *

A Daring Journey *

The Obsessed Novellas:

Forever Him *

Only Him *

Needing Him *

Loving Her *

Tempting Him *

Down & Dirty: Dirty Angels MC Series®:

Down & Dirty: Zak *

Down & Dirty: Jag *

Down & Dirty: Hawk *

Down & Dirty: Diesel *

Down & Dirty: Axel *

Down & Dirty: Slade *

Down & Dirty: Dawg *

Down & Dirty: Dex *

Down & Dirty: Linc *

Down & Dirty: Crow *

Crossing the Line (A DAMC/Blue Avengers MC Crossover) *

Magnum: A Dark Knights MC/Dirty Angels MC Crossover *

Crash: A Dirty Angels MC/Blood Fury MC Crossover *

In the Shadows Security Series:

Guts & Glory: Mercy *

Guts & Glory: Ryder *

Guts & Glory: Hunter *

Guts & Glory: Walker *

Guts & Glory: Steel *

Guts & Glory: Brick *

Blood & Bones: Blood Fury MC®:

Blood & Bones: Trip *

Blood & Bones: Sig *

Blood & Bones: Judge *

Blood & Bones: Deacon *

Blood & Bones: Cage *

Blood & Bones: Shade *

Blood & Bones: Rook *

Blood & Bones: Rev *

Blood & Bones: Ozzy

Blood & Bones: Dodge

Blood & Bones: Whip

Blood & Bones: Easy

Beyond the Badge: Blue Avengers MC™:

Beyond the Badge: Fletch

Beyond the Badge: Finn

Beyond the Badge: Decker

Beyond the Badge: Rez

Beyond the Badge: Crew

Beyond the Badge: Nox

EM BREVE!

Double D Ranch (An MMF Ménage Series)

Dirty Angels MC®: The Next Generation

ESCREVENDO COMO J.J. MASTERS

The Royal Alpha Series:

(A gay mpreg shifter series)

The Selkie Prince's Fated Mate *

The Selkie Prince & His Omega Guard *

The Selkie Prince's Unexpected Omega *

The Selkie Prince's Forbidden Mate *

The Selkie Prince's Secret Baby *

Sobre a autora

JEANNE ST. JAMES é autora de romances best-sellers do USA Today, na Amazon e ao redor do mundo. Ela ama contar histórias sobre mulheres fortes e machos alfa. Tinha apenas treze anos quando começou a escrever e, agora, tem quase sessenta romances contemporâneos publicados. Ela escreve ménages H/M, H/H e H/H/M, inclusive inter-racial. Também escreve romances H/H *shifter* sob o pseudônimo J.J. Masters.

Para acompanhar a agenda cheia de lançamentos dela, dê uma olhada no site www.jeannestjames.com ou assine a newsletter (em inglês): http://www.jeannestjames.com/newslettersignup

www.jeannestjames.com
jeanne@jeannestjames.com

Boletim informativo: http://www.jeannestjames.com/newslettersignup (em inglês)
Jeanne's grupo de leitores do Facebook: https://www.facebook.com/groups/JeannesReviewCrew/
TikTok: https://www.tiktok.com/@jeannestjames

facebook.com/JeanneStJamesAuthor

amazon.com/author/jeannestjames

instagram.com/JeanneStJames

bookbub.com/authors/jeanne-st-james

goodreads.com/JeanneStJames

pinterest.com/JeanneStJames